诗经

最美国学

季旭升教授 总策划
文心工作室 编著

中央编译出版社
Central Compilation & Translation Press

京权图字：01－2006－6432

中文經典100句：詩經

中文簡體字版 © 2006 由中央編譯出版社發行

本書經城邦文化事業股份有限公司商周出版事業部授權，

同意經由中央編譯出版社，出版中文簡體字版本。

非經書面同意，不得以任何形式任意重製、轉載。

图书在版编目（CIP）数据

诗经/文心工作室编著．—北京：中央编译出版社，
2014.1（2022.9重印）

（最美国学）

ISBN 978-7-5117-1859-4

Ⅰ. 诗… Ⅱ. 文… Ⅲ. ①古体诗—诗集—中国—
春秋时代 ②《诗经》—通俗读物 Ⅳ. ①I222.2

中国版本图书馆CIP数据核字（2013）第262662号

诗经

责任编辑	苗永姝 韩同春	
责任印制	刘 慧	
出版发行	中央编译出版社	
地 址	北京市海淀区北四环西路69号（100080）	
电 话	（010）55627391（总编室）	（010）55627319（编辑室）
	（010）55627320（发行部）	（010）55627377（新技术部）
经 销	全国新华书店	
印 刷	北京紫瑞利印刷有限公司	
开 本	880×1230毫米 1/32	
字 数	242千字	
印 张	12.625	
版 次	2014年1月第1版	
印 次	2022年9月第7次印刷	
定 价	28.00元	

新浪微博：@中央编译出版社 微 信：中央编译出版社（ID：cctphome）

淘宝店铺：中央编译出版社直销店（http://shop108367160.taobao.com）（010）55627331

本社常年法律顾问：北京市吴栾赵阎律师事务所律师 闫军 梁勤

凡有印装质量问题，本社负责调换，电话：（010）55626985

目录

出版缘起 站在文化巨人的肩膀上 001

专文推荐 与生命结为一体的文化 004

诗，可以兴，可以观

昔我往矣，杨柳依依；今我来思，雨雪霏霏 003

摽有梅，其实七兮。求我庶士，迨其吉兮 007

南有乔木，不可休思。汉有游女，不可求思 011

未见君子，惄如调饥 014

瞻望弗及，泣涕如雨 018

期我乎桑中，要我乎上宫，送我乎淇之上矣 022

自伯之东，首如飞蓬。岂无膏沐，谁适为容 026

知我者谓我心忧，不知我者谓我何求 030

冬之夜，夏之日，百岁之后，归于其室 034

未见君子，忧心如醉。如何如何？忘我实多 038

有美一人，伤如之何？寤寐无为，涕泗滂沱 043

月出皎兮，佼人僚兮，舒窈纠兮，劳心悄兮 046

匏有苦叶，济有深涉。深则厉，浅则揭 050

七月流火，九月授衣。春日载阳，有鸣仓庚 054

诗，可以群，可以怨

桃之夭夭，灼灼其华。之子于归，宜其室家　061

死生契阔，与子成说；执子之手，与子偕老　065

投我以木瓜，报之以琼瑶　069

呦呦鹿鸣，食野之苹。我有嘉宾，鼓瑟吹笙　074

式微式微！胡不归？　078

相鼠有皮，人而无仪。人而无仪，不死何为？　082

叔兮伯兮，褎如充耳　086

墙有茨，不可埽也。中冓之言，不可道也　089

女也不爽，士贰其行。士也罔极，二三其德　092

彼苍者天，歼我良人，如可赎兮，人百其身　096

我生之初，尚无为；我生之后，逢此百罹　100

我生不辰，逢天僤怒　103

谁生厉阶？至今为梗　106

迩之事父，远之事君

乃生男子，载寝之床，载衣之裳，载弄之璋　113

乃生女子，载寝之地，载衣之裼，载弄之瓦　116

欲报之德，昊天罔极　119

文王初载，天作之合　123

我送舅氏，曰至渭阳。何以赠之，路车乘黄　127

委蛇委蛇，退食自公　130

不忮不求，何用不臧？　135

常棣之华，鄂不铧铧。凡今之人，莫如兄弟　140

兄弟阋于墙，外御其务　143

夜如何其？夜未央　147

维桑与梓，必恭敬止　151

天生烝民，有物有则。民之秉彝，好是懿德　154

令仪令色，小心翼翼　158

既明且哲，以保其身　162

柔亦不茹，刚亦不吐　165

德輶如毛，民鲜克举之　168

允文允武，昭假烈祖　171

黄发鲐背，寿胥与试　174

好乐无荒，良士瞿瞿　177

多识于鸟兽草木之名

关关雎鸠，在河之洲。窈窕淑女，君子好逑　183

螽斯羽，诜诜兮。宜尔子孙，振振兮！　188

蒹葭苍苍，白露为霜。所谓伊人，在水一方　192

野有死麕，白茅包之。有女怀春，吉士诱之　196

焉得谖草，言树之背　200

视尔如荍，贻我握椒　204

蜉蝣之羽，衣裳楚楚。心之忧矣，于我归处　207

岂其食鱼，必河之鲂？岂其取妻，必齐之姜？　210

吉梦维何？维熊维罴，维虺维蛇　214

鸢飞戾天，鱼跃于渊　218

彼有不获稚，此有不敛穧；彼有遗秉，此有滞穗　222

既方既皂，既坚既好，不稂不莠　226

茑与女萝，施于松柏　229

凤皇于飞，翙翙其羽，亦集爰止　232

不学诗，无以言

谁谓鼠无牙，何以穿我墉？　237

如切如磋，如琢如磨　242

出其东门，有女如云　246

穀则异室，死则同穴。谓予不信，有如皦日　250

人之多言，亦可畏也　253

风雨如晦，鸡鸣不已　258

彼狡童兮，不与我食兮。维子之故，使我不能息兮　262

迨天之未阴雨，彻彼桑土，绸缪牖户　267

扬之水，白石凿凿　271

锦衣狐裘，颜如渥丹　275

是究是图，亶其然乎？　278

伐木丁丁，鸟鸣嘤嘤。出自幽谷，迁于乔木　281

萧萧马鸣，悠悠旆旌　284

我视谋犹，伊于胡底　287

发言盈庭，谁敢执其咎　291

不敢暴虎，不敢冯河 295

如临深渊，如履薄冰 298

如跂斯翼，如矢斯棘，如鸟斯革，如鸟斯革，如翚斯飞 301

他人有心，予忖度之。跃跃毚兔，遇犬获之 305

蛇蛇硕言，出自口矣。巧言如簧，颜之厚矣 309

维南有箕，不可以簸扬；维北有斗，不可以挹酒浆 312

人亦有言，进退维谷 315

日就月将，学有缉熙于光明 318

白圭之玷，尚可磨也；斯言之玷，不可为也 321

思无邪

思无邪，思马斯徂 327

我心匪石，不可转也。我心匪席，不可卷也 330

我思古人，实获我心 333

南有嘉鱼，烝然罩罩。君子有酒，嘉宾式燕以乐 336

静女其姝，俟我于城隅。爱而不见，搔首踟蹰 339

之死矢靡它 343

巧笑倩兮，美目盼兮 347

青青子衿，悠悠我心 352

宜言饮酒，与子偕老。琴瑟在御，莫不静好 356

言念君子，温其如玉。在其板屋，乱我心曲 360

岂曰无衣？与子同袍 365

有美一人，清扬婉兮。邂逅相遇，适我愿兮 368

心乎爱矣，遐不谓矣？中心藏之，何日忘之　372

殷鉴不远，在夏后之世　376

维天之命，于穆不已　379

高山仰止，景行行止　383

站在文化巨人的肩膀上

台湾师范大学国文系教授 季旭升

"犁明即起，洒扫庭厨。忘着窗外，一片篮天白云，令人腥情振忿。随便灌洗一下，整理遗容之后，走到客听，粘起三柱香，拜完劣祖劣宗，希望祖宗给我保屁。然后勿勿敢往朋友的寿宴，为朋友举殇祝寿，大家喝的欲罢不能。谈到朋友的事叶出现危机，我就建议他要摒持理念、拿出破力。朋友也免励我要多用功，才能写出家誉户晓、踯地有声的文章。晚上我开始发粪读书，日以继夜的终于写完这一篇文章。"

这是用现在见怪不怪的错字集锦而成的一篇小文，果然可以"踯地"，但是未必"有声"。近年来，这种错字太多了，老师开始忧心、家长开始忧心、社会贤达开始忧心，只有学生和教育主管部门不忧心，教育主管部门甚至于还要进一步削减中小学的国语文授课时数。终于，社会的忧心迸发了，由各界组成的"抢救国文联盟"目前已起来呼吁教育主管部门要正视这个问题，不要坐视台湾竞争力一日一日的衰落。

身为文化事业一分子的商周出版，老早就在正视这个问题了，所以洞烛机先地策划了"中文可以更好"系列，为文字针砭、为语文把脉，希望把这些年语文界的毛病治好。各界反应还不错。

语文的毛病治好了，体质还是不够强壮。商周出版认为进一步要熬十全大补汤，让我们的语文更强壮。这"十全大补汤"就是"中文经典100句"（即"最美国学"）系列。

《荀子·劝学篇》说：

> 吾尝终日而思矣，不如须臾之所学也。吾尝跂而望矣，不如登高之博见也。登高而招，臂非加长也，而见者远；顺风而呼，声非加疾也，而闻者彰。假舆马者，非利足也，而致千里；假舟楫者，非能水也，而绝江河。君子生非异也，善假于物也。

学画一定要先从芥子园画谱学起。芥子园画谱是初学者的"经典"。

张大千的画艺要更上层楼，所以要去千佛洞临壁画。千佛洞是张大千的"经典"。

学书法的人要学二王颜柳，二王颜柳是书法界的"经典"。

经典是古代圣贤才智的结晶，是民族文化的源头。

多认识经典可以让我们站在巨人的肩上，长得更快、更高。

多认识经典可以让我们的思想、文字带有民族智能、民族风格。

《论语》、《史记》、《古文观止》、《孟子》、《诗经》、《庄子》、《战国策》、《唐诗》、《宋词》、《世说新语》等，这十本书应该是现代国民的"最低限度必读经典"，作为这个民族的一分子，没有读过这十本书，就称不上这个民族的"知识分子"。但是，现代人实在太忙了，大人忙着五光十色、小孩忙着被教改、社会忙着全民英检、国家忙着走出去，人人都在盲茫忙，商周出版因此为忙碌的人们炖一锅大补汤，用最活泼简明的文句，把经典的精粹提炼出来，让大家可以在"三上"（马上、枕上、厕上）阅读。在做完文字针砭、为语文把脉、把病痛治好后，让我们来培元固本，增强功力，站在文化巨人的肩膀上，看得更高，飞得更远！

与生命结为一体的文化

玄奘大学中国语文学系教授 余培林

　　唐柳宗元在《答韦中立论师道书》一文中说："本之《诗》以求其恒。"他认为《诗经》的特色是"恒"，并要求自己的文章也能"恒"。所谓"恒"，就是恒久，永久不变的意思。《诗经》所收集的诗篇，是周代初、中期时代的作品，离唐代一千五百多年，柳宗元认为如同唐代新作；柳宗元离今天又一千多年，换言之，这些诗篇离现在近三千年，我们读起来，觉得这些诗篇生命鲜活依旧，这不就是"恒"吗？不仅如此，其中有些名句，如《周南·关雎》的"窈窕淑女，君子好逑"，《卫风·硕人》的"巧笑倩兮，美目盼兮"等，已深入我们的心底，融入我们的血液，和我们的生命结为一体。

　　《诗经》三百篇，到今天依然有鲜活的生命，文字华美固是其原因之一，但并非是主要的原因。主要的还是因为这些作品具有雅正的内涵，孔子"思无邪"（《论语·为政》）一语，可以道尽其义。韩愈《进学解》称"《诗》正而葩"，也是先言雅正，后言笔美。惟其雅正，所以学《诗》能"迩之事父，远之事君"（《论语·阳货》）；惟其雅正，所以春秋时代列国贵族聘问，往往赋《诗》见志；惟其雅正，所以战国以下诸子、文人论理、为文，无不引诗文以壮其声势。

所谓雅正的内涵究竟何指，答案是"德"与"礼"而已。兹分述于下：

《诗经》中，"德"字到处可见，今不列举，而举季札观周乐一事为例。《左传·襄公·二十九年》吴公子季札访鲁，请观周乐。鲁人"使工为之歌《邶》、《鄘》、《卫》，曰：'美哉……吾闻卫康叔、武公之德如是……'为之歌《魏》，曰：'美哉……以德辅此，则明主也。'为之歌《唐》，曰：'思深哉……非令德之后，谁能若是！'为之歌《小雅》，曰：'美哉……其周德之衰乎！'为之歌《大雅》，曰：'广哉……其文王之德乎！'为之歌《颂》，曰：'至矣哉……盛德之所同也'"。季札所论，几乎都与德有关。最近上海博物馆出版《战国楚竹简》，第一册中有《孔子诗论》一篇，其中载孔子论诗，与季札所言若合符节。如云："《颂》，坪德也……至矣！《大雅》，盛德也……《小雅》……衰矣、少矣！"其他以德论单一诗篇者极多。于此足可见雅正之义了。

《诗经》中言吉、凶、军、宾、嘉五礼之文具备，此当以专文论之，于兹不赘。《诗》、礼、乐三者是一体的，所以孔子说：

"兴于《诗》，立于礼，成于乐。"（《论语·泰伯》）孔子到武城，听到弦歌之声，遂"莞尔而笑曰：'割鸡焉用牛刀？'子游对曰：'昔者偃也闻诸夫子曰：君子学道则爱人，小人学道则易使也。'"（《论语·阳货》）"道"字的意思，自何晏以下，皆解为"礼乐"，这个解释极为正确。事实上，《诗经》三百篇中凡言乐者，皆必及于礼，只是一般人不甚明白而已。即以《关雎》篇为例，诗中言君子寤寐求淑女而不得，后以"琴瑟友之"、"钟鼓乐之"，终成室家之好。诗中好像只言乐，并未言礼，直到《孔子诗论》问世，才真相大白。《诗论》说："《关雎》之改也。"又说："《关雎》以色喻于礼。"又说："（《关雎》）好反内于礼，不亦能改乎！"最后说："其四章则俞矣，以琴瑟之悦，疑好色之；以钟鼓之乐……"这是说琴瑟、钟鼓是乐，也是礼。乐在其文，礼在其义；乐在其表，礼在其里。《关雎》篇如此，其他言乐的诗篇也无不如此。明乎此，则知礼在三百篇中，无处不有。这也就是子夏因"巧笑倩兮，美目盼兮，素以为绚兮"（《卫风·硕人》）之问，而悟及"礼后"，孔子赞叹地说："起予者商也，始可与《诗》已矣。"（《论语·八佾》）其原因所在了。

德与礼本是一体之两面，德蓄于内，礼现乎外。所以孔子说："人而不仁，如礼何？人而不仁，如乐何？"（《论语·八佾》）仁是诸德之一，没有仁，礼乐只剩下玉帛钟鼓躯壳而已。《左传·僖公·二十七年》说："礼乐，德之则也。"《僖公·三十三年》又说："敬，德之聚也。能敬，必有德。"恭敬，是礼的具体表现。能恭敬，必有德，也可以说有礼，必有德。于此可见德与礼关系之密切。

　　要刊印"最美国学"的《诗经》部分，这是一件极有意义的工作。一方面有助于发扬中国文化，另一方面可促使那些用尽心力去中国文化的人知所警惕、反省。去中国文化是自绝于日月，这对日月毫无伤害，只是显现其不自量力而已。

诗，可以兴，
可以观

昔我往矣，杨柳依依；
今我来思，雨雪霏霏

名句的诞生

昔我往矣，杨柳依依[1]；今我来思[2]，雨雪霏霏[3]。行道迟迟，载渴载饥。我心伤悲，莫知我哀。

——小雅·采薇

完全读懂名句

1. 依依：枝叶柔弱的样子。2. 思：语助词，无义。3. 霏霏：雨雪盛密的样子。

昔日我离去时，杨柳摇曳；现在我回来了，大雪纷飞。一路上又饿又渴，走得好辛苦。我心里多么伤悲，可是无人了解。

文章背景小常识

"昔我往矣，杨柳依依；今我来思，雨雪霏霏。"这千古名句的背景在西周中期，征人为了保卫家园到北方对抗猃狁，全诗记叙途中辛劳以及归来后物换星移的感慨。

古代中国，为了对抗北方外患，历代都修筑防御工事，成果便是"上下两千多年，纵横十万余里"的万里长城，如今已成世界奇景。

从《采薇》中可略知西周对抗猃狁的情况。诗中提到"靡室靡家，猃狁之故；不遑启居，猃狁之故"（没了妻室没了家，无法休息无法归，都因猃狁来犯），有今天所说"没有国哪有家"的意思。为求安宁征人要出战，但是战争的痛苦让人"曰归曰归，心亦忧止"，多么想回家啊！然而一路上无法收到家乡的讯息，因为"我戍未定，靡使归聘"，军营一直换地方，所以也无法联络家人。幸而战事还算顺利，"岂敢定居，一月三捷"，之所以无法定下戍守的地方，也是因为战争常有捷报。最后士兵耗尽了心神气力，"载饥载渴，我心伤悲"回到家乡，犹记"当初杨柳依依、春和景明，如今雨雪霏霏，不知经历了几个寒暑，人事全非了吧！好似美国作家查尔斯·弗雷泽在小说《冷山》（*Cold Mountain*）中所描述的场景，最后英曼和埃达两地重逢，近乡情怯加上"纵使相逢应不识"，中外文学中相似的情节教人感伤。

名句的故事

谢玄是东晋名相谢安的侄子，《晋书·谢玄传》记载，谢安经常教导子侄，有一天他问道："子弟亦何豫人事，而正欲使其佳？"

（你们要如何将谢家发扬光大啊？）大家都闷不吭声，只有谢玄说：
"譬如芝兰玉树，欲使其生于庭阶耳。"芝、兰是两种香草，用来比
喻人节操、才性的美好；玉树形容少年的材质或面貌的优秀。谢玄
暗引《孔子家语》："芝兰生于深林，不以无人而不芳。君子修道
立德，不谓穷困而改节。"他说要让深林里的芝兰、玉树生长在谢
家庭院，就是以芝兰玉树比喻自己跟兄弟们。谢安听了十分满意。

不过谢玄个性优柔、气质偏向文艺化，《晋书》记载他小
时喜欢带紫罗香囊，大概谢安不欣赏，但又不想伤他自尊心，
所以就在游戏时打赌，趁机取了香囊并把它给烧了。谢玄也很
聪明，知道谢安不喜欢，也就不再戴了。

《世说新语·文学》提到："谢公（谢安）与子弟集聚，问毛诗
何句为佳。遏（谢玄）称曰：'昔我往矣，杨柳依依；今我来思，雨
雪霏霏。'公曰：'吁谟定命，远犹辰告。'谓此句偏有雅人深致。"
这段描述谢安问子侄，诗经里哪一句最好？谢玄就说《小雅·采薇》
"昔我往矣，杨柳依依；今我来思，雨雪霏霏"最好，这个答案显然
不投谢安所好，他赞赏的是卫武公的座右铭《大雅·抑》的"吁谟
定命，远犹辰告"（以宏伟的谋略决定国家政令，把远大的计划按时
布告天下）。这一方面显示谢安名相的风范，另一方面也是他想引导
谢玄朝政治发展。果然，谢玄后来成为东晋杰出的军事家，在淝水之
战中，与谢安合作，大败苻坚，写下一段光荣历史。

历久弥新说名句

杨柳是春的象征，也是情的化身。杨和柳是两种不同的植

物，但古代都指垂柳。柳条摇曳的姿态，加上"柳"与"留"谐音，从《诗经》"杨柳依依"开始，便成为诗人笔下的意象。

古代有"折柳赠别"的习俗，据说源于汉代长安的灞柳，《三辅黄图·桥》记载："灞桥在长安东，跨水作桥，汉人送客至此桥，折柳赠别。"经历了冬天的严寒，春天开始远行，而柳树生长水边，正是送别依依不舍的尽头，也许因此有折柳赠别的传统吧！北朝乐府《鼓角横吹曲》中有《折杨柳枝》："上马不捉鞭，反拗杨柳枝。下马吹横笛，愁杀行客人。"

隋炀帝杨广下令开凿通济渠，虞世基建议在堤岸种柳，隋炀帝认为这个建议不错，就下令在新开的大运河两岸种柳，还御书赐柳树姓杨，享有与他同姓的殊荣，从此柳树便有"杨柳"的美称。但人民很快就受不了隋炀帝的穷奢极欲，一时群雄并起，代隋得天下的就是唐代的李家，当时民间有歌谣："河南杨柳谢，河北李花荣；杨花飞去落何处，李花结果自然成。"

不过，对于"折柳"的传统，也有人为柳树抱屈，唐宋的民间词有一首《望江南》便说："莫攀我，攀我太心偏，我是曲江临池柳，这人攀了那人攀，恩爱一时间。"这约莫是一位欢场女子的心声，以柳自况，发出不平之鸣。再看辛弃疾的《水调歌头》，开头两句便是"折尽武昌柳，挂席上潇湘"，让人心有不忍，要为千百年来一再被攀、折、拗的柳树说声："真的好痛喔！"

摽有梅，其实七兮。
求我庶士，迨其吉兮

名句的诞生

摽[1] 有[2] 梅，其实七兮。求我庶士[3]，迨[4] 其吉兮！摽有梅，其实三兮。求我庶士，迨其今兮！摽有梅，顷筐[5] 塈[6] 之。求我庶士，迨其谓之[7]！

——召南·摽有梅

完全读懂名句

1. 摽：音 biào，落下。2. 有：此作语助词，无义。3. 庶士：众男士。庶，众也。4. 迨：此作介词用，趁着。5. 顷筐：浅筐。6. 塈：音 jì，拾取。7. 谓之：此指不用备礼，立刻成亲。谓，通"会"。

梅子刚刚成熟落下，还有七成挂在树上，想要追求我的众男士们，趁着吉日来提亲啊！梅子多已成熟落下，只剩三成挂在树上，想要追求我的众男士们，趁着今朝来提亲啊！梅子全都成熟落到地上，要用浅筐来拾取，想要追求我的众男士们，不用准备聘礼，马上答应跟你成亲啊！

文章背景小常识

梅子从初熟时期，果实累累挂在树上，到过于成熟散满一地，诗人由此见物起兴，喻意女子的青春，一如梅树的生长过程，有其时序，实不容蹉跎。

一开始诗中女子怀着待嫁心情，希望完成终身大事，但等到最后，她已顾不得男女婚嫁必须备齐大礼的习俗，只要追求男子愿意前来，立即可以成亲。《摽有梅》生动而俏皮地描写女子内心的曲折递变，她原本对明媒正娶的婚姻仍有一番高度期待，但经过岁月流逝、年华衰去，女子似乎察觉自身条件已大不如前，就像散落满地的梅子乏人问津，因急于婚事而发出焦虑与感慨。

名句的故事

《摽有梅》末段"求我庶士，迨其谓之"，提到男女可直接求爱，不必循礼而婚的风俗，可见《周礼·地官·媒氏》的记载："令男三十而娶，女二十而嫁……中春之月，令会男女，于是时也，奔者不禁，若无故而不用令者，罚之。"说明我国古代礼制，严格规定男女有结婚义务，但对于那些没有双方家长同意，或没有结婚对象的人，也为他们开一扇方便之门，就是在仲春之月，男女可自由的寻求伴侣，这是官方核准的求爱集会，到达年龄的未婚男女，若无故不参加，还必须受罚。

《摽有梅》中的女主人翁，即是那年龄即将届满二十的心急女子，在等不到有情人提亲的情况下，将前往参加仲春之月的求爱大会。只有在这一年一度所允许的集会里，她可与看上眼的男子共相奔之，完成延宕许久的终身大事。

《左传·襄公八年》（公元前 565 年）记载一则史事：晋国大夫范宣子出使鲁国，目的是希望鲁国能协助晋国，共同讨伐郑国。范宣子想要先探听鲁国对于伐郑的态度，于是当场吟诵《摽有梅》一诗，暗示鲁国此时正是伐郑的大好时机，鲁、晋两国应联手出击。

鲁国的执政大臣季武子，一听完范宣子的吟唱，便心领神会，立刻回赋了《小雅·角弓》："骍骍角弓，翩其反矣。兄弟婚姻，无胥远矣。"意思就是，松紧度适当的角弓，一旦松弛就会反向弯曲。兄弟与亲戚彼此不要互相疏远啊！此诗原在强调兄弟亲戚之间彼此相亲相爱，不可疏远，因此季武子的吟唱已明白意指，鲁、晋两国是兄弟之邦，一方有事，另一方绝不会袖手旁观。一场政治交易在两国使者各以赋诗互通款曲之下顺利完成。所以"摽梅"除了比喻女子出嫁当及时之外，也可引申为决定事情，必须把握时机，并且要尽早行动。

历久弥新说名句

唐朝诗人孟浩然，写过一首五言律诗《送桓子之郢成礼》，这是一首贺祝友人及时成婚的诗，其中两句为："摽梅诗有赠，羔雁礼将行。"意思是，将赠写摽梅之诗，作为新婚贺礼，羔雁等礼物也将随行。同是唐代诗人、年代较孟浩然稍后的权德舆，在七言古诗《妾薄命篇》写道："韶光日日看渐迟，摽梅既落行有时。"这是诗人目睹"摽梅"之景，兴起对时光消逝的感叹。

明末进士李清所著《折狱新语》一书，是作者任职推官时期，所写的结案判词实录，在《婚姻卷》出现"迨天桃之佳期已过，摽梅之晚感渐生"一语，即是运用诗经的《桃夭》与《摽有梅》两诗，转写而成的文句。后人多以"摽梅之感"四字，形容女子晚而未婚的焦虑心情，或解释为对岁月匆匆的喟叹，进而劝人及时把握光阴。

另外，古诗十九首中的《冉冉孤生竹》，是汉朝无名诗人描写一妇人因丈夫在外工作长期独守空闺而抒发寂寞幽怨的诗作，其中的"伤彼蕙兰花，含英扬光辉，过时而不采，将随秋草萎"，便是以蕙兰花到秋天的凋零谢去，比喻红颜易老。这与《摽有梅》有异曲同工之妙，同是利用植物由盛而衰的自然消长，示意岁月对青春年华的残酷、不留情。

南有乔木，不可休思。
汉有游女，不可求思

名句的诞生

南有乔木[1]，不可休思[2]。汉有游女[3]，不可求思。汉之广矣，不可泳思。江之永[4]矣，不可方[5]思。

——周南·汉广

完全读懂名句

1. 乔木：枝干上耸的高树，不利于荫下休息。2. 思：为语尾助词，无义。3. 游女：出游的女子。4. 永：长的意思。5. 方：筏也，动词，指用竹筏渡江。

南方有高大的树木，不可在树下休息呀！汉水上有出游的女子，不可以求得呀！汉水宽又敞，无法泅泳越渡啊！江水漫又长，不能用竹筏渡过啊！

文章背景小常识

这是一首爱慕女子却不可求得的情诗，故事发生于江汉流域。诗人以乔木起兴，乔木高耸、较少横枝，不利于凉荫，比喻对方高不可攀。"汉有游女，不可求思"是本诗起因，以下的譬喻皆以此为核心，叙述女子高洁美丽却不可追求，男子只能在心中想着对方的美好，不敢造次。

《汉广》共分三章，本篇撷取第一章，叙述故事的缘起，后两章道出将来女子出嫁，男子希望能替子女喂好马驹，可看出他一往情深。三章反复吟咏"汉之广矣，不可泳思。江之永矣，不可方思"，以层累的"不可"吐露私心爱恋不得如愿。三章为一律，不断咏叹爱慕者心中无可奈何的愁绪，"不可"通贯整篇，将爱情的暧昧与患得患失点缀十足。

名句的故事

《诗经》可说是中国最早的情诗集，《汉广》描写了坠入爱河忽喜忽悲、迂回转折的情绪变化。中国爱情巨著《红楼梦》，主角贾宝玉看似颠傻实而细腻痴情，因年纪渐长，宝玉顿然察觉不可再似过去与自幼携手相知相惜的林黛玉耳鬓厮磨、坦然以对，因此常常以试探来取代真情。聪慧的林妹妹认为宝玉虚情假意，那她也要隐藏真心。明明过去是"人居两地，情发一心"，如今两人却都认为对方应该清楚自己的心意，苦于言语矫情，为此而闹别扭、不理睬对方。"两个人原本是一个心，但都多生了枝叶，反弄成两个心了"。倒是苦了古今读者们在一旁看得干着急啊！

历久弥新说名句

隔水兴叹的有情人，还有千古不坠的情侣档牛郎织女。东汉《古诗十九首》其中之一即以两人为主角："迢迢牵牛星，皎皎河汉女。纤纤擢素手，札札弄机杼。终日不成章，泣涕零如雨。河汉清且浅，相去复几许。盈盈一水间，脉脉不得语。"牵牛星与织女星隔着银河互望相对，河水看似清且浅，却无法横越，隔着盈盈一水，彼此不得诉衷情。

唐代才女鱼玄机风流貌美，工书善诗，年轻时遇人不淑，爱上有妇之夫李亿。在李亿南下接原配时，她含情脉脉写道："忆君心似西江水，日夜东流无歇时。"（《江陵愁望寄子安》）以江河来比喻相思情。然而这段感情不受李妻接纳，鱼玄机遭抛弃，空将一腔情意付之东流。最后鱼玄机以年轻貌美的女道士身份，享乐纵情，周旋于京城名公子间，不再轻易交付真心了！

未见君子，怒如调饥

名句的诞生

遵¹彼汝坟²，伐其条枚³。未见君子⁴，怒⁵如调⁶饥。遵彼汝坟，伐其条肄⁷。既见君子，不我遐⁸弃。鲂鱼赪尾⁹，王室如毁¹⁰。虽则如毁，父母孔迩¹¹。

——周南·汝坟

完全读懂名句

1. 遵：循，沿着。2. 汝坟：汝水的堤岸。汝，水名，位于河南省境，淮河的支流；坟，堤岸。3. 条枚：树枝与树干。4. 君子：此指妇人的丈夫。5. 怒：音mì，忧伤，忧思。6. 调：音zhōu，早晨。7. 肄：音yì，枝干被砍后再生的嫩枝。8. 遐：远，疏远。9. 鲂鱼赪尾：鲂鱼疲劳时，白尾会变成红色，用来比喻生活非常劳苦。鲂，音fáng，形体扁，刺多肉嫩；赪，音chēng，赤色。10. 毁：焚烧，形容战事之乱。11. 父母孔迩：孔，甚；迩，近也。此指父母是最亲近的人。

沿着汝水堤岸走，砍伐枝条和树干。没有见到丈夫，忧思如清晨的饥饿般难熬。循着汝水堤岸走，砍伐新生的嫩枝。既已见到丈夫，知道他不会把我远远舍弃。鲂鱼的尾巴发红，如同周王室形势如火在烧。虽然形势如火在烧，但父母才是我们最亲近的人啊！

文章背景小常识

《周南·汝坟》的故事背景，发生在西周末年，当时正值周王室动乱不安、战事频频之际。全诗分为三章，第一章先描述妇人一边砍伐柴木，一边思念为国出征、久而未归的丈夫，直陈自己对丈夫的思念，有如晨起的饥饿，痛苦难挨。第二章则写树木经过一年，已长出嫩枝，妇人终见丈夫归来，可暂时平缓长期挂念的情感。到了末章，妇人一改先前的大胆表意，转以含蓄委婉的方式提醒丈夫，王室安危固然重要，但父母更需要为人子的奉养。妇人巧托丈夫父母为由，希望借此留住丈夫，让他不再远离家园而常伴自己身边。此诗对已婚女子的细腻心思，有入木传神的诠释。

名句的故事

《周南·汝坟》中的"汝坟"，原指河南的汝水岸边，但在往后的历史纪录中，"汝坟"却演变成侯名（汝坟侯），以及地方（河南汝州）的别称。东周初，周平王迁都洛邑（即今河南洛阳），封少子姬烈采邑于汝坟（即今河南叶县之东），直至后代子

孙姬邕。秦统一天下后，这些居住汝坟封地的姬姓子孙，遂改姓
"周"。西汉时期，汉武帝因周仁是先帝景帝重用的大臣，又是周
王室的后裔，所以封周仁为"汝坟侯"，并给予他丰厚的食禄归
老。从此这支曾被皇帝封侯的周姓家族，便以汝南地域为核心，
迅速播迁，子孙蔓延中国各地，形成日后周姓宗族的最大支派。

唐朝诗人李白，在五言古诗《送张秀才从军》中写下："长
策扫河洛，宁亲归汝坟。当令千古后，麟阁著奇勋。"李白以诗
送别即将从军的友人，勉励对方为国立功，衣锦荣归汝州故乡，
既可安宁父母之心，又可扬名后世。另外孟浩然的五言律诗《行
至汝坟寄卢征君》前四句写道："行乏憩予驾，依然见汝坟。洛
川方罢雪，嵩嶂有残云。"这是孟浩然从洛阳返襄阳故居，途经
汝州，即兴而发的诗作，他描述所见的汝州美景，寄予友人。以
上两诗出现的"汝坟"，都是指河南汝州，与《诗经·周南》中
"汝坟"的意义不同。

历久弥新说名句

《诗经》中《曹风·候人》的末句"婉兮娈兮，季女斯饥"，
描述的是年轻漂亮的少女思念情郎，而那相思之情犹如饥渴的煎
熬般难忍，此与《汝坟》的"未见君子，惄如调饥"相似，都是
女子想念心上人抒发情感的诗作。

西汉刘向汇编《楚辞》一书，在屈原所著《天问》中，借由
南方先民所提一百多个疑惑，抒发自身的愁闷，其中有："闵妃

匹合，厥身是继，胡维嗜不同味，而快朝饱。"意思是，禹忧心无妃匹合，而绝其后嗣，所以与众人一样饱于一朝之情，使自己后继有人。文中"朝饱"为夫妻匹合之意，而《周南·汝坟》的"调饥"指的是夫妻不得相聚之苦，两相对比之下，"朝饱"与"调饥"都有以人的口腹满足或饥渴，隐指夫妻匹合一事。

　　三国时代魏国的文学家曹植，在《洛神赋》中写下"华容婀娜，令我忘餐"，后人多认为赋中那位体态高雅、容貌美丽的洛神仙子，即喻指曹植兄长曹丕的妻子甄宓。此句描写对于洛神的爱慕迷恋，已到了忘餐饭的地步。南朝文学家沈约《六忆诗·其一》有"相看常不足，相见乃忘饥"，对于恋人相见的时刻永嫌不够，两人缱绻缠绵，也能忘却肚肠之饥，做了最贴切的描述。至于五代南唐词人李煜，在《昭惠周后诔》中写下诗句"信美堪餐，朝饥是慰"。这位天生多情的帝王词人，怀念他所宠爱的大周后，形容她堪比一顿秀色餐肴，令他有饱足慰藉之感。以上三位文学大家，都借由口腹欲望书写对心仪女子的情感想望，将"食"与"色"作一饶富兴味的联结。

瞻望弗及，泣涕如雨

名句的诞生

燕燕¹于飞，差池²其羽。之子于归，远送于野。瞻望³弗及，泣涕⁴如雨。燕燕于飞，颉之颃之⁵。之子于归，远于将⁶之。瞻望弗及，伫立以泣。

——邶风·燕燕

完全读懂名句

1. 燕燕：在此表示对燕子亲切的昵称。2. 差池：参差不齐的样子。3. 瞻望：远望的意思。4. 泣涕：悲伤而流泪。5. 颉之颃之：上下翻飞的意思。颉，音 xié，向下飞；颃，音 háng，向上飞。6. 将：送的意思。

燕子飞啊燕子飞，展开如剪般的尾翼。这个人儿要归去，远远送她到郊外。直到眺望看不见她身影，悲伤的泪水如雨下。燕子飞啊燕子飞，一会向下一会向上。这个人儿要归去，远远送她走一程。直到眺望看不见她身影，站立久久泪流满面。

文章背景小常识

《邶风·燕燕》历来认为是《诗经》中相当感人的篇章，清代推崇为"万古送别之祖"。依据《诗序》，此诗的历史背景是春秋时，卫国庄公的夫人庄姜送别丈夫妾室戴妫返回陈国的故事。由于庄姜没有子嗣，于是以戴妫子"完"为己子，即后来的卫桓公。但由于兄弟相残，弟弟弑桓公继位，桓公之母戴妫于是被遣送回国。《燕燕》即是记载庄姜送戴妫归返这件事情。庄姜与戴妫两人间的情感深厚，共养戴妫之子，后来夫死子亡，两人悲患同当。此时戴妫又遭新君遣送回国，往后两人恐怕再也难以相见。

此外，关于《燕燕》还有一说，是卫君远送妹妹出嫁的诗。然而不管二者何者为真，从诗中推测送别的时间大约在春夏之际，燕儿们随着季节迁徙飞翔，《燕燕》一诗见物托兴，将今生永别的莫大悲哀倾诉诗中；《燕燕》又从景入情，栩栩描绘出离别场面以及心绪的流转，作为千古送别诗歌之祖，可谓实至名归。

名句的故事

东汉末年由于战乱，丧夫的蔡文姬（本名蔡琰，是东汉著名文学家蔡邕之女）遭贼人掳走，辗转流落胡人之地，被迫嫁给南匈奴左贤王。曹操掌权后，念及蔡邕无后嗣继承，唯一爱女又沦落异地，于是重金赎回蔡文姬。然而蔡文姬已于当地生下二子，却不能携子返乡，心中陷入两难挣扎，一边想返回故乡汉地，一边却也割舍不掉亲子之情，但情势上不容她选择。其诗作《胡笳十八拍》对返乡之际与子痛苦别离有感人的描述："不谓残生兮却得旋归，抚抱胡儿兮泣下沾衣。汉使迎我兮四牡骓骓，号失声兮谁得知？与我生死兮逢此时，愁为子兮日无光辉。焉得羽翼兮将汝归？一步一还兮足难移，魂消影绝兮恩爱遗。十有三拍兮弦急调悲，肝肠搅刺兮人莫我知。"蔡文姬将身为母亲别离子女、心如刀割之情景刻印如实。

《燕燕》与《胡笳十八拍》都有相同主题，就是"归"。在《燕燕》的"之子于归"与今天常见称女子出嫁的"之子于归"有何关系？归字的使用，常见有回、返之意，衍生义与女子出嫁后的行为有关联，例如出嫁归于夫家，称为"于归"；古代已嫁妇女返回娘家探亲，称为"归宁"，这种说法今日仍普遍可见。但若丈夫逝世，寡妻归返娘家，或是妇人离婚后回娘家则称为"归宗"。最后，还有一种特殊用法"大归"，包括由于政治等特殊因素，使得已婚妇女被遣送回祖国，永归娘家，这通常也意味着今生难以再相聚，庄姜与戴妫是如此，蔡文姬与二子也是处于这般情境。

历久弥新说名句

生离死别历来是人类难以逃脱的情障，古今文学也常援引这个主题抒发内心难忍之悲，由此也创造了许多经典名句，传颂后世。这里要提到对于"送别"相当特殊的诠释方式。在钱锺书的《围城》中，主角方鸿渐因为与校方权力纠葛的问题，没有得到接续的聘任，当他要离开执教的学校，曾经心有所感地说道："离开一个地方就等于死一次，自知免不了一死，总希望人家表示愿意自己活下去……有人送别，仿佛临死的人有孝子顺孙送终，死也安心闭眼。"方鸿渐担心离开时若没有学生送行，场面将有点难堪与落寞，宛如没有子孙送终般凄凉。这种文学笔调扭转了"别"之痛苦，以现实面子作为考虑基准，也是一番体会。

期我乎桑中，要我乎上宫，
送我乎淇之上矣

名句的诞生

爰¹采唐²矣？沬³之乡矣。云谁之思⁴？美孟姜⁵矣。期⁶乎桑中⁷，要⁸我乎上宫⁹，送我乎淇¹⁰之上矣。

——鄘风·桑中

完全读懂名句

1. 爰：疑问代词，何处、哪里的意思。2. 唐：女萝，蔓生植物。3. 沬：卫邑名，位于商代朝歌之郊，今河南淇县南方。4. 谁之思：同"谁是思"，即思念着谁。5. 孟姜：女子名，此处仅为托言，并未指明哪位女子。6. 期：约会。7. 桑中：桑树林中。8. 要：邀约。9. 上宫：楼台。10. 淇：淇水，河名，位于河南淇县

女萝哪里采哟？在卫国的沬乡哟！心中想着哪个人呀？美丽的孟姜呀！她约我在桑树林中相见，她邀我到楼台上会面，她还

送我到淇水之边。

文章背景小常识

《鄘风·桑中》是一首情人幽会的诗，内容分为三章，皆以植物展开歌咏，并以"期我乎桑中，要我乎上宫，送我乎淇之上矣"作结。前四句一问一答，显现民歌淳朴的特色，抑扬顿挫更添趣味。至于文中的孟姜、孟弋、孟庸等女子名，仅是为了谐韵，并非指个别不同的女子，因此无须将男主角视为朝秦暮楚之辈，女子名可为美人、爱人的代称。

《桑中》层次分明地描写约会过程，"期我乎桑中，要我乎上宫，送我乎淇之上矣"，刻画出坠入爱河的男子，对于日前约会的陶然沉醉，反复回味再三。这一方面展现恋爱的缠绵，另一方面也留下悠悠余韵，是爱情诗歌最动人之处。

名句的故事

"期我乎桑中，要我乎上宫，送我乎淇之上矣"，将情侣约会甜在心头的私密感受，动人地描绘出来。含蓄温厚中带有些许遐思，也能让读者心领神会。南唐李后主著名的《菩萨蛮》也与男女幽会有关，不过撰写背景与情爱的表达方式迥然不同。李后主先娶大周后为妻，传言周后是当时举世无双的美女，两人结褵以来相知相惜，度过一段美好岁月。然而随着周后的妹妹长大成熟，姿色不但不输给姊姊，并也倾心于李后主，两人背着大周后，于夜半时分幽会，李后主因而写下《菩萨蛮》："花明月暗笼轻雾，今宵好向郎边去。刬袜步香阶，手提金缕鞋。画堂南畔见，一晌偎人颤。奴为出来难，叫君恣意怜。"陷入"不伦之恋"的男女花前月下私会，幽微紧张的情绪就这样一股脑儿全倾泄于文字当中。

对于男女约会的期盼心态，汉朝诗歌《凤求凰》中有一番热切的描述："有美人兮，见之不忘。一日不见兮，思之如狂。凤飞翱翔兮，四海求凰。无奈佳人兮，不在东墙。将琴代语兮，聊写衷肠。愿言配德兮，携手相将。何时见许兮？慰我彷徨。不得于飞兮，使我沦亡！使我沦亡！"诗人已心有所属，但碍于对方尚未表明心意而寝食难安，因此以凤求凰暗喻自己寻求伴侣的急迫心情，且以琴声聊表衷情，希望对方允肯携手相伴。最后诗人坦言若求爱不成功，自己将陷于沦亡、彷徨无依的惨境。《凤求凰》淋漓展现对爱情的期盼与思念若狂，成为后世示爱的代表作之一。

历久弥新说名句

《桑中》里提到"孟姜"一词，或许会令人错以为是哭倒长城的那位奇女子。其实她并非单指特定人物，而是对美人、心上人的代称，与哭倒长城的"孟姜女"是八竿子打不着关系的。事实上孟姜女的故事在诗经的年代尚未出现，要到唐代才有完整的长篇，历经宋元明清的发展才构成体系，成为今日通晓的千里寻夫、哭倒长城、控诉秦始皇暴政、以身殉夫的故事内容。

孟姜女故事的原型最早可溯于《左传》杞梁妻，到唐代始将时间定于秦始皇筑长城之际，且男主角由春秋时的贵族战将降为戍守役人。唐代诗人贯休也对这个典故加以记载，《杞梁妻》诗言："筑人筑土一万里，杞梁贞妇啼呜呜。上无父兮中无夫，下无子兮孤复孤。一号城崩塞色苦，再号杞梁骨出土。"贯休对杞梁妻的描述已经加入千里寻夫、哭倒长城才见得丈夫骨骸的情节，因此也有学者认为孟姜女即是杞梁妻。这种意象的变化与当时社会背景有着必然的关系，古代为了防范北方外族的入侵，因此常常调动百姓屯戍边塞，造成骨肉分离、行役思乡的现象，文人因而借秦始皇筑长城一事来发泄不满。

孟姜女的故事到唐代大体发展完全，进入宋代以后，多于细节上增补，例如将孟姜女的出身由平民妻改为知书达礼的儒生之妻，结合宋代"万般皆下品，唯有读书高"的风气，也强化秦王政焚书坑儒的暴政色彩，增加故事张力。到了明代又重修边城（即日前所存的内长城），孟姜女的造庙运动于各地如雨后春笋般出现，但其意义已经转化，主要是宣扬孟姜女的贞烈贤孝而非嘲讽当政了。时至今日，孟姜女的故事虽渐为人遗忘，由电视广告中的诙谐效果可知，她仍为后现代人们的集体记忆呢！

自伯之东，首如飞蓬。
岂无膏沐，谁适为容

名句的诞生

伯[1]兮朅[2]兮，邦之桀[3]兮。伯也执殳[4]，为王前驱[5]。自伯之东，首如飞蓬[6]。岂无膏沐[7]，谁适[8]为容？

——卫风·伯兮

完全读懂名句

1. 伯：兄弟中排行最大者，此指妇人丈夫。 2. 朅：音 qiè，雄壮威武的样子。 3. 桀：通"杰"，英杰。 4. 殳：音 shū，古代兵器，长一丈两尺，有棱而无刃。 5. 前驱：驱马在前的先锋将士。 6. 飞蓬：被风吹乱的蓬草，此指妇人头发散乱不整齐的样子。 7. 膏沐：润泽头发所用的油脂。 8. 适：音 dí，专意于一

哥哥真是英武啊！他是全国的英雄豪杰！哥哥手拿兵器，为君王担任开路先锋。自哥哥向东出征，我的头发如被风吹散的蓬

草般，并非缺少润发的油膏，而是有谁能让我专一为他妆扮？

文章背景小常识

　　此为《卫风·伯兮》的前两章。首先描写妇人对其出征在外、保国卫民的丈夫，充满骄傲自豪。然后娓娓诉说她终日蓬头散发的原因，在妇人的心目中，唯独她的丈夫才值得自己悉心梳理容妆。表面虽说她对丈夫在前线作战，感到无比光荣，实际却是任由自己蓬头乱发，一心期待丈夫归来。对妇人而言，一边是攸关国家社稷存亡，一边是人间至性的夫妻之情，使她的人生出现两难的矛盾。《伯兮》的前两章，传递的是一个丈夫在外征战的妻子面对公理与私情的内心交战。

名句的故事

　　飞蓬，原指一种遇风拔起、随即飞扬的草本植物，在《卫风·伯兮》中，诗人见女子头发不梳理的混乱，宛如飞蓬乘风而散，所以称"首如飞蓬"。飞蓬除可形容飞乱的头发之外，也因它四处飘散，令人产生不确定前往何处、距离有多远的意象，故也可引申为无根、飘泊之意。

　　唐代诗人李白，其五言律诗《鲁郡东石门送杜二甫》末四句为"秋波落泗水，海色明徂徕。飞蓬各自远，且尽手中杯"。此诗是李白于玄宗天宝四年（公元745年）秋天，在山东送别杜甫而作。诗中李白以飞蓬为喻，意指两人将要天涯各一方，劝进杜甫饮尽杯中酒。据说李白与杜甫在此分别后，彼此就不曾再见过面，但杜甫其后一生仍对李白心存思念，不管置身何处，常留下想念或关心李白安危的诗作。至于李白，除《鲁郡东石门送杜二甫》之外，另确定可考写给杜甫仅《沙丘城下寄杜甫》一首五言律诗。诗仙李白的豁达，诗圣杜甫的重情，由此亦可观之。

南宋爱国词人辛弃疾，其《醉翁操》上片最末"送子东，望君之门兮九重。女无悦己，谁适为容"，巧妙借用《伯兮》中"谁适为容"四字，将女人不知为谁妆扮的话，暗喻自己空有满腔热血，却无可发挥的处境。

历久弥新说名句

《战国策·赵策》其中一篇《晋毕阳之孙豫让》，记载豫让忠于人生知己的故事。

豫让是春秋晋国人，当时晋国六大家族争夺政权，豫让曾在范氏、中行氏底下工作，但并未受到重视，直到投靠智伯，始被智伯所重用。在公元前453年，赵襄子与智伯之间宿怨极深，赵襄子联合韩、魏二家，消灭智伯，三分晋国的土地，战国时代，自此展开。赵襄子为消心头之怨，还把智伯的头骨拿来当做酒杯，豫让得知智伯为赵襄子所杀，便说："士为知己者死，女为悦己者容。"他认为一个有志之士应为赏识自己的人不惜牺牲生命，如同女子想为喜欢她的人妆扮一样，于是决心为智伯报仇。豫让最后虽行刺失败，自杀而死，但他所留下的千古名句，一直为后人所传诵。

《卫风·伯兮》中原写妇人怨叹无人欣赏妆容的"谁适为容"，到了晋国烈士豫让所言的"女为悦己者容"，将女人为心上人妆扮的话，比喻自己只有得到知音赏识，才能有所发挥。故后人多借"谁适为容"、"女为悦己者容"之语，表示怀有雄才壮志，却无处可伸，或暗示正在静待知音。

北、南宋之交的女词人李清照，在她的作品中也出现"首如飞蓬"之貌，如《凤凰台上忆吹箫》上片有："香冷金猊，被翻红浪，起来慵自梳头。"大意是说，铜制的狮形熏炉冷了，掀开红色的被子，人虽已起床，却什么事都不想做，甚至连刚睡醒的一头散发，也不愿梳理。这阕词是李清照与丈夫赵明诚短暂分别时所作。夫妻两人不仅趣味相投，情感也极为恩爱，所以只是一次暂时的小别，词人心中的思念是相当沉重的。古代妇女讲究梳理头发，诗歌中也常见描写女子头发的文句，可见梳头一事，是当时女子每天一早的必备功课，女子若连头发都无心梳理，其情绪之低落可想而知。

知我者谓我心忧，
不知我者谓我何求

名句的诞生

彼黍¹离离²，彼稷³之苗。行迈⁴靡靡⁵，中心摇摇⁶。知我者谓我心忧，不知我者谓我何求？悠悠⁷苍天，此⁸何人哉！

——王风·黍离

完全读懂名句

1. 黍：谷类植物名称。2. 离离：下垂的样子。3. 稷：谷类植物名称，即小米。4. 行迈：行走。5. 靡靡：迟缓的样子。6. 摇摇：心神不安的样子。7. 悠悠：遥远的样子。8. 此：指使我忧伤者，或在斥责"不知我者"。

那黍子已经沉甸甸而下垂，那稷子才长着苗。我的步履蹒跚，我的心神不安。了解我的人，知道我心中有无尽的忧愁；不了解我的人，说我为什么还苦苦的追求？仰望高高在上的苍天，这到底是什么人啊？

文章背景小常识

　　此诗描写一怀忧之人，借诗抒发满腔的忧伤情感。全诗共有三章，各章之末，皆以相同文字作结，诗人一而再、再而三，重复吟诵同样话语，除了表达内心剪不断的愁绪之外，更透过仰问苍天，强调对人间充满难解的困惑。西汉毛亨作《毛传》诗序，他认为《黍离》是周朝东迁之初的作品，诗人行役西周旧都镐京，映入眼帘尽是一片禾黍，令他抚今追昔，不忍离去，留下这一怀古伤时的诗篇。

名句的故事

　　《王风·黍离》堪为一千古绝唱，诗人如此深远忧叹，实有一段历史缘由。公元前781年，周幽王即位，他是西周最末一任君王，不但终日沉溺淫乐，任用奸邪臣子，更不顾民生疾苦。后又黜罢申后，废太子宜臼，改立褒姒为后，以及另立褒姒之子伯服为太子。各国诸侯皆冷眼旁观周王室的腐败行径，私下谋地建国，各自扩展实力。经隔数年，周幽王欲杀宜臼，申后之父申侯向犬戎借兵，攻打镐京，幽王死在骊山之下，结束西周王朝351年的历史。

　　周幽王死后，诸侯拥立幽王之子宜臼为周平王，但西周首都镐京经过这场烽火战役，已成残败废墟，平王选择东迁洛邑，此为东周之始。周平王仰赖晋文侯、郑武公、秦襄公等诸侯辅助，完成迁都工程，于是他大封诸侯、赐赏土地，使诸侯权力日渐扩大，威势更凌驾天子之上，周王室沦为名义上的共主。《王风·黍离》就在这样背景下产生，当东周大夫行役镐京，见昔日繁华旧都，已夷为农田黍稷，兴起今非昔比的感慨！诗中所言"知我者"，即指了解西周从文武鼎盛到走向灭亡以及对东周王室的衰微皆能与他感同身受的人。

历久弥新说名句

在明代罗贯中所著《三国演义》第一百二十回也是小说最末一回，记叙西晋武帝太康元年（公元 280 年）大举伐吴的一段史事。当年，吴主孙皓投降，消息传回西晋首都洛阳，君臣皆喜而互贺，但骠骑将军孙秀，却在退朝之后，面向南方哭道："昔讨逆壮年，以一校尉创立基业；今孙皓举江南而弃之，悠悠苍天，此何人哉？"孙秀是吴国开国始祖孙策幼弟孙匡的孙子，曾以宗室身份任职吴国将军，并掌有兵权，吴主孙皓对他一直心存疑忌。孙秀为避免惹祸上身，于吴主孙皓建衡二年（公元 270 年）投奔晋国，当时晋武帝司马炎急于拉拢人心，遂命孙秀为骠骑将军、仪同三司，封会稽公，给予高规格礼遇。

孙秀出走吴国、奔向晋国，实是处境上的不得已，所以当他一听到吴国灭亡，不禁悲从中来。其言"昔讨逆壮年"指的是孙策在东汉献帝兴平二年（公元 195 年），只是一校尉身份，却在短短数年，打下江东一片江山，为孙吴立国奠定基础，直到吴主孙皓即位，为人骄奢淫逸，又喜滥杀无辜，才使吴国逐步走向衰亡。"悠悠苍天，此何人哉"，原是《王风·黍离》东周大夫感慨西周灭亡之语，孙秀在此表达的是他对孙吴亡国的沉痛哀伤！

到了宋神宗熙宁四年（公元 1071 年），苏东坡因上书反对王安石新法，结果被外放杭州任通判，在宴饮场合认识轻盈曼舞的女子王朝云，其后，苏东坡对王朝云产生情愫，并娶她为妾。苏东坡的性格豪放，经常在官场不加隐讳的畅论己见，以至得罪当朝权贵，一生数度遭到贬官。在他的众妻妾中，王朝云算是最了解他的女人。苏东坡一日退朝回家，心血来潮指着自己腹部，问侍妾们里头装了什么？有人回答文章，有人说是见识，苏东坡都摇摇头，这时，王朝云则笑说他一肚子装的都是不合时宜。苏东坡闻言，便说："知我者，唯有朝云也。"

等到苏东坡年近花甲，元配妻已逝，身边姬妾陆续散去，唯有王朝云始终一路相随，后因生产导致身体虚弱，死时仅 34 岁。苏东坡将她葬在广东惠州西湖，并在墓地筑亭纪念，亭柱镌有一副楹联，刻写："不合时宜，惟有朝云能识我；独弹古调，每逢暮雨倍思卿。"在苏东坡的心目中，认为一生的"知我者"，就是对其内心世界了如指掌的王朝云。由此可见识到这位满腹不合时宜的大文豪遭逢仕途不遂之际，其情感慰藉之所在。

冬之夜，夏之日，百岁之后，归于其室

名句的诞生

夏之日，冬之夜，百岁之后，归于其居[1]。冬之夜，夏之日，百岁之后，归于其室[2]。

——唐风·葛生

完全读懂名句

1. 居：这里指坟墓。2. 室：这里指墓穴。

夏天白日长，冬天夜漫漫，等到百年之后，我也要葬入他的坟墓。冬天夜漫漫，夏天白日长，等到百年之后，我也要葬入他的墓穴。

文章背景小常识

根据《诗序》记载："葛生，刺晋献公也。好攻战，则国人多丧矣。"这里认为《葛生》是因丈夫前去参战，妻子吐露心声，并突显晋献公的好战性格。《毛诗正义》进一步解释："丧，弃亡也。夫从征役弃亡，不反，则其妻居家而怨思。"丈夫从军打仗，结果一去不复返，妻子只能独守空闺，哀怨自怜要经过多少日夜寒暑，熬到百年之后，两人才能够埋葬在同一个墓穴。

《葛生》的第一章、第二章都说草木有寄托的对象，只有独守空闺的妇人，因为丈夫出外打仗无法回家，所以没有依靠；第三章谈到枕头，原本该是"同床共枕"的恩爱，却沦落到只能与美丽的枕头，独自盼到天明；第四章、第五章则是妇人最后的希望，期待在人生的尽头能与自己的丈夫葬于同一墓穴。

《葛生》的背景出于战乱之时，从诗中可读出消极的反战情绪。

名句的故事

晋献公在位时，曾发生两件大事，第一就是"三十六计"中提到的第二十四计"假途伐虢"。虞和虢，这两个小国原本关系良好，如果有一方受到袭击，另一方一定会出兵相救。为打破此一联盟，晋献公先给了虞国好处，然后便在晋与虢的边境制造事端，获得出兵伐虢的借口。这时晋献公向虞国借道，很快消灭虢国。而班师回朝的途中，晋献公也不忘将掠夺来的财物分一些给虞国，并且装病，就地驻扎在虞国京城附近。不久之后，晋献公便趁机连虞国也一起消灭了。

第二件大事就是"骊姬之乱"。骊姬是晋献公晚年攻打外族骊戎所获得的女子，她为晋献公生下一子奚齐，为能立奚齐为太子，骊姬设计陷害当时的太子申生，并逼公子重耳、夷吾逃亡国外。整个王位权力争夺战给晋国的政治带来巨大的伤害。

单单这两件事，不是"战"就是"乱"，足见当时老百姓生活艰苦不安。《葛生》中对已逝者的思念，亦被后人称为悼亡诗之祖。

历久弥新说名句

《唐风·葛生》中的"百岁之后"经常被世人用来形容死亡，也可以说成"百年之后"。这样文雅的用词，目的在淡化人们对死亡的恐惧，用间接的方式来形容。不过另外有个成语是"百岁之好"，比喻结为夫妻，充满喜气，前后两者的意思大相径庭，不可混淆。

有一部很红的日剧，改编自畅销书作家片山恭一的纯爱小说《在世界的中心呼喊爱情》，其中男主角小朔的祖父吟诵了《唐风·葛生》中的这一名句："冬之夜、夏之日，百岁之后，归于其室。"人生历练丰富的祖父体会的是："经过漫长夏日、漫长冬日，你沉睡于此。百岁之后，总有一天我也会和你一起沉睡吧！我安稳地等待着那一天到来……大概就是这样的意思。"这位祖父执著于当年（也是战事）对初恋女友无法有结果的爱，过了这么多年后他竟然突发奇想，央求孙子帮忙"盗墓"，以取得情人的骨灰，也算是一种长相厮守。乍看之下有点荒谬，然而诚如祖父所说："就算这世界再怎么进步，但是人的心，也许内心深处是不太会改变的吧!"这为《葛生》两千多年来的传颂不坠下了相当贴切的批注!

话说中国古来征战连连，不少诗词反映出老百姓的"反战"情绪。唐朝杜甫的《兵车行》："信知生男恶，反是生女好；生女犹得嫁比邻，生男埋没随百草。"杜甫写的是他天宝十年在长安目睹唐玄宗连年发动战争，带给平民百姓无穷的灾难，大家已经到了宁可生女不生男的地步!另一例是宋朝戴复古的《淮村兵后》："小桃无主自开花，烟草茫茫带晚鸦。几处败垣围故井，向来一一是人家。"没有人照顾的桃花会自己开花，连原本热闹的村落房舍，现在都聚集着乌鸦。戴复古历经孝、光、宁、理等四朝，也看尽宋朝对外族的不断退让，他咏叹的是残山剩水。当蒙古人攻陷临安时，宋朝也就濒临亡国的命运了。

"九一一"事件让美国带着报复心态对伊拉克发动战争，由于"师出无名"，反倒激起全球各地参与"诗人反战"，这个组织订三月五日星期三为"全球诗人反战日"，声称进行历史上最大规模的和平诉求，他们将编订反战诗集，并在美国国会吟诵。而20世纪60年代，诗人洛夫于金门的战壕内创作长诗《石室之死亡》，40年来评论不断，在美国已出版英译本，其中有诗句："在清晨，那人以裸体去背叛死/任一条黑色支流咆哮横过他的脉管/我便怔住，我以目光扫过那座石壁/上面即凿成两道血槽……"活在21世纪的我们应深信，透过坚定的言语意志，人类将以无远弗届的力量护守着和平。

未见君子，忧心如醉。
如何如何？忘我实多

名句的诞生

　　山有苞棣[1]，隰[2]有树檖[3]。未见君子，忧心如醉。如何如何？忘我实多。

——秦风·晨风

完全读懂名句

　　1. 苞棣：茂盛的唐棣。棣，音 dì，木名，唐棣。2. 隰：音 xí，低湿之地。3. 树檖：木名，赤罗，也可称作杨檖。檖，音 suì。

　　山上长有茂盛的唐棣，低湿地上长有杨檖。没见到我的丈夫，心中忧愁如醉酒一般。为何呀为何？实在不该把我给忘记！

文章背景小常识

《秦风·晨风》全诗共有三章，此为最末一章。妇人借由树木中的唐棣、杨檖，都能各居其位在适合自己的土地生长，再相较于她的丈夫，原也有一处落地生根的家庭，却因秦国长年用兵作战，造成有家归不得的下场。最末四句描写妇人因不见丈夫，长期笼罩在忧郁情绪中，有如一恍惚醉酒之人，有时甚至怀疑丈夫是否早已把她忘记，诗中充满一种无可奈何的忧伤情调。

名句的故事

《秦风·晨风》的首章始句为"鴥彼晨风，郁彼北林"，其中"晨风"即是猛禽鹯鸟，它是一种飞行速度很快的鸟类。西汉毛亨在《诗序》指出，《晨风》是借由晨风这种鸟类的快速疾飞，隐喻各方贤士急于奔相投靠秦穆公，至于各章都出现"未见君子"、"忘我实多"之句，则是诗人故意以先王秦穆公的英明识贤，讽刺现任君主康公摒弃贤臣的行径，完全忘记先王的功业德行。后世研究者中，虽有人仍遵从毛序所言，但也有人直指毛序根本曲解诗的本意，认为《晨风》纯粹是描写秦国妇女独居思念其夫而作。

西汉刘向《说苑·奉使》记载战国时期，关于魏武侯（即太子击）尚未即位前的史事。话说魏文侯早已先立其子挚继嗣王位，之后他征伐中山国获得胜利，便封其子击为中山国君，从此父子三年未有往来。击的舍人赵仓唐向击进言，认为父子三年不相闻问，不可算慈或孝，他愿代表击出使魏国。于是他向击打听魏文侯喜欢晨鸟与北犬，并将两样礼物准备好，即前往魏国。

　　魏文侯一见赵仓唐代表击送的礼，皆为自己嗜喜之物，得知击并未忘记他，心中感到欣慰。魏文侯问赵仓唐有关击的近况，赵仓唐唯唯诺诺，欲言又止，连续问了三次，赵仓唐才回答说，击已非魏国太子，而是中山国之君，魏文侯直呼其名，是对国君的不礼。魏文侯闻言，立刻改称自己儿子为中山国君，赵仓唐才愿与魏文侯对话。

　　当魏文侯问赵仓唐，中山国君喜读何书，赵仓唐回答《诗》，魏文侯再问哪些诗是他所喜好，赵仓唐回答《黍离》与《晨风》，并当场先吟《晨风》。魏文侯听完问赵仓唐，中山国君是否以为父亲已把他忘记？赵仓唐言不敢，说中山国君只是一直思念魏文侯。接着赵仓唐吟《黍离》，魏文侯再问赵仓唐，中山国君是否心中有所埋怨？赵仓唐言不敢有怨，只是时时思念魏文侯。此时，魏文侯感触良多，于是决定撤换太子挚，改立击为太子，还说要了解一个人，就要观察其交友；要了解一位君主，就要观察其派出的使节。赵仓唐以一小国使节，代其主诵咏《晨风》，一方面以此诗探询魏文侯是否忘记太子击，另一方面也勾起魏文侯对这三年未见儿子的思念情感，当然更重要的是，彻底扭转太子击的命运，使他成为日后战国的霸主——魏武侯。

历久弥新说名句

南朝宋人范晔作《后汉书》，在《卓鲁魏刘列传》中，记载有关东汉末年名臣刘宽的生平事略。刘宽以仁慈宽厚闻名州里，这也使他的官运扶摇直上，连续擢升好几级。有一回，汉灵帝请刘宽到殿前讲学，只见刘宽醉倒睡在大殿之上，灵帝问他是否喝醉了？刘宽回答灵帝："臣不敢醉，但任重责大，忧心如醉。"刘宽当时身份不仅是皇帝的侍讲大臣，又官拜太尉，相当受到赏识，刘宽说明自己在殿前醉了的原因，是忧心皇帝交予他一身重责大任的原故。刘宽这番感人说词，使汉灵帝对他更为看重！

三国时魏国文学家曹植，其《释愁文》起始四句写着："予以愁惨，行吟路边，形容枯悴，忧心如醉。"曹植开宗明义即引《秦风·晨风》的"忧心如醉"，勾勒一身容貌枯槁、恍惚落魄的形象。接着他对一名叫玄灵的高人，倾诉自己忧愁成疾，他还说此病一发作，即难以退去，若好不容易痊愈，症状却一下子又回来，就算春秋的秦国名医医和转世，也难以治好他的病。曹植希望玄灵先生能为他蓍龟问神以求治疗忧愁之方。

玄灵先生听了曹植的叙述，面露不悦神色，告诫曹植要体认动乱世局的本然，不要心神困顿在己身的不平遭遇中。他不愿替曹植蓍龟问神，却为曹植开立治疗愁病的处方，包括"无为之药"、"淡泊之汤"，刺"玄虚之针"、灸"淳朴之方"，安其"恢廓之宇"、坐其"寂寞之床"，最末终可与庄子食"养神之馔"，与老聃致"爱性之方",也就是曹植如能依照指示,用上几帖玄灵先生的心灵药方,就可"改心回趣",原本那些挥之不去的愁疾将"不辞而去"。

《释愁文》中的玄灵先生,想必是曹植虚构出的人物。文中曹植直陈自己罹患愁疾,致使形貌憔悴不堪,表示他长期处在一种被压抑、遭排斥、受冷落的多重伤害中。至于玄灵先生提出那些近趋黄老道家的劝说,不过是曹植在无可奈何中的一番自我安慰,也透露他试图寻求释愁之道的心路历程。

"忧心如醉"始出自一秦国怨妇之口,原是她等不到丈夫出征归来的抒怀之词,演变到后世,此句已成为身负沉重忧虑情感以致心神恍惚者的最佳写照!

有美一人，伤如之何？
寤寐无为，涕泗滂沱

名句的诞生

彼泽之陂[1]，有蒲[2]与荷。有美一人，伤如之何？寤寐[3]无为，涕泗[4]滂沱[5]。

——陈风·泽陂

完全读懂名句

1. 陂：音 bēi，泽畔障水的堤岸。2. 蒲：指蒲柳。3. 寤寐：醒时或睡着，也表示无时无刻。寤，睡醒；寐，就寝。4. 涕泗：指眼泪和鼻涕。5. 滂沱：下大雨。

在那池塘的岸边，蒲柳摆动，荷花盛开。有一位美人，忧心到什么程度？无时无刻不想着他，什么事情也不想做，伤心到泪如雨下。

名句的故事

历代对于《陈风·泽陂》的解析，一说是女子的相思之诗；另一说是因为陈灵公荒淫无道，好周旋于男女之间，居然形成"上行下效"，陈国境内道德败坏，诗人忧虑国家的前途，所以做诗讽刺。先来看看陈灵公与他的臣子之妻——夏姬，两人之间的荒唐与暧昧。夏姬是郑穆公的女儿，传说不仅具备了骊姬、息妫的美貌，还兼有妲己、褒姒的狐媚，年纪轻轻便艳名远播，后来她嫁给陈国陈定公的孙子夏御叔，并育有一子夏南。

夏御叔壮年早逝，夏姬守寡时虽然芳龄已近四十，却保有少女的青春美貌，仍周旋在夏御叔的生前好友孔宁、仪行父之间，这两人都是陈国的重臣。不久在孔宁的搭桥之下，陈灵公居然也成为夏姬的入幕之宾。陈国君臣如此，早已传到夏姬之子夏南的耳中，相传就是他一箭射死了陈灵公。而孔宁、仪行父仓皇逃到楚国，请楚庄王讨伐弑君的夏南。楚庄王率兵进入陈国境内时，知情的陈国百姓都袖手旁观，看着夏南被杀。

历久弥新说名句

自古以来，在诗人笔下美人的形象可以说是千变万化。魏文帝曹丕有一首诗是这样写的："有美一人，婉如清扬，知音识曲，善为乐方。"清扬就是眉目开朗有神的样子，这位美人不仅具有神采飞扬的外貌，性格爽朗，还懂得音律，通晓乐谱，可以说是才貌兼备，因而让诗人倾慕不已。

与白居易齐名的唐朝诗人元稹，作有《古决绝词》，起头便说："乍可为天上牵牛织女星，不愿为庭前红槿枝。"庭前的红槿枝虽然唾手可得，但未必能长相厮守，所以倒宁可是银河中的牛郎织女，至少每年七夕都能见上一次面，心意也不会改变。他继续写道："有美一人，于焉旷绝。一日不见，比一日于三年，况三年之旷别。"原来元稹的美人具备了旷世的丰姿，一日不见好比三年不见，更何况已经有三年未曾见面了。由此可知诗人的思念之情万分深切，无怪乎宁愿当那天上的牛郎织女星，年年可聚首，尽管相思长久，但至少还有短暂相悦！

曾有一个很有意思的书评，评论的对象是《软件工艺》一书，内容是关于软件工程的解决方案。该位评者写到最后下一结论："有美一人，在水之滨，与其听我告诉你她长得怎么样，不如自己去看一看呢！"这一语戳破很多人都以为看了书评就可以知道内容好坏的迷思。毕竟阅读是主观的，而思想是活的，端看读者是否有本领去撷取书中的奥妙了！

月出皎兮，佼人僚兮，
舒窈纠兮，劳心悄兮

名句的诞生

　　月出皎[1]兮，佼人[2]僚[3]兮，舒窈纠[4]兮，劳心[5]悄[6]兮！月出皓兮、佼人㦤兮，舒忧受兮，劳心慅兮！月出照兮，佼人燎兮，舒夭绍兮，劳心惨兮！

——陈风·月出

完全读懂名句

　　1. 皎：洁白明亮。　2. 佼人：佳人，美人　3. 僚：通"嫽"，美好的容貌。二章"㦤"（liǔ）、三章"燎"均义近　4. 窈纠：女子身材苗条，姿态柔美舒缓。二章"忧受"（忧，音yōu）、三章"夭绍"均义近　5. 劳心：忧心的意思　6. 悄：忧愁的样子。二章"慅"（cǎo）、三章"惨"均义近。

　　月亮升起皎洁明亮，月下美人多妩媚，身影窈窕举止轻盈，让我思念心生烦忧。月亮升起洁白清晰，月下美人多秀丽，身影娇柔举止舒缓，让我思念心生愁苦。月亮升起照耀四方，月下美人多艳丽，身影苗条举止从容，让我思念心生烦躁。

文章背景小常识

商朝末年，舜的子孙投靠了周，担任制陶的工作。周武王灭商后，便将舜的后裔妫满封于"陈"（河南东部与一部分安徽）。武王还将大女儿元姬嫁给他，并让他奉守着舜的宗祀，死后追谥为陈胡公。陈国的人有以国为姓氏，历代都以为陈氏就是妫满的后代。相传军事专家孙武的祖先可以远溯到妫满。妫满的后世子孙妫完在陈国内部遇到政变，投奔齐国。当时的齐桓公很欣赏妫完，任命他负责管理百工之事的工正。妫完在齐国定居以后改姓田，就叫田完。田氏后来成为齐国的一大家族，田完的子孙田书很有军事才干，被齐景公册封并赐姓孙。因此，田书又称为孙书，而孙武就是孙书的孙子。

话说妫满娶了周武王的女儿，她热中祭祀、巫术，也影响了陈国的民风。《陈风·宛丘》中便有"坎其击鼓，宛丘之下。无冬无夏，值其鹭羽"，描写古时巫觋击鼓舞蹈、狂热而优美的景象。

名句的故事

《陈风·月出》是一首月下怀人的情诗，共分三章，每章第一句以月起兴，最后抒发想念佳人到心生烦忧之苦。其中以月色比喻佳人的婀娜多姿、朦胧中又非常有魅力，被历代评论家誉为开启了"见月怀人"诗之先河。

而《诗序》的见解是："刺好色也，在位不好德而说美色焉。"欣赏情诗，读到这样的诠释，多少有些杀风景，不过从周武王册封陈国，到春秋时代楚惠王灭掉陈国，诸侯国中如此短暂的寿命，也不多见。也许诗人点出了原因之一，例如荒淫昏庸的陈灵公玩弄臣下的妻子夏姬，他好色不好德的下场，就是被夏姬的儿子夏南一箭射死，很是悲哀。

历久弥新说名句

唐朝诗人张九龄有一首《望月怀远》："海上生明月，天涯共此时。情人怨遥夜，竟夕起相思。"明月仿佛恋人，即在眼前，明月与他，两人"天涯共此时"。然而一在天之涯、一在地之角，遥遥无尽的大海阻隔，思念的苦闷一发不可收拾，与《月出》真可是不相上下。

苏轼在"乌台诗案"获释后被贬谪黄州，先后创作了《前赤壁赋》与《后赤壁赋》。这个"赤壁"并非三国时代周瑜大破曹军的赤壁，而是苏轼触景生情的借题发挥。他兴之所至写道："诵明月之诗，歌窈窕之章。"紧接着又行文"月出于东山之上，徘徊于斗牛之间"、"渺渺兮予怀，望美人兮天一方"，都与《月出》相互呼应。大诗人见景生情，即景会心，进而情景交融。

以"皎"来形容明月，可说是再适合不过了，例如《古诗十九首》中有："明月何皎皎，照我罗床帏。"吟咏此句时，洁净明亮的月光仿佛就洒满了床头。又如宋玉的《神女赋》："皎若明月舒其光，须臾之间，美貌横生，晔兮如华，温乎如莹，五色并驰，不可殚形。"在这里月光就像舞台上的聚光灯一样，映照得女子的美丽无所遁形，几乎让人无法直视。

《天龙八部》中的段誉、慕容复、王语嫣有段三角恋情。话说正当三十六洞洞主、七十二岛岛主正在商议如何对付天山童姥时，段誉却心不在焉地对站在一旁的王语嫣产生诸多遐想。而其中的乌老大因为想不出计策而长叹一声，没想到一旁的段誉竟然也是"唉"的一声，众人闻声望去，只见段誉不急不徐吟道："月出皎兮，佼人僚兮，舒缭纠兮，劳心悄兮！"在场几乎都是学武之人，有谁听得懂这一番话呢？只有那位躲在慕容复身边的王语嫣了。金庸的这番布局真是巧思呀！

匏有苦叶，济有深涉。 深则厉，浅则揭

名句的诞生

匏[1] 有苦[2] 叶，济[3] 有深涉[4]。深则厉[5]，浅则揭[6]。有弥[7] 济盈、有鷕[8] 雉[9] 鸣。济盈不濡轨[10]，雉鸣求其牡[11]。

——邶风·匏有苦叶

完全读懂名句

1. 匏：音 páo，即葫芦，古人涉水用具，以防沉溺。2. 苦：通"枯"，枯黄。3. 济：水名，即泲（音 jǐ）水，源出河南省，东流入山东省境，也可作名词，指渡口。4. 涉：徒步渡水。5. 厉：不脱衣渡河。6. 揭：音 qì，提起衣角涉水。7. 弥：音 mí，水盛貌。8. 鷕：音 yǎo，野鸡的叫声。9. 雉：动物名称，俗称野鸡。10. 濡轨：指车子渡河，以车轴记水位深浅。濡，渍或染之意；轨，车轴的两端。11. 牡：音 mǔ，禽类之雄者。

葫芦的叶子已枯黄，渡口的水已深但还可徒步过河。水深就

连衣下水，水浅则提起衣角涉水。渡口的水位已经涨高，野鸡在声声的啼叫。水声隆隆，河水虽涨高，但水位还没盖过渡河的车轴，雌野鸡依然不停鸣叫，只为找寻它的雄配偶。

文章背景小常识

此诗先描写女子站在河边，细心观察徒步渡水的人群，看他们或系着干老葫芦，全身浸在水里过河，或将葫芦绑在身上，提着衣服涉水，由此也可知河水退涨的情形。然后才切入主题，说明女子伫立在此的目的，是为了等待终身托付的那个男人，但日子一天天过去，眼看河水越涨越高，仍不见男子过河而来。当她发现有人乘车过河，水深还未涨过车轴高度，女子心中又燃起一线希望，心想着男子若趁现在过河，还能赶得及今年的相会！诗人更将女子对男子的等待与呼唤，比作雌野鸡求雄偶一样的急切渴望。全诗最精彩之处，在于女子借由外物与人事的观察，得知河水的退涨变化，而这一切又攸关她的心上人能否顺利过河，其心思细腻与焦虑神情，尽鲜活地跃然纸上。

名句的故事

《邶风·匏有苦叶》中的"匏"，也就是今天我们说的葫芦。鲜嫩的葫芦可作食物，至于过熟而老的葫芦，因外皮干硬，而重量又相当的轻，古人常用来当做渡河系在身上，以防沉溺的工具，如同诗中的女子，就在渡口观看往来人们身上的葫芦，他们会视河水的深浅，决定采取何种方式过河。

《国语·鲁语下》记载一则鲁国大夫叔孙穆子（后称穆叔）举《邶风·匏有苦叶》，暗示誓师伐秦的故事。公元前559年，正值东周春秋时期，各国诸侯早对秦国态度心存不满，在晋国的号召之下，答应共同举兵讨伐，但各国军队到了秦的边界泾水边，却都不敢渡河。晋国大夫叔向把这种情形告诉鲁国大夫叔孙穆子，想知道他对此事的看法。叔孙穆子回答叔向说："豹之业，及匏有苦叶矣，不知其他。"意指自己（叔孙穆子全名叔孙豹）的志业，仅有"匏有苦叶"一事，其他的就完全不知道了！叔向听完，会意地离开，回去告诉他人，鲁国的叔孙穆子一定会过河伐秦，最后果如叔向所料，叔孙穆子以行动证明他伐秦的决心。

《匏有苦叶》原是一首求爱诗，写一女子观看河边人们系葫芦渡水之景，抒发内心热切盼望情人过河的心情，结果竟被鲁晋两国的大夫，拿来作为是否渡河伐秦的谜语。更有趣的是，如此隐晦的暗示，叔孙穆子与叔向两人还能彼此心领神会，真不愧他们在历史上都留下贤臣之名。

历久弥新说名句

《邶风·匏有苦叶》全诗共四章，前两章主要在描写渡口涉水过河的情景，以及女子满心期盼男子的出现；后两章的原文为："雝雝鸣雁，旭日始旦。士如归妻，迨冰未泮。招招舟子，人涉卬否。人涉卬否，卬须我友。"诗人刻意留到最后，才道出全诗主题所在。

"鴈"即是雁鸟，它们习惯群飞，秋天南来，春天北去，所以又称"候鸟"。诗人以雁鸣，点出时序已转为秋天，一等到冬天降临，河水很快就会结冰。诗中女子经过漫长的痴心等待，仍未放弃她的爱情期盼，希望男子若有心娶她，就别等到河水结冰，过不了河。渡口的船夫还以为女子要渡河，也对她招招手。最后，女子眼见所有人都已搭舟离开，她还是伫立在原处，并深信她的爱情不会成空，她的心上人终会过河来迎娶她。全诗到此休止，留下没有答案的问号。然而，到了河水结冰之期，男子若还没过河，女子渴望今年完婚的憧憬，势必幻灭为泡影。

在《匏有苦叶》前两章"雉鸣"时，还能徒步涉水渡河，即使乘车过河，水位也未过车轴。等到后两章出现"鸣雁"飞翔，呈现的是一股秋凉意象，如同河水即将结成冰，隐然揭示女子将逐步走向枯竭、心冷之途。然而，诗人不愿道破痴情女子等待的结果，只强调外在条件都已濒临绝望，女子依然不弃舍那细如游丝的微薄希望，深化她对情感执守如一的精神，以及近乎痴傻、无可理喻的形象。

七月流火，九月授衣。
春日载阳，有鸣仓庚

名句的诞生

七月[1]流火[2]，九月[3]授衣[4]。春日载阳，有鸣仓庚[5]。女执懿筐[6]，遵彼微行[7]，爰[8]求柔桑[9]，春日迟迟[10]，采蘩[11]祁祁[12]，女心伤悲，殆[13]及公子同归。

——豳风·七月

完全读懂名句

1. 七月：此指夏历七月。2. 流火：火星渐向西沉之意。流，下趋；火，星宿名，即火星。3. 九月：此指夏历九月。4. 授衣：将制作冬衣的事授予妇女。5. 仓庚：鸟名，黄骊，即今之黄莺。6. 懿筐：深筐。7. 微行：小路。8. 爰：乃，于是。9. 采桑：指嫩桑叶。10. 迟迟：舒缓，表示白日渐长。11. 蘩：音fán，白蒿。12. 祁祁：众多的样子。13. 殆：将。

　　七月时，火星逐渐向西沉，九月时，女子着手做冬衣。到了春天，阳光温暖，黄骊鸣叫，女子手提深筐，沿着乡间小路，摘采初冒的柔嫩桑叶。春天的白日逐渐变长，许多人正忙着采摘白蒿，女子满心伤悲，因为自己将嫁给贵族公子，从此与家人分离！

文章背景小常识

　　此为《豳风·七月》的第二章，主要描写女子从事劳动之事，包括织做寒衣、采桑叶与白蒿，同时也提到当时月令与天时地物，如七月出现流火、春天黄莺鸣叫、阳光温暖、白日渐长等自然现象。最后，道出正在农事女子的心事，因为她将嫁给贵族公子！

　　《豳风·七月》是《诗经》十五国风中最长的一篇，全诗共有八章，不但描述四季月令的百物变化，也将农民平日的衣食耕织、田猎习武以及为贵族公子服务等写入诗中，是一首完整呈现古代农民写实生活的风土叙事诗。

名句的故事

　　"豳"（音 bīn）原为戎狄的地名，周朝先祖后稷曾孙公刘曾迁居于此，位于今天陕西邠县。相传《豳风·七月》为周公旦所作。西周初期，周公旦辅政幼主周成王，遭到管叔等人散播流言，说周公旦预谋篡夺王位，导致成王对周公旦的忠诚存疑。当时，周公旦居住东都洛邑，不仅忧劳民事，又心系先祖公刘，而作《豳风·七月》与《豳风·鸱鸮》，以表王业艰难。二年后，成王意外发现父亲武王生前病重时，周公旦曾写下一篇祝祷文，向上天表明愿意代替武王而死。成王顿时才明白周公旦的一片忠心，立刻迎他返回镐京。周公旦对安定西周政权的影响极其深远，还有他对武王、成王父子的无私赤诚，更成为后人宣扬不居功的伟大典范。

历久弥新说名句

《七月》对豳地农民细琐生活描写入微，综观全诗各章，涵盖了男女耕作打猎、修屋酿酒，以及采桑织衣等劳动工作。他们一年十二个月，几乎不歇息地辛劳付出，却多半奉献到王公贵族的生活上，其情绪虽忧中有喜、乐中藏悲，但表现出的态度却是平淡温和。如诗中第一章先提到"无衣无褐，何以卒岁"，最后是"同我妇子，馌彼南亩，田畯至喜"。农民前头才刚说他们没有御寒粗衣，将如何度过残年，之后又接着说与妻小协力送饭食到南边田地，农官见他们努力耕地，露出欣喜满意的表情。先写农民愁苦无衣御寒，后写农官开怀欢喜，一悲一喜之间令人不忍。

又如第八章先叙述为贵族凿冰、搬运与窖藏的工作过程，之后则以"朋酒斯飨，曰杀羔羊。跻彼公堂，称彼兕觥，万寿无疆"，作为全诗总结。此处描述大伙儿共饮好酒、烹食羔羊，一起登上公堂，齐举酒杯，祝福君王万寿无疆。最末"万寿无疆"四字，沿袭至今，仍是一句脍炙人口的祝贺语！

清代诗学专家姚际恒对《豳风·七月》极为推崇，并封它为"天下之至文"。此诗明写豳地农民的朴拙善良、任劳任怨，以显他们对王族的忠诚，侧写周朝贵族的权势坐大，有百姓供其劳役。然而最终这群身心饱受奴役的质朴百姓，仍愿意到公堂之上，为他们的领导者高声庆贺。整体而言，《七月》细摹农家的风土民情以及自然百物的生态，深具史料价值。诗中对纯真的农夫农妇，他们内心交错矛盾情感的体察，堪称历来书写周朝农民心声的代表作。

诗，可以群，
可以怨

桃之夭夭，灼灼其华。
之子于归，宜其室家

名句的诞生

桃之夭夭[1]，灼灼[2] 其华[3]。之子[4] 于归[5]，宜[6] 其室家[7]。桃之夭夭，有蕡[8] 其实。之子于归，宜其家室。桃之夭夭，其叶蓁蓁[9]。之子于归，宜其家人。

——周南·桃夭

完全读懂名句

1. 夭夭：少壮美盛的样子，这里形容树木花叶茂盛。2. 灼灼：形容花开茂盛火红的样子。3. 华：同"花"。4. 之子：那个女子。5. 于归：古代称女子出嫁为于归。6. 宜：适应，顺和。7. 室家：室家、家室、家人，三者都可广义解释为夫妇，女子所嫁的人家、家族等意。8. 蕡：音 fén，膨大。9. 蓁蓁：音 zhēn，草木茂盛的样子。

茂盛的桃树呀、开着嫣红的花朵。美丽的女子要出嫁了，多适合她的对象。茂盛的桃树呀，累累的果实渐渐膨大了。美丽的女子要出嫁了，多适合她的家庭。茂盛的桃树呀，密密的绿叶成荫。美丽的女子要出嫁了，多适合她的家人。

文章背景小常识

"桃之夭夭"是指桃树花叶茂盛的样子，在这里形容新娘子的容貌青春美丽。以艳丽的桃花歌咏美女，《周南·桃夭》可以说是此一文学传统的始祖。本诗共分三章，从内容看来旨在祝贺新娘。根据《礼记·昏（婚）义》记载："昏礼者，将合二姓之好，上以事宗庙而下以继后世也，故君子重之。"古人讲究"齐家而后治国"的秩序，能够管理好一个家庭，绵延后代，才能"上事宗庙"，治理好一个国家。因此婚姻嫁娶对于古人而言，可是非同小可的一桩大事，是人之生命的延续，国之生命的开始。

又根据记载："嫁娶必以春者，春，天地交通，万物始生，阴阳交接之时也。"（《白虎通·嫁娶》）我们俗称三月为"桃月"，因为这正是桃花盛开的季节。春临大地，万物的生命力自此展开，人生成长的另一起点自然也充满着春天的气息。

从桃花的嫣红茂盛到婚嫁的喜悦，《桃夭》一诗即以桃花起兴，反复吟咏花朵艳丽、果实累累、绿叶成荫，铺陈出女子对于婚嫁的欢愉心情，充满温馨真挚的祝福

名句的故事

一般认为《周南·桃夭》形容的是三月桃花盛开时，女子出嫁获得圆满归宿的情景，是女子出嫁时所唱的歌，或是一首新婚祝贺之词。最近有一位作者唐文提出了另一种理解诗文的角度。他描述一位怀有待嫁心的女子，她可能倚在窗前，看着窗外盛开的桃花，开始了婚嫁的想象：桃花开了，她遇到合适的对象；果实结了，她知道自己适合对方；树叶成荫了，她跟对方的家人相处得很好。这样来读流传千年的诗句，仿佛每位现代"美眉"都能踏入那桃花缤纷的《诗经》画面中。

说到"桃之夭夭"立即让我们想到"'逃'之夭夭"。"逃之夭夭"其实就是从本句误用而来，但意思却是南辕北辙。因为"桃"和"逃走"的"逃"同音，所以有人就开玩笑地将逃跑这件事，借用了"桃之夭夭"来比喻，后来更将"桃花"的"桃"改成"逃走"的"逃"，于是就成了"逃之夭夭"，此处的"夭夭"已经不具原来的意思了。

历久弥新说名句

在西洋的花语中，桃花代表"虚伪的爱情"，相较之下，中国人赋予桃花的是浪漫的爱情意象。最有名的故事就是唐朝崔护的："去年今日此门中，人面桃花相映红。人面不知何处去，桃花依旧笑春风"(《题昔所见处》)崔护于清明时节,来到郊外一座桃花盛开的庄院中,邂逅一位美丽的女子。次年又逢清明日,诗人回忆起这段往事,再度寻访那户人家,只见大门深锁,于是他便在门上题了这首诗。

有桃花的地方,也发生了许多故事,例如著名的"桃园三结义",刘备、关羽、张飞,就是在桃花园中,焚香祭拜,宰牛设酒,结为异性兄弟,所谓"宴桃园豪杰三结义,斩黄巾英雄首立功"(《三国演义》第一回),进而发展出许多脍炙人口的故事。还有"明朝四大家"之一的唐伯虎,他被罢黜归乡后,在苏州阊门内的桃花坞修建桃花庵别墅,退隐其中,自称"桃花庵主"。由于对人生沧桑有了一番彻悟,唐伯虎选择诗酒逍遥的闲逸生活。

金庸笔下的"桃花岛",可是没有长一朵桃花,由于岛主黄药师的爱妻也就是黄蓉的母亲名叫桃花,因而以此为名。而地理上的桃花岛,位于浙江舟山群岛东南部,与普陀山、朱家尖等相对望。相传秦朝时,有位居士安期生为了躲避战乱来到这个岛屿生活,因为此地有很多渔产,所以越来越多人住了下来。人多嘈杂,好静的安期生决定到别处去,离开前他原本打算要画下这个地方,最后他是不舍地捧起砚台,将墨汁泼在岩石上。后来墨汁泼过的地方呈现出许多花纹,犹如盛开的桃花,桃花岛便由此得名。

死生契阔，与子成说；
执子之手，与子偕老

名句的诞生

死生契阔[1]，与子成说[2]；执子之手，与子偕老[3]。于嗟[4]阔兮，
不我活兮！于嗟洵[5]兮，不我信兮！

——邶风·击鼓

完全读懂名句

1. 契阔：契，分隔；阔，远的意思。2. 成说：成立誓约。
3. 偕老：相伴到老。偕，俱的意思。4. 于嗟：叹词。于，通
"吁"。5. 洵：远的意思。

纵使生死远隔，我们早有誓言在先。记得我们曾紧握着手，
说要一起白头到老。可叹这一分别，我们就无法再相会！可叹我
们彼此相隔如此遥远，让那份誓言可能无法实现了啊！

文章背景小常识

现代人常以"死生契阔，与子成说；执子之手，与子偕老"作为相守一生的誓言，但却往往不知道这个名句的出处《诗经·邶风·击鼓》描述的其实是一个悲凄的故事。

男女主角可能是那个时代成千上万征夫思妇中的一对。他们是卫国人，男子被征召远征陈国和宋国，平定了这两国之后，又被留在当地戍守，无法回家，所以他"忧心有忡"。不仅如此，军旅生活的压力与苦楚让男子到了精神崩溃的边缘，在《击鼓》第三章，这位戍卒说："爰居爰处？爰丧其马？于以求之？于林之下。"他已经搞不清楚自己在哪儿休息，在哪儿住宿，也忘了在哪里丢了马，该到哪里去找，后来才发现原来就在树林中。

在这种惶惶无措中，他想起远方的爱人，想起他们曾经说过要白头偕老的誓言，现在看来，连能否再次相逢都成了遥不可及的梦想，他的誓言恐怕无法实现了。

名句的故事

生死相许的爱情总是令人感动，闽南语中丈夫称妻子为"牵手"，不就是要"执子之手，与子偕老"吗？

在张爱玲的《倾城之恋》中，范柳原跟白流苏说："'死生契阔——与子相悦，执子之手，与子偕老。'我的中文根本不行，可不知道解释得对不对。我看那是最悲哀的一首诗，生与死与离别，都是大事，不由我们支配的。比起外界的力量，我们人是多么小，多么小！可是我们偏要说：'我永远和你在一起；我们一生一世都别离开。'——好像我们自己做得了主似的！"这里张爱玲把"说"解释成"悦"，因此"与子相悦，执子之手，与子偕老"三句都变成誓词的内容。有人怀疑这到底是张爱玲的笔误，还是有意的改动？事实上，对照张爱玲另一篇《自己的文章》，其中也提到："'死生契阔，与子成说；执子之手，与子偕老'是一首悲哀的诗，然而它的人生态度又是何等肯定。"在这里张爱玲保留了诗经的原文，而《倾城之恋》中，张爱玲借由在外国长大的范柳原之口，把"与子成说"改成"与子相悦"，让《诗经》的语意比较容易为一般读者所了解，这应该是张爱玲有意的改动，她又让范柳原说"我的中文根本不行，可不知道解释得对不对"，由此可知这是一个伏笔。

历久弥新说名句

专制社会下，人民没有选择的自由，徭役与战争造成许多家庭的悲剧，民歌正反映当时的社会现象。在《诗经》的《邶风·击鼓》中，战争造成一对夫妻的远隔，建安时期陈琳的《饮马长城窟行》描述了秦代修筑长城的徭役带给人民的痛苦。

《邶风·击鼓》中的男主角似乎精神涣散到了绝望的地步；

陈琳《饮马长城窟行》中修筑长城的卒子也是因那"长城何连连！连连三千里"，永远作不完的徭役而绝望。他写信给妻子要她"便嫁莫留住，善事新姑嫜"，言下之意是："就当我死了吧！再去找个好对象，好好对待你的新公婆！"但是又不忘补上一句"时时念我故夫子"，仍希望妻子要常常想念他啊！

秦代有民歌是这么唱的："生男慎勿举，生女哺用脯。不见长城下，尸骸相支拄？"生男孩儿可以不用养，反正养大了也是要到尸骸堆积的长城去葬送性命，倒是生了女儿可要给她吃肉干好好养育，女儿才是依靠啊！这首民歌反映出秦代人民控诉沉重征戍徭役的情绪。

每对恋爱中的男女几乎总会有些海誓山盟，但结局如何，往往就不得而知了。在《邶风·击鼓》和陈琳《饮马长城窟行》中，因为大环境而无法实现誓言，不过有些例子是输在人心的改变。《诗经》的《邶风·谷风》篇有这么两句："德音莫违，及尔同死。"一个变心的男人抛弃了糟糠之妻，他的妻子控诉他："难道你忘记誓言了吗？你说要跟我同生共死的。"虽然直率一些，不也与"执子之手，与子偕老"心意相同吗？

汉代卓文君与司马相如私奔的故事，起初也是一段佳话，但后来司马相如变了心，卓文君写下绝交书《白头吟》，其中有诗句曰："愿得一心人，白头不相离。"以自己的期待反衬了司马相如的负心，颇有现代张惠妹歌曲《原来你什么都不想要》的含义。

投我以木瓜，报之以琼瑶

名句的诞生

投我以木瓜，报之以琼琚[1]。匪[2]报也，永以为好也。投我以木桃，报之以琼瑶。匪报也，永以为好也。投我以木李，报之以琼玖。匪报也，永以为好也。

——卫风·木瓜

完全读懂名句

1. 琼琚、琼瑶、琼玖：美玉。2. 匪：同"非"。

她向我投以木瓜，我用佩玉作为回报。并不是回报，而是希望能和她天长地久。她向我投以桃子，我用佩玉作为回报。并不是回报，而是希望能和她朝朝暮暮。她向我投以李子，我用佩玉作为回报。并不是回报，而是希望能和她永结同心。

文章背景小常识

《卫风·木瓜》是男女定情之词。《周礼·地官·媒氏》记载:"媒氏掌万民之判。凡男女自成名以上,皆书年月日名焉。令男三十而娶,女二十而嫁,凡娶判妻入子者,皆书之。中春之月,令会男女,于是时也,奔者不禁。"当时政府有"媒官"这个职位,主要负责管理国家的婚姻事务,所以谁家生儿育女、取了名字之后,媒官就负责记录下来;规定男子30岁、女子20岁要结婚。超过这个年纪之后,媒官还会在仲春时节也就是农忙前为未婚男女举办活动,让他们有机会接触异性,这时候,就不需媒妁之言,只要两情相悦便可以成婚。

《木瓜》篇可能就是描述,在这未婚的联谊活动中,女生对男生先表示好感,然后男生以身上的佩玉相赠,也就是以玉为定情信物。此外《郑风·女曰鸡鸣》中的男生说:"知子之来之,杂佩以赠之。之子之顺之,杂佩以问之。知子之好之,杂佩以报之。"《王风·丘中有麻》的女生说:"彼留之子,贻我佩玖。"可见以玉作为定情信物是由来已久的习俗。

古代女生主动对男生示好的方法在现代看来有点匪夷所思,就是用瓜果之类投掷欣赏的男生。《左传·庄公二十四年》便提到:"男贽,大者玉帛,小者禽鸟,以章物也。女贽,不过榛、栗、枣、修，以告虔也。"所谓的"贽"，就是见面礼。女生的见面礼只需要用榛果、栗子、枣子、肉干这些就可以了。《礼记·曲礼》则记载："妇人之挚：椇、榛、脯、修、枣、栗。"这里较之前述《左传》记载，只多了"枳椇"这一项。《木瓜》篇中女方则是用到木瓜、桃子、李子三种水果来示爱，与今日大专院校的西瓜节——男同学送女同学西瓜表示爱慕之意——有异曲同工之处。

名句的故事

以瓜果干货投掷欣赏的男士的习俗，到魏晋时期仍然保存着。《晋书·潘岳传》记载："岳美姿仪，辞藻绝丽，尤善为哀诔之文。少时常挟弹出洛阳道，妇人遇之者，皆连手萦绕，投之以果，遂满车而归。时张载甚丑，每行，小儿以瓦石掷之，委顿而反。"潘岳，字安仁，民间习惯称他为潘安，他是留名千古的美男子。他年轻的时候只要一出门，妇女们就争着把瓜果掷向他，潘岳常常满载而归，所以后来有"潘郎车满"、"投潘岳果"的成语。

而当时另一位长得丑的文人张载就充分体会到世间人情的残酷，每次走在路上，小孩子都用石块瓦片丢他，所以他总是一脸委屈的回家。《晋书》将潘岳和张载放在同一列传，更突显这种美与丑所受到不同待遇的对比。

历久弥新说名句

《礼记·曲礼》云："太上贵德，其次务施报，礼尚往来。往而不来，非礼也；来而不往，亦非礼也。"中国人古来便有礼尚往来的概念。"投我以木瓜，报之以琼瑶"原本是男女之间的定情仪式，后来意义扩大到可用在朋友之间，也简称为"投报"。

《诗经》中《大雅·抑》篇，卫武公的自警之词为："投我以桃，报之以李。"相对于"投我以木瓜，报之以琼瑶"，"投桃报李"是一种物质上更公平的礼尚往来，卫武公原来的意思是："受到人民爱戴，就要行为谨慎，作为楷模，以报答人民。"现在不管任何阶层之间都可以用"投桃报李"来表示感恩的行为。

不管是职场上的上司下属，或是朋友、情人，常常借由赠送物品来表示欣赏的心意，这是从古到今都不变的。东汉年间的科学家兼文学家张衡，在《四愁诗》中有著名的句子："美人赠我金错刀，何以报之英琼瑶。……美人赠我金琅玕，何以报之双玉盘。……美人赠我貂襜褕，何以报之明月珠。……美人赠我锦绣段，何以报之青玉案。"这里的美人是从屈原开始的"香草美人"传统，即指国君。《四愁诗》是张衡出任河间相时写的，运用比兴手法委婉地抒发自己明主不遇、壮志难酬的怀愁忧思。张衡以美人赠我"金错刀"、"金琅玕"等，比喻自己时刻不

忘朝廷君主的恩德，以"我"欲报之"英琼瑶"、"双玉盘"等，
比喻自己向朝廷奉献治国安邦的忠诚。

闽南语俗语有一句："人若衰，种匏仔生菜瓜。"这句话与
"投桃报李"或"投木报琼"是完全相反的意思。表示当时运不
佳时，种下匏瓜却收成菜瓜，也就是付出与收获有天壤之别的意
思。这些以水果、蔬菜为主题的成语、俗语，都可反应过去的农
业社会生活，今天使用时要分辨清楚，以免张冠李戴，种匏仔生
菜瓜。

呦呦鹿鸣，食野之苹。
我有嘉宾，鼓瑟吹笙

名句的诞生

呦呦[1]鹿鸣，食野之苹[2]。我有嘉宾，鼓瑟吹笙。吹笙鼓簧，承筐[3]是将[4]。人之好我，示我周行[5]。

——小雅·鹿鸣

完全读懂名句

1. 呦呦：音 yōu，拟声词，鹿的鸣声　2. 苹：草名，又称藾萧　3. 筐：指献上礼品的竹器　4. 将：进奉的意思　5. 周行：至道，大道理。

呦呦鹿儿鸣，遍食野地苹。我有宾客，弹瑟吹笙真热闹。吹起笙来奏起簧，献上一筐礼品来。他们啊对我好，指引我走向大道。

文章背景小常识

《小雅·鹿鸣》是一篇描写宾主宴饮享乐的诗篇，古代封建礼仪对于诸侯的应酬礼节相当重视，宴饮中不只宾主尽欢，也有如《鹿鸣》所揭示的引导彼此走向康庄大道。本篇诗歌共分为三章，此处撷取第一章，叙述嘉宾来到、敬奉礼品，以及吹笙鼓瑟的热闹情景；中章说明宾客品行刚正、言语精妙，主人以美酒佳肴来礼遇；最后则以鼓瑟弹琴描写宾主契合的快乐。《鹿鸣》通篇充满主客和乐的气氛，主人以宴乐嘉宾之心，全力款待，而客人也展现所长，酒酣耳热之际，献纳忠言，指引主人迈向正道。

具有宾主宴饮之乐与人生励志双重意义的《鹿鸣》，成为中国传统中深具启发性的礼乐诗篇。《鹿鸣》是《小雅》的首篇，《小雅》记载诸侯以下贵族的礼乐雅言，《鹿鸣》即反映当时社交活动的情景。由《鹿鸣》不难看出周代所谓的"贵族之教"为何，孔子一生致力于礼仪的恢复，就是高尚的教育、对礼节的遵循，在宴饮的场合，也是以礼待之、以德相勉，塑造出美好的社会。

名句的故事

东汉末年挟天子以令诸侯的曹操，不仅善于带兵作战，文学造诣也独出一方，以枭雄之霸气挥洒着纵横天下的豪迈。他于最著名的《短歌行》中吟唱："对酒当歌，人生几何？譬如朝露，去日苦多。慨当以慷，忧思难忘；何以解忧？唯有杜康。青青子衿，悠悠我心；但为君故，沉吟至今。呦呦鹿鸣，食野之苹；我有嘉宾，鼓瑟吹笙。"曹操不脱过往诗词以抒发己志，面对着自然万物，人不得不感到渺小，光阴匆匆，仿佛清晨的露水，仿佛乍开的昙花，不留痕迹，原地踏步的自己仅能以酒抚慰哀伤的心灵。然而若是认为曹操就此耽溺、无病呻吟的话，未免太小看这位叱咤三国的风云人物。事实上，诗人的重点是在后面，结合他当时所下的《求贤令》一起阅读，他希望能唯才是举，招揽天下有为的"青青子衿"，他等到现在即是为了求取这些人才。后面曹操引用了《鹿鸣》的"呦呦鹿鸣，食野之苹；我有嘉宾，鼓瑟吹笙"，隐含着寄望能够如同周朝一般，宾主同欢，并在政事上一起奋斗。

据说鹿儿若是发现沃草，会以呦呦鸣声呼朋引伴前来觅食，不会独自私藏。古代地方上有所谓的"鹿鸣宴"，是在科举考试之后，由州县长官宴请主考官、学政以及考生的宴会，就在杯觥交错之间会吟诵《诗经·小雅》的《鹿鸣》，所以称之为"鹿鸣宴"。今天在华人地区也有餐馆以"鹿鸣"为名，或是为菜单名，但是源自于描写宴客时宾主尽欢的诗篇，其含义不只是表面上的宾客多、器乐鸣而已，更添"有朋自远方来，不亦乐乎"的欢喜，以及互相切磋的谦静和谐。在以此命名的餐馆享用美食，想必多了一分风雅吧！

历久弥新说名句

唐代古文家韩愈贬谪江陵时，曾写信寄赠三位官员，希望能早日归返中原，其中有："协心辅齐圣，致理同毛辂。小雅咏鹿鸣，食苹贵呦呦。"四句话中用了两个典故，皆出自《诗经》，一为"德辂如毛，民鲜克举之"（《大雅·烝民》）；另一即是"呦呦鹿鸣，食野之苹"。前者意在告诉收信者，若得其帮助共同辅佐君主治理天下，政事将能平顺；后者则是隐讳地期待收信人能够推荐自己。韩愈借由引用《鹿鸣》，一方面赞扬这三位官员都是识才之人，另一方面也希望他们英雄惜英雄啊！

当代作家张曼娟于《百年相思》一书中，曾有一篇文章以《呦呦鹿鸣》为题，描写她与学生之间的互动，让她宛如沉浸在"我有嘉宾，鼓瑟吹笙"的境界里。故事缘起于作家发表了一篇以结婚为题的散文，学生知晓后误认为老师将有喜讯，因此于课堂中玩闹鼓噪，并在黑板上写了满满的贺词。那一瞬间，惆怅闪过她的脸庞，敏感的学生立即察觉不对劲，然而这也让老师惊觉到这些年轻朋友已可以阅读她的心思，甚至是庇护着她。学生诚挚的关怀，让老师感动之余也体认到所谓的"人之好我，示我周行"。在学校老师负责教导学生，同时学生也丰富了老师的心灵，这种纯粹的交流与成长，不也体现了《鹿鸣》所要表现的意涵！

式微式微！ 胡不归？

名句的诞生

式微[1]式微！胡不归？微君之故[2]，胡为乎中露[3]？式微式微！胡不归？微君之躬[4]，胡为乎泥中？

——邶风·式微

完全读懂名句

1. 式微：衰微，衰落，也表示天色渐暗。式，发语词；微，不明，指天黑。2. 微君之故：若不是因为国君的缘故。微，非。3. 中露：路途中。4. 躬："穷"字的假借。

天色已黑，天色已黑，为什么还不回去？如果不是为了国君的缘故，我怎么会在中途徘徊？天色已黑，天色已黑，为什么还不回去？如果不是为了国君的濒临绝交，我怎么会身陷泥沼？

文章背景小常识

《邶风·式微》篇的本事，历来有两种不同的说法：

第一种说法认为卫宣公时，狄人入侵黎国，黎国国君逃亡到卫国，卫国就把黎国国君和他的臣子安置在国境附近的中露和泥中两个城邑。黎国的臣子劝国君："国家已经沦亡至此，为什么不回去呢？我们如果不是因为国君您的缘故，又怎么会在这里受辱呢？"

第二种说法则认为《式微》篇是黎庄夫人和她的保母所作。黎庄夫人是卫侯的女儿，卫国和黎庄公已经谈好了婚事，可能因为卫国和黎国突然交恶，黎庄夫人到了边境，黎庄公忽然不接纳她了，她的保母闵夫人觉得她很委屈，又担心黎庄公不想娶她了，而她还不转回，就跟黎庄夫人说："夫妇之道，有义则合，无义则去。今不得意，胡不去乎？"夫妻之间的道理如果有正当性就在一起，没有的话就分开，今天黎庄公已经说得很明白了，为什么还不离去呢？所以就作诗曰："式微式微，胡不归？"黎庄夫人说："妇人之道，一而已矣。彼虽不吾以，吾何可以离于妇道乎！"黎庄夫人表示，女人家一生就只能从一而终。他虽然不接纳我，我怎么可以偏离妇道呢？而且也许过一阵子，黎国和卫国的关系好转，情况就不同了啊！所以黎庄夫人作诗曰："微君之故，胡为乎中露？"要不是为了两国国君关系的和谐，我怎么会在这半途中徘徊呢？所以她坚持要"终执贞壹，不违妇道"，在当地等待黎庄公回心转意。

名句的故事

十五国风中，卫国人写的诗是最多的，可见当时卫国作诗的风气很兴盛。而卫国的诗歌中，女诗人的作品又特别多，可以考证出诗人的便有往嫁黎国的庄姬所作的《式微》、宋襄公的母亲桓姬所作的《河广》，以及嫁到许国的穆姬所作的《载驰》。

在春秋战国时代，诸侯女儿的出嫁几乎都是一种外交策略，嫁到别国的女儿，比外交官还重要。除了像《式微》篇中为顾全大局而坚持要往嫁黎国的黎庄夫人之外，最有名的就是作《载驰》篇的许穆夫人。

许穆夫人幼年即以美丽出名，后来许国、齐国都来求亲，穆姬自己反对答应许国，她考虑的原因是："诸侯之有女，所以系援于大国也。许小而远，齐大而近，使边疆有寇戎之事，赴告大国，妾在，不犹愈乎？"她完全将娘家的国家利益放在第一位，尽管如此后来却被嫁给许国的穆公。

卫国国君懿公荒淫佚乐，喜欢养鹤，甚至让鹤坐轿子。懿公九年，北狄侵卫，国人都不愿意打仗，说："让鹤出征。"懿公只好亲自上阵，与狄人战于荥泽，惨败而死。卫国国都朝歌沦陷，宋桓公迎卫遗民 730 人渡河。

远嫁许国的许穆夫人知道祖国覆亡，但因许国地远力弱，无法援救，于是她奔走呼号，后来齐桓公派兵援救，又联合诸侯帮助卫国复国，诗经《鄘风·载驰》就是叙述许穆夫人要回去营救卫国时，许国大夫拦阻，她很有自信地说："大夫君子，无我有尤，百尔所思，不如我所之。"（你们这些大夫君子啊！别再跟我为难了，你们纵然千思百虑，都不如我去一趟啊！）许穆夫人可说是中国文学史上第一位留名的女诗人，也是勇敢的爱国女子。

历久弥新说名句

《诗序》认为《式微》的篇旨是狄人侵黎，黎国臣民流亡到卫国，而大叹式微，历代诗人常常使用这个典故，例如曹植的《情诗》："微阴翳阳景，清风飘我衣。游鱼潜渌水，翔鸟薄天飞。眇眇客行士，徭役不得归。始出严霜结，今来白露晞。游者叹黍离，处者歌式微。慷慨对嘉宾，凄怆内伤悲。"这是一首反映当时社会状况的诗，"游者"是当时在外征战戍守的役夫，"处者"是役夫家中的亲人；黍离指《诗经》《王风·黍离》篇，是一首哀伤宗周覆灭的诗，这里取其感伤乱离、行役不已，"式微"则含有劝归的意思。在外的役夫感叹国家不安定，征战连连，无法与家人团聚；家里的人，则吟唱着式微，希望征夫返家。曹植用"游者叹黍离，处者歌式微"两个诗经典故，把历史和现实交织在一起。

直到现代，"式微"仍然是一个很生活化的词语，不过"式微"的词义扩大到指所有走下坡、衰落的事物，例如"式微的行业"、"道德式微"、"传统日渐式微"等，倒是"归去"的意思似乎已隐没在历史的洪流里了。

相鼠有皮，人而无仪。
人而无仪，不死何为？

名句的诞生

　　相[1]鼠有皮，人而无仪[2]。人而无仪，不死何为？相鼠有齿，人而无止[3]。人而无止，不死何俟[4]？相鼠有体[5]，人而无礼。人而无礼，胡[6]不遄[7]死？

　　　　　　　　　　　　　　　　　　——鄘风·相鼠

完全读懂名句

　　1. 相：视，看。2. 仪：举止威仪。3. 止：容止，举手投足的规矩。4. 俟：音 sì，等待的意思。5. 体：身体，肢体。6. 胡：同"何"。7. 遄：音 chuán，快速，疾速。

　　看那老鼠还有张皮，做人的却不讲礼仪。人无礼仪，不去死还做什么？看那老鼠还有牙齿，身为人反而没有规矩。人没有规矩，不去死还等什么？看那老鼠还有肢体，做人的却不守礼。做人无礼，何不快快去死？

文章背景小常识

《诗经》的六义就是，风、雅、颂、赋、比、兴，过去释经者对于"风"，常衍生出讽刺之意，《鄘风·相鼠》可说是其中相当尖锐的一篇，也是后世经常引用的典故。《相鼠》产生的背景在东周时期，由于贵族解体、礼崩乐坏，统治阶层僭越身份，奢侈靡华，荒淫无度，人民对此深恶痛绝，于是以诗歌抒发其愤慨，对于逾礼、不合礼法的行为加以笔诛。

《相鼠》一诗共分为三章，以鼠、人对比成文，环绕着"人不如鼠"的命题展开讨论，将人从行为没有威仪到没有规矩、枉顾礼节，丧失了身为人的根本价值。诗歌采取层层递进的方式，章句复沓加强立论，迭句出现，文气也随之激昂、铿锵，让人感受到其中所要传达的气愤、不平与嘲蔑。借由人不如鼠的比喻，鞭笞当时统治者丑恶、言行不一的面貌，是篇相当成功"骂人于无形之中"的作品。

名句的故事

"相鼠有皮，人而无仪。人而无仪，不死何为？"以反诘的口吻嘲讽他人，成为重要的讽刺典故，后世往往以"相鼠"来简称。《左传·襄公二十七年》记载齐国的庆封故意乘着奢豪逾礼的美车到处炫耀。孟孙看到之后告诉叔孙："哇！你看他的车很漂亮吧？"叔孙冷冷回道："舆服不合乎自己的位阶，将会招致恶祸。"有一天叔孙与庆封一起吃饭，庆封对他不敬，叔孙因此嘲讽道出《相鼠》一诗，庆封居然听不懂，完全不知道叔孙在嘲笑他不如鼠、不知礼，实在不配做人。

孔子的弟子言偃有一次问老师："为什么要这么急切地维护礼呢？"孔子回答："夫礼，先王以承天之道，以治人之情。故失之者死，得之者生。《诗》曰：'相鼠有体，人而无礼；人而无礼，胡不遄死？'"礼乃圣人承天之道，故制礼后国家秩序才能够刚正，因此失礼者必亡，正礼者才能国运昌荣。孔子最后又引"相鼠有皮，人而无仪。人而无仪，不死何为？"做结论，认为人若无礼，还不如别留在世间浪费粮食了！

历久弥新说名句

《相鼠》带来一种新的创作手法——讽刺，上有臣子对于皇帝的劝诫，下至市井小民宣泄不满，都可透过这种隐微的方式加以发挥。宋朝大文豪苏轼，因与王安石变法当权派不合而受到迁贬，在黄州异地生活中，他写下不少对于时政乱象的嘲讽诗，例如在四子苏遁诞生时的《洗儿诗》："人皆养子望聪明，我被聪明误一生。惟愿孩儿愚且鲁，无灾无难到公卿。"苏轼以解嘲心态描绘出当时权势攀结依附的腐败现象，感慨自己生不逢时，仅能一时愤然反讽，期望自己的小孩愚直、庸碌，将来才有可能青云直上。

　　现代诗人艾青，生存年代正逢中国近代的剧变，他以敏锐的观察力，将生命的苦痛转化为诗文。艾青的作品往往带有忧国忧民的色彩，却也狠狠地揭开现实的疮疤，他于《假如》中写道："假如死了的能活过来，闭着的眼睛忽然睁开，重新看一看周围的变化，一定会吓得目瞪口呆。他活着的时候你曾骂他、恨不得把他整死才痛快，他死了却成了生前友好，站在遗像前面表示默哀。"这种对于人性表里不一的讽刺与《相鼠》实有异曲同工之妙，都以日常事物作比喻，所要传达的蔑视与憎恶之情，强烈鲜明。

　　以《鹿港小镇》崛起的歌手罗大佑，他曾唱过一首名为"相鼠"的歌，歌词带有对现实社会严厉的抨击、不满。他唱道："看彼只老鼠嘛有皮/做人你哪会彼敖假/做人你若是彼敖假/无死你是欲创什么/看彼只老鼠嘛有齿/做人你哪会彼无耻/做人你若是彼无耻/无死你嘛是加了米/看彼只老鼠嘛有体/做人你哪会彼无礼/做人你哪是彼无礼/归去死死咧坎布袋。"仔细看看这些词句几乎完全拷贝自《诗经·鄘风》的《相鼠》："相鼠有皮，人而无仪。人而无仪，不死何为？相鼠有齿，人而无止。人而无止，不死何俟？相鼠有体，人而无礼。人而无礼，胡不遄死？"这首歌运用闽南语语言中独特的韵味，将《相鼠》贴切地予以现代化、通俗化，让传统典故与现代社会联系起来。

叔兮伯兮，褎如充耳

名句的诞生

　　狐裘蒙戎[1]，匪[2]车不东[3]。叔兮伯兮[4]，靡[5]所与同。琐[6]兮尾[7]兮，流离之子。叔兮伯兮，褎如[8]充耳[9]。

　　　　　　　　　　　　——邶风·旄丘

完全读懂名句

　　1. 蒙戎：蓬松的样子。2. 匪：彼，指对方。3. 东：意指流亡者所在的地方。4. 叔、伯：对贵族的尊称。5. 靡：无、不。6. 琐：细小，微不足道。7. 尾：通"微"，卑贱之意。8. 褎如：服饰华美的样子。褎，音 xiù。9. 充耳：本是塞耳的玉石，引申为塞住耳朵、听不见。

　　身穿皮草蓬松的锦裘，车子还不向东行！叔叔啊！伯伯啊！你我心思不相调，渺小又卑微啊！流离失所的可怜人。叔叔啊！伯伯啊！你们的服饰华美，对一切却是充耳不闻！

文章背景小常识

这首诗主要阐述受尽折磨的流亡者对于贵族、在上位者的不满。当他们于寒风中受冻，上位者却是轻裘缓带、朱轮华毂，刻意走避人民的呼唤，戴着长长的冠冕捂住耳朵。《旄丘》一诗虽然没有确定的年代，但从其归于《邶风》可以得知故事背景在卫国。春秋之际，卫国东边的邻国"黎"受到北方狄人威胁，众人投奔卫国，但卫国人置之不理，引起流亡群众不满，因而写下这首愤恨的诗歌。

名句的故事

《邶风·旄丘》一诗中的"褒如充耳"，以玉石塞住耳朵，让不想听到的声音进不来，与"充耳不闻"以物品塞住耳朵，佯装听不见，十分相似。朱自清在《论做作》一文中说："充耳不闻，闭目无睹，也许可以做无为而治的一个注脚。其实无为多半也是装出来的。至于装做不知，那更是现代政治家外交家的惯技，报纸上随时看得见。"指出古今政治人物皆善用虚伪冷漠的伎俩，置生民于不顾。

历久弥新说名句

古代刑罚多以笞、杖、徒、流、死五刑为主。刑罚中的流，大多指流放，与《邶风·旄丘》中的"流离"不同。前者是因为犯罪、过错、贬谪而导致的惩罚。后者因为社会不安、政治动荡，使得人民迁徙移动，如东晋南迁，此外还有因为谋生不易、食粮不足，例如福建、广东、广西一带居民往海外移民。

清朝领台初期，基于防治抗变而勉强治理，刚开始对台有海禁政策，也禁止中国内地人民来台。明清之际岭南一带人口密度过高，生存不易，许多人冒着生命危险偷渡来台，清代学者与地方官员蓝鼎元便曾于《偷渡诗》中描述："累累何为者？西来偷渡人。铤铛杂贵贱，一队一辛酸。嗟汝为饥驱……我欲泪沾巾。哀哉此厉禁，犯者仍频频。"蓝鼎元感慨这些因饥馑来到台湾的民众，一路历经千辛万苦，躲在破烂的船舱中，不仅要面对台湾海峡"黑水沟"的天险威胁，还要忍受船员的虐待，一旦上岸不幸被抓，还有牢狱之灾。即便如此仍要冒险一试，所图的只是一分温饱与生存契机，这般遭遇怎不令人闻之心酸落泪。

墙有茨，不可埽也。
中冓之言，不可道也

名句的诞生

　　墙有茨[1]，不可埽也。中冓[2]之言，不可道也。所可道也，言之丑也。

——鄘风·墙有茨

完全读懂名句

　　1. 茨：音 cí，蒺藜的旧称，根生在墙上，无法拔除，如果硬要拔掉，反而会把墙弄坏掉。2. 冓：音 gòu，指内室，宫室的深密处。

　　墙上长满着蒺藜，是不能够扫除它的！深宫流传着耳语，是不可以说出去的！如果说出去的话，那可是太丢脸了呀！

名句的故事

　　《毛诗正义》记载，这首诗是讽刺卫国宫廷内院的不伦丑事。当时卫国君主卫宣公的世子，原本要迎娶齐僖公的长女宣姜，没想到卫宣公却贪图未来媳妇的美色，居然在婚礼前夕命令儿子出使宋国，自己则厚颜无耻地将儿媳妇据为己有。宣姜嫁给了原本应该是自己的公公，哭泣不已，齐僖公看到木已成舟，也只能承认这门婚事。

卫宣公过世后，宣姜的儿子惠公继承王位，当时卫惠公年纪很小，因此朝中事务由卫宣公妃子所生的儿子公子顽来掌理。不料竟然又发生另一个丑闻："公子顽通乎君母。""君母"指国君的母亲，也就是宣姜呀！公子顽竟然贪色与宣姜私通，且生下子女五人。

"墙有茨"，攀爬根生在墙上的蒺藜是不可去除的，否则墙将倒塌，意味着卫国宫闱乱伦的丑闻就会泄漏出来，所以诗人讽刺地说"不可埽"！"中冓"是宫廷后院后妃住的地方，"中冓之言"暗指内室的淫语秽言，所以诗人说"不可道也"！然而卫国人民真的不知道吗？诗人闪烁其词，其实是"无声胜有声"的描写手法。

历久弥新说名句

身为女人在传统社会中不是一件容易的事情，甚至男人自己贪婪美色、忘却国家大事，女人还得担负很大的罪名，例如让商纣王"唯妇人之言是听"、步入衰败之途的妲己；周幽王因为褒姒"烽火戏诸侯、一笑失天下"；吴三桂"冲冠一怒为红颜"，让明朝亡了国，还让陈圆圆成为罪魁祸首。

清朝历史中，"太后下嫁"是清宫八大疑案之一。皇太极过世之后，年幼的顺治皇帝福临与他的母亲孝庄皇后成了典型的孤儿寡母。而征战一生的皇太极生前并没有指定皇位继承人，因此出现混乱的王位争夺战。睿亲王多尔衮其实很有实力登上王位，却在孝庄的运筹帷幄之下，多尔衮亲自推举年幼的福临继位。多尔衮这样的举动让人怀疑他与孝庄皇后之间并不单纯。后来在多尔衮的协助之下顺治皇帝在北京登基，同年，多尔衮被册封为"皇父摄政王"。

不过清朝初期的政权争夺并未因此而平息，为了巩固年幼顺治的皇帝宝座，据说孝庄委身下嫁给多尔衮，这个举动更是让人相信两人之间的暧昧。不过，这档亲事始终未见正史记载，只能说是"宫廷流言"。姑且不论真实与否，弟弟娶自己的嫂嫂为妻，也是满族的一个旧俗。

这桩疑案流传下来，是因为孝庄皇后最后并未与皇太极合葬，据说她自己也觉得改嫁之事对不起皇太极，所以让康熙皇帝将她葬在风水墙外。

女也不爽，士贰其行。
士也罔极，二三其德

名句的诞生

桑之落矣，其黄而陨¹。自我徂尔²，三岁食贫。淇水汤汤³、渐⁴车帷裳⁵。女也不爽⁶，士贰其行⁷。士也罔极⁸，二三其德⁹。

——卫风·氓

完全读懂名句

1. 陨：落的意思。2. 徂尔：往嫁你家。徂，音 cú，往。3. 汤汤：水流盛大的样子。4. 渐：渍，浸湿。5. 帷裳：女子车上的布幔，用来遮蔽。6. 爽：过失，差错。7. 贰其行：行为前后不一致。8. 罔极：反复无常的意思。9. 二三其德：三心两意，表示爱情不专。

桑叶要落的时候，枯黄而飘零。自从我嫁到你家来，过了三年穷苦的日子。淇水的水势浩大，浸湿了我车子的帷帐。我并没做错什么，而你却变了心。你这个反复无常的爱情骗子、三心两意、对爱不专一。

文章背景小常识

《卫风·氓》可看做是发生在两千多年前一则家暴事件中受暴妇女的自我陈述。女子叙述婚恋的过程，从如何与丈夫相识到决定婚事，然后是婚后的生活以及丈夫如何负心、施暴，最终还遭休弃，回想起新婚燕尔的甜蜜，徒呼负负！

开头时她称自己的丈夫为"氓"，当时"氓"并不像今天的地痞流氓之类，但也不是尊敬的称呼，可解释为"野民"、"庶民"，没受过什么教育的人。这位女子回忆当初，"氓之蚩蚩，抱布贸丝，匪来贸丝，来即我谋"。男子一开始先以布匹换丝作为借口来接近这位女子，这个策略奏效，女子陷入情网。

家暴事件的发生往往在婚前交往阶段就有迹可寻，在谈论婚事的时候，这位女子说："匪我愆期，子无良媒。将子无怒，秋以为期。"她解释并不是故意拖延，而是男子没有请媒人来提亲，还希望他不要生气，定下秋天为婚期。这位"氓"的脾气显然不是很好，女子自婚前就开始扮演忍耐者的角色。

这个脾气不好的男子并不是什么富商，家里可说是一贫如洗。结婚的时候，男子"以尔车来"，车子到女方家迎娶，女子还"以我贿迁"，把财物搬去跟丈夫共享。嫁到男方家后，"三岁食贫"，三年来都过着辛苦的日子，"夙兴夜寐，靡有朝矣"，早晚操持家务不得休息。然而如此辛劳的结果却换来丈夫"至于暴矣"，对她十分凶狠，甚至施以暴力。可怜的女子无法拿起电话打家暴专线，娘家显然又不太支持，因为"兄弟不知，咥其笑矣"，如果被娘家的兄弟知道，可能还会被嘲笑，只有"静言思之，躬自悼矣"，静下来默默想一想，悲叹自己的命运。尤其是"及尔偕老，老使我怨"，忆起曾许下白头到老的誓言，更是教人痛苦不堪！

这样默默忍受没有换来良人的回头，最后这位受暴妇女遭休弃。在渡过淇水时，她回顾这一段婚姻，不禁悲从中来，只有"反是不思，亦已焉哉"，不断告诉自己不要再想、不要再想了，一切就算了吧！

名句的故事

"女也不爽，士贰其行"——现代口语常见的"不爽"一词，在今天是表示心中的不痛快，若依此用法，故事的女主角是说："我心中很不爽，因为你前后言行不一。"果真如此，还有一点骨气，敢表达她的不满。但是现代口语与先秦时毕竟有所差异，《氓》篇的"不爽"与"报应不爽"的"不爽"同义，都表示没有差错、没有过错。女子的意思是："我没做错什么事，而你却变了心，判若两人啊！"更突显她的无助与这段变调婚姻的悲哀。

历久弥新说名句

古代以男性为中心的社会，妇女地位低落，婚姻是她们唯一的依靠，如同《孟子·齐人》中所云："良人者，所仰望而终身也。"一旦良人不良，妇女就可能成为弃妇。在民歌中常可见到这类题材的作品，诗经中除了《氓》之外，还有邶风的《谷风》、王风的《中谷有蓷》等。被休弃后的心情，《氓》篇的女主角是"反是不思，亦已焉哉"，《谷风》则是"毋逝我梁，毋发我笱。我躬不阅，遑恤我后？"已经要离开，女子却还惦记着工作，"不要动我的捕鱼器具啊！"但随即想到自身都不被容纳，哪还管得到之后的事呢？

汉代乐府《上山采蘼芜》有一段被休妇女遇到前夫时的对话："上山采蘼芜，下山逢故夫。长跪问故夫，新人复何如？新人虽言好，未若故人姝。颜色类相似，手爪不相如。新人从门入，故人从阁去。新人工织缣，故人工织素。织缣日一匹，织素五丈余。将缣来比素，新人不如故。"被休妇女问起前夫："新的妻子如何啊？"前夫比较了新人和旧人的容貌，又从生产力来判断说"新人不如故"。大约是娶了新人，又怀念起旧人来了，要不就是良心有愧，想让旧人心里好过些。

后来诗人写弃妇诗，许多是官场不如意的自我比拟，例如曹植的《七哀诗·明月照高楼》："愿为西南风，长逝入君怀。君怀良不开，贱妾当何依？"以明月比喻君主，而以愿入君怀的贱妾自比，微言大义中，希望国君能够听到自己的心声。又如杜甫《佳人》中的名句："但见新人笑，那闻旧人哭？"也是暗喻国君对不得宠臣子的忽略。

彼苍者天，歼我良人，
如可赎兮，人百其身

名句的诞生

　　交交¹黄鸟，止²于棘。谁从³穆公？子车奄息⁴。维此奄息，百夫之特⁵。临其穴⁶，惴惴⁷其慄⁸！彼苍者天，歼⁹我良人，如可赎¹⁰兮，人百其身！

——秦风·黄鸟

完全读懂名句

　　1. 交交：鸟叫声。2. 止：栖息。3. 从：从死，殉葬的意思。4. 子车奄息：子车是姓氏，奄息是名字，秦国三良之一。5. 百夫之特：指此人的才华是百中选一。特，与众不同的。6. 穴：墓穴。7. 惴惴：音zhuì，忧惧戒慎的样子。8. 慄：因恐惧而发抖。9. 歼：消灭。10. 赎：以财物换回人质或抵押品。

　　黄鸟悲凄地叫着，停在棘树上。谁跟着秦穆公殉葬啊？是子车奄息。就是这位奄息啊，才德可是万中选一的。走近他的墓穴，都会让人害怕地颤抖。那个绝情的老天，杀了我们的大好人！如果能够赎回，有几百人愿意代替他而死！

文章背景小常识

这个故事背景发生在春秋时代的秦国。秦穆公是春秋五霸之一，有一天他与群臣喝酒，酒酣耳热之际，他浑然忘我地说："生共此乐，死共此哀。"意思是君臣之间"誓同生死"，不离不弃。没想到秦穆公酒醒之后还是记得这件事情，并且为此立下遗嘱。

公元前621年，秦穆公过世，后继者遵照遗嘱与秦国的风俗，杀了177人为他殉葬。而这百人当中，包括了当时秦国的贤臣子车奄息、子车仲行和子车针虎，这三人号称"秦国三良"。《诗序》记载："《黄鸟》，哀三良也。国人刺穆公以人从死，而作是诗也。"秦国人民对于秦穆公以人为殉葬品深以为恨，特别是秦国三良也在其中，他们更是深表哀悼。

司马迁在《史记·秦本纪》中也特别提到："缪公卒，葬雍。从死者百七十七人，秦之良臣子车氏三人名曰奄息、仲行、针虎，亦在从死之中。"（"缪"古音 mù，通"穆"。）由此可见秦国三良在秦国人民心中的重要性，足以记载于历史中。所以诗人才会说，如果可以交换的话，有上百人愿意代替秦国三良而死，以换回他们的性命。所以，《黄鸟》实际上是一首挽诗，是秦国人民悼念子车氏三兄弟殉葬的哀歌，也是他们对于秦穆公残暴的抗议。

名句的故事

《秦风·黄鸟》记载了古代社会的一项陋俗"殉葬"。活人殉葬，在殷商时代就已出现，特别是妻妾、奴仆，往往都无法逃过陪葬的命运。到了西周时代有以"木俑"或"陶俑"取而代之，但是"人殉"依然持续存在。

孔子曾说："始作俑者，其无后乎！"（《孟子·梁惠王》）孔子意在批评用跟人很像的陶俑作为陪葬品，在意义上与真人陪葬一样，这个最初发明俑的人，一定会有报应，绝子绝孙。孔老夫子说出这么严厉的话，可见对于殉葬以及俑葬类似观念行为的深恶痛绝。

历久弥新说名句

历史上君王驾崩，单单嫔妃便殉葬者众，直到明清时代，历史上仍有相关纪录。例如南京市文物研究所发现，明朝皇帝朱元璋死的时候，光是殉葬的嫔妃就有46人，这46人是先被活生生地吊死，然后再葬在明孝陵的右侧。

关于陪葬的习俗，《红楼梦》中有一段描述，当贾宝玉第一次见到林黛玉时，发现林妹妹身上没有玉，便马上拿起自己的通灵宝玉往地上摔。贾母连忙哄他："你这妹妹原有玉来着，因你姑妈去世时，舍不得你妹妹，无法可处，遂将她的玉带了去，一则全殉葬之礼，尽你妹妹的孝心，二则你姑妈的阴灵儿也可权作见了你妹妹了。"犹可见殉葬观念流传至久。

　　当然也有人如庄子，潇洒豁达地面对生死。有一段故事提到，庄子晚年时曾和弟子们商量自己的后事，弟子们一致认为老师是旷世奇人，一定要厚葬。万万没想到庄子不同意，坚持要将自己弃尸野外。他说："吾以天地为棺椁，以日月为连璧，星辰为珠玑，万物为赍送。吾葬具岂不备邪？何以加此！"（《庄子·杂篇·列御寇第三十二》）意思就是天地是他的棺木，日月星辰就像是璧玉与珠宝，以万物作为殉葬品，难道这样还不够多吗？弟子们惊讶地表示，万一老师的贵体被乌鸦吃掉，可怎么办好？庄子笑了起来，狡黠幽默地反问："在上为乌鸢食，在下为蝼蚁食，夺彼与此，何其偏也。"庄子认为，人死后埋葬在地下，不也是被蝼蚁吃掉吗？为什么要偏袒蝼蚁而轻忽了乌鸦、老鹰呢？人生不带来、死不带去，庄子留下的智慧为万世后代所向往呀！

我生之初，尚无为；
我生之后，逢此百罹

名句的诞生

有兔爰爰[1]，雉离[2]于罗[3]。我生之初，尚无为；我生之后，逢此百罹[4]，尚寐[5]无吪[6]！

——王风·兔爰

完全读懂名句

1. 爰爰：音 yuán，舒缓的样子，形容走路从容不迫。2. 离：通"罹"，遭遇、遭受。3. 罗：用来捕鸟的网子。4. 百罹：百忧。5. 寐：睡。6. 吪：音é，行动。

兔子悠闲舒缓地走着，野鸡却落入猎人的罗网。我年幼的时候，还可以无所事事，长大成人后，却遭逢大小苦难。真希望能躺在床上睡觉都不要动！

名句的故事

《诗序》说："《兔爰》，闵周也。桓王失信，诸侯背叛，构怨连祸，王师伤败，君子不乐其生焉。"这里提到周平王东迁雒邑后，王室逐渐丧失对诸侯国的控制，而各诸侯在休养生息之后，武力逐渐强大，也不再对周天子唯命是从。周平王死后，周桓王即位。周桓王十二年，他带领诸侯国所组成的军队，讨伐桀骜不驯的郑国。郑庄公则不急不徐统帅大军，在繻葛和王师开战。结果王师迅速溃败。周桓王在撤退时，还被射中肩膀。繻葛之战结束后，周桓王没有提出有效制裁郑庄公的方法，威信荡然无存，诸侯国也不再以周王室为"天下共主"，你争我夺的时代自此揭开序幕。

《王风·兔爰》描述狡猾的兔子逃过猎人所设下的陷阱，逍遥自在，而耿直的雉鸡却毫无警觉被抓；兔子若指豪权富贵人家，雉鸡就是平民老百姓，猎人的网仿佛那连绵的战争。诗人回忆年幼时光安祥和乐，长大后服徭役、参与战争。这般遭遇，怎不教人大叹今不如昔，好时光一去不返了！不管此诗是否真如《诗序》所言直接涉及桓王的无力无能，文中三章的结尾反复表示"尚寐无吪"、"尚寐无觉"、"尚寐无聪"，诗人宁可从此长睡不醒，以求解脱。这种"生不如死"的愿望揭露了充满"百忧"的苦难生活！

历久弥新说名句

汉魏之际，著名的文学家蔡邕，他有个博学多才、精通音律的女儿，即女诗人蔡文姬。蔡文姬第一次嫁给河东卫仲道，却遭大丧，然后返回娘家。接着她被董卓强迫迁到长安，后来遭匈奴左贤王俘虏为妃，生了两个孩子。建安十二年，曹操才将她从匈奴的手中赎回。

除了生逢乱世的感伤，蔡文姬又为思念异地两个孩子所苦，从长诗《胡笳十八拍》中可深切感受到这股心酸。蔡文姬起头便感叹："我生之初尚无为，我生之后汉祚衰。天不仁兮降乱离，地不仁兮使我逢此时！"命运如此，似乎也只能诉诸天地不仁了。

近代学者俞平伯是位著名的"红学"专家。他出生的那一年正值公元 1900 年，清末民初，一个动乱不安的时代，他在《我生的那一年》开头便感慨："《兔爰》诗曰：'我生之初，尚无为；我生之后，逢此百罹，尚寐无吪。'诗固甚佳，可惜又被他先作了去。"俞平伯在此文中道尽时代的种种战乱，并借由《兔爰》一诗吐露百姓的心声。在动荡的大环境想要有所贡献，也许是他日后积极参与新文化运动的缘故吧！

我生不辰，逢天僤怒

名句的诞生

忧心慇慇[1]，念我土宇[2]。我生不辰，逢天僤怒[3]。自西徂东，靡所定处。多我觏[4]痻[5]，孔棘[6]我圉[7]。

——大雅·桑柔

完全读懂名句

1. 慇慇：音 yīn，殷切、烦恼的样子。2. 土宇：犹言邦国，家园。3. 僤怒：盛怒。僤，音 dàn，厚。4. 觏：音 gòu，遭遇。5. 痻：音 mín，指苦病、灾难。6. 孔棘：形容甚为危急的状态。7. 圉：音 yǔ，边疆。

我忧心忡忡，怀念故国家园。我生不逢时，不幸遭遇老天发怒。从西到东乱象纷起，没有一处可以安身立命。我遭遇的灾难已经够多了，现在连边疆局势也紧张危急。

名句的故事

"生不逢时"、"怀才不遇"是世人常用的说法，原来《诗经》里早有"我生不辰，逢天僤怒"，表达天生不逢好时机的不平。明末满人以外族蛮夷之姿直逼中土，吴三桂敞开山海关大门，满族士兵的武力入侵，将李自成、张献忠打得溃散奔逃。当时有一批明代遗臣不愿接受异族统治，更不愿出仕，黄道周就是一例。黄道周在淮南殉道后，宋曹感其曲折境遇，为他写下："我生不辰魑魅攻，江淮浪迹如飘蓬。"有谓是孤臣无力可回天，宋曹、黄道周皆是如此，既同感大时代悲哀，无力抗衡，于纸上发泄不满，将清人比喻为魑魅魍魉、鬼邪之物。

中国近代史更是一连串悲哀，列强以船坚炮利逼临，腐败的末代皇朝束手无策，黎民痛苦可想而知。孙中山先生倡导革命，首先面临的就是恢复民族自觉。此外以宋教仁为首的知识分子，也开始建构"民族"、"国族"主义，其中黄节曾发表："我生不辰，日月告凶，痛乎夷夏屡杂，而惧史亡则有国亡种亡之惨。"慨然陈述当时亡国灭种的危机，呼吁有志之士以种族存亡为己任。

历久弥新说名句

传说古代圣王降临必有祥瑞，而祥瑞多以凤、凰形象出现，春秋时孔子曾言："凤鸟不至，河不出图，吾已矣夫！"（《论语·子罕》）即以不见凤凰，传说中的河洛图卷不出世，来表明自己生不逢时。到了唐代，遭受谗言流放外地的李白在《登金陵凤凰台》中写道："凤凰台上凤凰游，凤去台空江自流……总为浮云能蔽日，长安不见使人愁。"诗人在贬谪途中经过凤凰台，不免想起孔子的"凤鸟不至"，感慨太平盛世离他远去，发抒怀才不遇的悲愁。

日据时期台湾也有一批"我生不辰"的文人，他们于民间组织联合会，致力于文学的创作与采集，躲避日本警察取缔，企图借此唤醒民族精神，萧永东就是其中之一。萧永东出生澎湖，17岁到本岛定居，善诗书，个性直率，在当时被视为过激分子，曾锒铛入狱。晚年他为自己预刻墓碑，题上"枉生萧永东之墓"，此处的"枉生"，即有生不逢时抱憾以终之意。他留下遗言将大体捐给医学院解剖研究，20世纪60年代有此想法，不愧为当时先进风潮的领导人。

谁生厉阶？ 至今为梗

名句的诞生

国步¹蔑资²、天不我将³。靡所止疑⁴，云徂⁵何往？君子实维、秉心无竞⁶。谁生厉阶⁷？至今为梗⁸。

——大雅·桑柔

完全读懂名句

1. 国步：国势。2. 蔑资：没有钱财。蔑，无的意思。3. 将：扶持。4. 止疑：安定。5. 徂：通往。6. 无竞：表示无人能与之竞争。7. 厉阶：为恶的阶梯，比喻祸端的根源。厉，恶也。8. 梗：祸害

国势衰败谁来帮忙？苍天也不扶我一把。没有地方可以安身立命，想要离开又不知道去哪里？当政者的本心，本应良善过于众人。到底是谁种下祸根？丧乱祸害绵延至今。

文章背景小常识

《大雅·桑柔》是一篇讽刺周王、苛求执政的诗篇。大抵从西周中期以降，周王室的威势日减，诸侯渐不遵守宗法之制，君王也想集权中央，于是造成各种乱象，百病丛生。《桑柔》即是承受时代苦痛之人写下劝诫当政者的诗文。据说这首诗的作者是厉王时期的大臣芮良夫，由于芮良夫看到周厉王贪求近利、重用奸佞，逐渐有暴虐、奢侈的倾向，因此大胆上书给君主。然而周厉王并不接受，反而日趋严厉，过了不久，即被诸侯驱离国土，逃亡至彘。

这首《桑柔》共有十六章，篇幅颇长。内容描述从乱象频生、人民遭受祸害开始，接着谈到战乱不仅造成民生苦痛，也将祸及国运。第三章即是本则名句，质问陷国家于此困境的罪魁祸首是谁？下章则抒发己志，且说明内乱已扩及外患，边境情势紧张。接下来的十章进入核心，作者反复检讨乱象起因，并且对于恶行予以揭发、讽刺，另外也建议改善的方法，希望在上位者能亲贤臣远小人，从中央到地方依序改革起。最后两章针对当时民乱做一总反省，突显出作者对政治敏锐的观察力，批评切中要害。

名句的故事

本章名句的"厉阶"一词用以代称肇祸之始，字词简洁、寓意深远。宋代国势羸弱常为外患所扰，不仅受历来北方大族契丹侵略，连向来臣服中国统治下的河西走廊、西北部分也出现强族西夏，边境情势岌岌可危。宋朝国君对于这种困境并非毫无体会，其中又以宋神宗最为积极，连年于边境用兵，但是却无法收到实效。于是苏轼奏书建言，认为古代圣王用兵不论成败都十分谨慎，原因就在于战争有害于民生百姓，然而朝廷用兵却由于群臣鼓动而无视于民生疲惫，"从微至著，遂成厉阶"，未来恐将铸成大祸。苏轼以祸端肇始发微作为比喻，希望能从小知大，避免更大的祸害。

中日甲午战争之后，清朝内外有志之士都意识到中国面临前所未有的大变局，因此积极提倡变法，其中康有为、梁启超师生倡导君主立宪。梁启超曾于甲午战败后提出改革、变法之议，在他的《论不变法之害》中叙述到中国的处境是："泰西各国，磨牙吮血……徒以我晦盲太甚，厉阶孔繁，用启戎心，呕思染指。及今早图，示万国以更新之端，作十年保太平之约，亡羊补牢，未为迟也。"意思是西方列强以武力强势侵入，人为刀俎，我为鱼肉，而各种祸端即起于中国政事、社会的盲目，因此列强企图染指。清朝若能积极变法改革则可亡羊补牢，尚有挽回的余地。

历久弥新说名句

明末清初以来，逐渐有许多西方传教士来到东方世界传达福音，除了风俗习惯不同之外，语言文字的隔阂也是一大问题，要如何将《圣经》一书翻译成中文，就是一项浩大的工程。著名的传教士从利玛窦、汤若望等人，皆投入译经的工作，他们一方面以俗语翻译，另一方面援引中国典故来说明天主教所传达的教义。例如："耶稣复谓门徒曰：'厉阶之生，在所不免；然而甘为厉阶者，祸莫大焉！'"意思是耶稣告诉门徒，罪恶的出现是难以避免的，但是若甘心沦为罪恶之渊薮，则是罪大恶极。这种解释结合了《诗经》固有典故，让士大夫阅读之际颇能接受，认为中西文化有交融一致之处，也就较不排斥外来宗教的传播。

蒲松龄在他的名著《聊斋志异》的《胭脂》一篇中，叙述女主角由于暗恋儒生招来祸端甚至对簿公堂的一段故事。整个情节纠结一连串的阴错阳差，女主角胭脂生得脱俗美丽，但是出身低贱，一日巧遇翩翩风度的儒士，一见钟情、心系良人，没想到却因此招来地方流痞的骚扰，甚至导致父亲丧命。由于不知凶手是谁，只好对簿公堂，儒生也遭到怀疑，幸好最后水落石出，还世人一个公道，男女主角也一偿夙愿，结成连理。蒲松龄于文中以"嵌红豆于骰子，相思骨竟作厉阶"，形容整个故事肇因于相思、爱恋，谁知竟会惹来灾祸。

迩之事父，
远之事君

乃生男子，载寝之床，
载衣之裳，载弄之璋

名句的诞生

乃生男子，载[1]寝之床，载衣之裳，载弄[2]之璋[3]。其泣喤喤[4]，朱芾[5]斯皇[6]，室家君王[7]。

——小雅·斯干

完全读懂名句

1. 载：则，就。2. 弄：玩。3. 璋：半圭，即玉制礼器，在贵族的朝聘祭祀场合使用。4. 喤：声音洪亮。5. 芾：音fú，蔽膝。6. 皇：同"煌"鲜明之意。7. 室家君王：一家之主。

要是生下男孩，就让他睡床，给他穿好衣裳，让他玩弄玉璋。男孩的哭声洪亮，红色的蔽膝鲜明，将来长大成家立业称君称王！

文章背景小常识

《小雅·斯干》为祝贺新屋落成之诗，共有九章，这是第八章。主要描写新屋主人生小男婴的照料，包括让他睡在床上、穿着衣裳、给他玩弄的玉器，希望他有如玉般的美好品德，显示对小男婴的重视与深厚期许。

名句的故事

《小雅·斯干》所说的"弄璋"、"弄瓦"，成为后人庆贺亲友喜获子女的祝辞。璋为玉制的礼器，瓦为陶制的纺织工具，两者不但材料不同，使用性质与目的迥异，使用者身份也有男女之别，反映当时男尊女卑的社会观念。

唐代诗人白居易的五言古诗《和微之道保生三日》，开头四句为："相看鬓似丝，始作弄璋诗。且有承家望，谁论得力时。"白居易在写给好友元稹的诗中，谑称自己白发如丝，才开始写喜获麟儿的弄璋诗，道出诗人对生子一事期盼许久，如今终有子得以传承。古时，传宗接代是人生重要大事，白居易到58岁"高龄"，方得一子，取名崔儿，然而老来得子的雀跃仅维持了两年，他60岁时幼子崔儿不幸夭折。本该享受含饴弄孙之乐，白居易却遭到失去唯一幼子的沉重打击，从《哭崔儿》、《初丧崔儿报微之晦叔》等诗作，可见诗人心酸血泪。两年前，他初体验到"弄璋"的喜悦，转眼下笔已成丧子的悲泣心声。

历久弥新说名句

唐玄宗的宰相李林甫学问不好，却有一套口蜜腹剑的本事。《旧唐书·李林甫传》中记载了李林甫援用《小雅·斯干》弄璋典故闹出的笑话。一回，李林甫的舅子生子，他亲笔书写"闻有弄永麞之庆"作为祝贺。前来宾客莫不掩口偷笑，众人嘲笑他贵为一朝之相，竟把"璋"字误写成"麞"，前者贵为玉器，后者是一种兽物。这位宰相学问之肤浅，足以列入天下奇闻，《旧唐书》特别记下此事，以示后人。

自李林甫这段荒谬逸事传开后，文人偶也以"弄麞之庆"四字，引讽李林甫白丁入仕，或用来讥笑学问浅薄之人。不过到了宋代大文豪苏东坡笔下，"弄麞"典故又巧妙转了一层，他在七言律诗《贺陈述古弟章生子》第三、四句颔联写道："甚欲去为汤饼客，惟愁错写弄麞书。"意思是诗人准备参加友人举办的生子宴会，前往祝福小男婴将来长命百岁，匆忙中竟糊里糊涂把"璋"错写成"麞"字。苏东坡别具一格借用李林甫的"弄麞"笑话，作为写给友人喜生贵子的"弄璋"贺诗，也让后人见识到他文思诙谐风趣的一面。

乃生女子，载寝之地，
载衣之裼，载弄之瓦

名句的诞生

　　乃生女子，载寝之地，载衣之裼[1]、载弄之瓦[2]。无非[3]无仪[4]，唯酒食是议[5]，无父母诒[6]罹[7]。

——小雅·斯干

完全读懂名句

　　1. 裼：音tì，包裹婴儿的小被。2. 瓦：陶制物，古代纺线所用的纺锤。3. 非：违背。4. 仪：专制。5. 议：谈论。6. 诒：同"贻"，给。7. 罹：忧戚。

　　要是生下女孩，就让她睡地上，给她盖上小被子，让她玩陶制的纺锤。长大后她不会对人家的话抱持异议，也不会擅做主张，只谈论家中酒食的事情，不给父母带来忧戚

116

文章背景小常识

《小雅·斯干》为祝贺新屋落成之诗，全诗共有九章，这是最末一章，描写新屋主人对小女婴的照料，包括让她睡在地上、盖小被、玩陶器玩具，希望她将来胜任女工事宜，与《斯干》前一章对小男婴，明显可见"差别待遇"。最后三句是告诫语，希望小女孩长大不可多话，不要太有自己的想法，最重要的就是负责好家中的饮食，不给父母带来忧虑。

名句的故事

西汉时期刘向编撰《列女传》，其中《母仪·邹孟轲母传》记载孟子母亲的一段故事。话说孟子在齐国不受重用，他一直想远行宋国谋求发展，但孟母年迈，孝顺的孟子不舍离开。当孟母得知儿子的困惑，说道："夫妇人之礼，精五饭、幂酒浆、养舅姑、缝衣裳而已矣。故有闺内之修，而无境外之志。"接着她又援引《小雅·斯干》的"无非无仪，唯酒食是议"，孟母认为孟子应去完成欲实践的义理，至于她身为女人，只需做好家庭工作，即是负责酒食饭菜、奉养公婆、缝制衣物而已，其他全非她该干涉之事。

孟子生逢诸子百家兴起的年代，孟母为成全儿子的理想，鼓励孟子安心离开齐国，因此留下这段"妇人之礼"。

历久弥新说名句

邱心如是清朝女弹词作家，著有《笔生花》，当时少有女子从事创作，她一路饱尝辛酸，终于完成这部长篇弹词小说。《笔生花》内容描述明代才华冠世女子姜德华，为逃避皇帝"点秀女"，不惜女扮男装出走，历经艰难，赴京应试，一举考中状元，从此步入仕途，官拜宰相。当女儿身份暴露后，父亲要求她上表请罪，她不敌皇帝与父母之命，嫁做他人妇。小说的女主人翁，叱咤风云走过一遭，最终还是无奈地向传统礼教屈服。

作者以明代史实为素材，反映中国封建社会妇女地位低下，以及身为女子的不幸命运，即使出身名门闺秀，同样遭受礼教的压抑，如小说第二十四回写道："老父既产我英才，为什么！不作男儿作女孩。这一问，费尽辛勤成事业，又谁知！依然富贵弃尘埃。枉枉的，才高北斗成何用，枉枉的，位列三台被所排。"在当时男性主导的封建体制下，这番见解无疑被视为离经叛道，然而也正是《笔生花》精彩之处，是女性勇敢表达内心的不平之鸣。

欲报之德，昊天罔极

名句的诞生

父兮生我，母兮鞠¹我。拊²我畜³我，长我育我，顾我复⁴我，出入腹⁵我。欲报之德，昊天罔极⁶。

——小雅·蓼莪

完全读懂名句

1. 鞠：养育。2. 拊：通"抚"，抚爱之意。3. 畜：喜爱。4. 复：通"覆"，保护、庇护之意。5. 腹：怀抱、背负。6. 罔极：比喻无限的样子。

父亲啊，您赐予我生命！母亲啊，您辛苦地养育我！抚爱我、疼宠我、拉拔我、抚育我、照顾我、庇护我，进进出出都怀抱着我，您们的恩德仿佛苍天一般辽阔博大，让我难以报答。

文章背景小常识

　　《小雅·蓼莪》篇是一首流传千古的经典诗歌，通篇信手捻来都是经典名句，举凡"哀哀父母，生我劬劳"、"哀哀父母，生我劳瘁"、"缾之罄矣，维罍之耻"、"无父何怙？无母何恃？"等句，至今仍是许多人朗朗上口的诗句、常用的典故。清代方玉润曾评《蓼莪》为："几于一字一泪，可抵一部《孝经》读。"沈德潜于《说诗晬语》也推荐此篇："其言浅，其情深也。"诚如方玉润、沈德潜所言，《蓼莪》将"孝道"作了最简约且感人肺腑的描写。

　　《蓼莪》是一篇孝子哀悼父母的作品，全篇共分为六章，前两章以"蓼蓼者莪"起兴，由莪草触发诗人对于双亲的缅怀，且经由莪、蒿的强烈对比，感叹自己力量微小不能报答父母恩情，于是发出"哀哀父母，生我劬劳"的悲叹。第三章叙述树欲静而风不止、子欲养而亲不待的悲凄之情。第四章即为本文所挑选，通过九个"我"字的运用，一一强调父母养育子女的种种辛劳，平铺直叙中贯入强烈起伏的波澜，再次呼应前章父母"生我劬劳"、"生我劳瘁"，将感情推至最高处。后两章则趋于平缓，回归诗人自身的感叹，哀其父母不得永享天年，余韵袅袅，引人深思。

名句的故事

　　晋朝初年，大臣王仪性格过于直率，讲话不经意触怒九五之尊的司马昭，因而被杀。王仪的儿子王裒博学而友孝，鉴于父亲死于非罪，闭门隐居教授维生，不再涉足政事。《晋书·孝友传》记载："（王裒）以父死非罪，每读《诗经》至'哀哀父母，生我劬劳'，未尝不三复流涕。"王裒的门生不忍心看到老师哀痛，特别为他将《蓼莪》篇拿掉，让老师授课时不再触景伤情，这件事在当时传为美谈。

自汉代大儒董仲舒建议汉武帝"举孝廉"，倡导民间重视孝道、廉吏的风气，此种标榜孝道的做法，因结合入仕当官的利益，也招来不少挂羊头卖狗肉的投机分子。东汉党锢之祸时，代表士大夫气节的要角陈蕃，以严刑厉法的执政态度闻名，他曾经对于仅有孝子虚名的人判下重罪。例如东汉人赵宣为了宣示对父母尽孝道，在葬礼结束后，不封闭墓室，陪伴父母棺椁二十年，当时人皆称赞其孝，地方长官也延请他入宴，以礼待之，并将他推荐给陈蕃。陈蕃很高兴地接见他，谈笑间问及妻小，赵宣一时不察，说出他有五个小孩且皆在服丧期间孕育，陈蕃听闻为之震怒，服丧期间岂可享夫妻鱼水之欢？因而将赵宣这个人拿下治罪。赵宣以相当极端的形式表达孝心，却又表里不一，因而难脱假借孝行猎取功名的重大嫌疑。

历久弥新说名句

"父兮生我，母兮鞠我。拊我畜我，长我育我，顾我复我，出入腹我"，看似简短，却一语道尽父母养育子女的辛劳。传统社会对于男性总是要求内敛，不轻易表达内心情感，因而这里的"拊我畜我，长我育我，顾我复我，出入腹我"，较容易让人联想到母亲而非父亲的角色。对于母爱的赞扬，新诗诗人小民曾在《妈妈钟》一书写下："推动摇篮的手，是改变社会的手。"母亲那双推动摇篮的手，也是子女内心最深的依恋。作家冰心的小诗《繁星》便如此深情地描绘着："母亲啊！天上的风雨来了，鸟儿躲到他的巢里；心中的风雨来了，我只躲到你的怀里。"

若说传统的父亲严肃而内敛，尽管不轻易将爱诉诸言词，却往往透过直接的行动，例如朱自清《背影》中那位踽踽独行的父亲，就是以朴质而又固执的作风，表露对孩子的爱。20 世纪 70 年代以《小太阳》一书风靡全国的模范爸爸林良，他所展现的父爱更为直率，不时兴爱在心里口难开这套，在细腻、风趣的笔调下父亲和蔼可亲的形象栩栩如生。他曾说在大女儿出生后，各种麻烦事都被他们夫妻俩视为"最快乐的痛苦"、"最甜蜜的折磨"，怀抱中的小女娃就像一颗小太阳，让人忘却窗外凄风苦雨的世界。林良也笑说由于模范父亲的形象，有不少小笔友来信想认他为父，由此可见大部分的父亲或许还不善于表达对孩子的关爱吧！

文王初载，天作之合

名句的诞生

维[1] 此文王，小心翼翼[2]。昭事[3] 上帝，聿[4] 怀[5] 多福。厥德不回[6]，以受方国[7]。天监在下，有命既集[8]。文王初载[9]，天作之合[10]。在洽之阳[11]，在渭之涘[12]。文王嘉止，大邦有子。

——大雅·大明

完全读懂名句

1. 维：加强语气，就是……2. 翼翼：谨慎的样子。3. 昭事：侍奉、敬事。4. 聿：音 yù，发语词。5. 怀：招来。6. 不回：不邪恶、不坏。7. 方国：指殷商四方的诸侯国。8. 集：到来，归向。9. 初载：初年。10. 合：匹配，配合。11. 阳：此处指水之北。12. 涘：音 sì，水边。

就是这位周文王，凡事小心谨慎，敬心侍奉上帝，招来许多福气。他的德行正直不阿，四方诸侯纷纷来依附。天上监看着人间，天命已经归附文王。文王即位初年，上天为他配亲。在洽水的北岸、在渭河水边。文王赞扬她，大国有这好的女子。

文章背景小常识

《大雅·大明》描述周朝创建的背景，其特别之处在于，诗人从两段婚姻结合的角度来看周朝前期创国的历史。周文王的父亲王季与母亲太任以及周文王与妻子太姒都是天作之合，因此能有优秀的后裔如文王与武王，让周人从边远的诸侯渐渐扩大到取代殷商，奠定周朝的基业。

本诗从文王的父母写起，带出文王的诞生、人格的完善，因此四方诸侯国逐渐归附周文王。文王即位之后，虽然商朝尚未灭亡，但商的天命已失，并转到周文王的身上，而上天也配给文王优秀的妻子太姒，生下发动牧野之战灭商朝的周武王。本诗从婚姻角度来书写，固然是想强化周人统治的正当性，但可以发现的是，不论在《大雅》其他篇章描述殷朝腐败的种种情况，抑或是天命的转移，都在促成周人代殷这股不可抗拒的潮流。

名句的故事

我们常于朋友新婚贺喜之际，在红包写上"天作之合"，称赞新人是完美的一对。现在知道此句贺词出自《大雅·大明》一诗，和周文王与太姒的婚配结合有关，背后蕴含着特殊的历史意义。今天常用相似的祝福词语还有"百年好合"、"佳偶天成"、"天地牉合"等。

此外，"天作之合"也指称自然形成的伙伴关系。在《儒林外史》第七回中描述到，范进的学生荀玫苦读并考中进士，消息传来马上就有许多人来拜访。其中出现一位与他同年上榜又同乡的王惠，王惠头发已白，年岁较大，但一进门就很热络地说道："年长兄，我同你是天作之合，不比寻常同年弟兄。"之后又道："可见你我都是天榜有名，将来同寅协恭，多少事业都要同做。""同寅"就是同僚、同事的意思。这两句都是客套话，主要借由"同榜"一事强调两人的缘分甚深，未来应像伙伴般互相帮助、携手合作。

历久弥新说名句

《大雅·大明》篇出现两对珠联璧合的夫妻佳偶。中国文学中流传千古的著名夫妻档不少，但多以悲情居多，在此来看两则较不一样的夫妻之道。魏晋南北朝是中国"情"文化解放的时代，不仅男人在外要求个性解放，在家的女性同胞也稍解礼教束缚，当时出现一种很特别的"妒妇"现象，连社会风气也予以称扬。东晋大臣谢安，他的夫人刘氏相当会妒忌，个性也较凶暴，让在外驭臣有术的宰相谢安，回家沦为受驭夫有术的妻子所管制。谢安的亲戚看不过去，曾借《诗经·周南·螽斯》来劝刘氏应以开枝展叶的大局为重，让谢安纳妾，并说男性多娶是沿袭自周公制礼。刘氏一听大不以为然，直接回道："周公是男子相尔，若使周姥来撰诗，当无此言。"就是坚持不让丈夫纳妾。

汉武帝贵为九五之尊，一生中经历的女性也不少，然而能让他动真情、思念不已且为之写诗作赋的只有李夫人。李夫人是李延年的妹妹，李延年善音律、歌舞，深受武帝欣赏，有一次他在宴会上唱道："北方有佳人，绝世而独立，一顾倾人城，再顾倾人国。宁不知倾城与倾国，佳人难再得。"武帝一听不禁大为心动，赶紧问佳人是何人？一旁的平阳公主表示，李延年的妹妹就是这样的佳人。皇帝将她召入宫，果然惊为天人。然而红颜薄命，当她病重之时，谢绝武帝探视，她认为以色事人者，色衰则爱弛，爱弛则思绝。她希望在皇帝心中永远留下最美好的样子。此举让汉武帝一生都难以忘怀这位佳人，并写下《李夫人赋》，其中有："秋气憯以凄泪兮，桂枝落而销亡，神茕茕以遥思兮，精浮游而出疆。"以其深情来怀念这位李夫人。李夫人似乎对于男性唯色是求的本性十分了解，撒手人寰之际，也要忍住想看丈夫的念头，以求在武帝心中保有一席之地。然而她的内心深处必是想见武帝最后一面的吧！

我送舅氏，曰至渭阳。
何以赠之，路车乘黄

名句的诞生

我送舅氏[1]，曰至渭阳[2]。何以赠之，路车[3]乘黄[4]。我送舅氏，悠悠我思。何以赠之，琼瑰[5]玉佩。

——秦风·渭阳

完全读懂名句

1. 舅氏：舅父。2. 渭阳：即指渭水的北方。水北为阳。3. 路车：是诸侯乘坐的马车。4. 乘黄：指四匹黄马。5. 琼瑰：美玉宝石。

我送别舅舅，送到渭水北岸，该送给他什么东西呢？四匹黄马拉着的座车。我送别舅舅，心里常惦记他，该送给他什么东西呢？珍贵的宝石和玉佩。

文章背景小常识

《毛诗正义》记载："康公之母，晋献公之女。……康公时为太子，赠送文公于渭之阳。念母之不见也，我见舅氏，如母存焉。及其即位，思而作是诗也。"秦穆公娶了晋献公的女儿，生下秦康公。当时还只是晋国公子的重耳，因为骊姬之乱的关系，出亡 19 年，期间也被秦穆公收留过。当秦康公还是太子时，他送别舅舅重耳回国，由于母亲已过世，他非常怀念，觉得看到舅舅就好像看到自己的母亲一样。后来秦康公继承王位，因为思念亲人，便作了《渭阳》一诗。

名句的故事

这首诗与春秋时代尔虞我诈的背景有关。当时秦穆公因利益交换，协助晋国公子夷吾登上王位，是为晋惠公。秦穆公曾在晋国闹饥荒的时候送了很多粮食给晋国，但是晋惠公却背信忘义，不仅未能履行与秦穆公的约定，来年秦国饥荒请求晋国帮助时，晋惠公竟断然拒绝。秦穆公一怒之下掀起战事，俘虏了晋惠公。秦穆公的夫人听到自己的兄弟被抓，便以死相逼，迫使秦穆公释放晋惠公。晋惠公回国之后只好履行承诺，把河西五城的土地送给秦国，自己的太子圉作为人质，留在秦国。

然而，秦穆公对于晋惠公始终不满，之后迎接另一位在外流浪的晋国公子重耳，并协助他登上晋国的王位。秦康公的送别，就是送他的舅舅重耳回到晋国去做君王。后人常说的"渭阳情"就是指舅甥之间的感情，"渭阳之情"、"渭阳之思"，都有相近的意思。

历久弥新说名句

《世说新语》中有一则故事，话说魏明帝在他的母亲甄宓的外家，为外祖母盖了一座房子。房子落成之后，魏明帝亲自前去探查，顺便问了问跟在左右的人："这座房子应该如何命名？"在旁的侍中缪袭便回答："皇上圣洁的思想可以媲美古代的君王，皇上的孝心也超过了曾参、闵子骞；这座房子是皇上对于母舅一家的情谊，可以把它称为'渭阳'。"

在日常生活中，我们常常会听到一句"母舅最大"，所谓"天顶天公，地下母舅公"，舅舅是妈妈的兄弟，等于娘家的"靠山"，遇上重要场合便会请舅舅出面处理。闽南谚语中还有一句"外甥食母舅，亲像食豆腐"，表示身为舅舅的人总是会特别疼爱自己的外甥。家族伦理与温馨之情，从名句与谚语中可见一斑。

委蛇委蛇，退食自公

名句的诞生

羔羊之皮[1]，素丝[2]五纪[3]。退食[4]自公[5]，委蛇[6]委蛇。羔羊之革[7]，素丝五绒[8]，委蛇委蛇，自公退食。羔羊之缝[9]，素丝五总[10]，委蛇委蛇，退食自公。

——召南·羔羊

完全读懂名句

1. 羔羊之皮：羔羊，小羊。羔羊皮指周代官吏所穿的羊皮袄，羊毛露于外。2. 素丝：白丝。3. 五纪：采交叉缝制的皮革接缝处。五，古时候写作"屋"，纵横错杂的意思。纪，音 tuó，缝界。4. 退食：退朝之后用膳，另一说法是减膳以示节约。5. 公：指公所，衙门。6. 委蛇：走起路来弯曲摇摆、悠闲自得的样子。蛇，这里读作 yí。7. 革：皮。8. 绒：音 yù，缝界。9. 缝：缝制。此句是说缝制羔羊的皮革好做成裘衣。10. 总：指针工细密。

官吏身穿羔羊袄，白丝线儿把衣缝，退朝忙把肚填饱，晃晃悠悠好逍遥。官吏身穿羔羊袄，白丝线儿把衣连，一摇一摆真自在，下朝吃喝忘不了。官吏身穿羔羊袄，白丝线儿把衣缀，一副悠闲自得貌，退朝吃喝不嫌早。

文章背景小常识

在《诗经·召南》中，这首诗很特别，采用反复吟咏的手法，层层递进。每章均按照穿着、饮食、走路仪态来描写，如各章前两句"羔羊之皮，素丝五纪"、"羔羊之革，素丝五绒"、"羔羊之缝，素丝五总"，是说大夫们身上所穿的羊皮袄，皆用洁白的丝线交错纵横地缝制而成。关于"纪"、"绒"、"总"，根据古代字书《尔雅》的记载："五丝为纪，四纪为绒，四绒为总。"由此可知，这羔羊袄的丝数不仅渐次加密，也显示出大夫们在穿着上是极为华丽讲究的。

当然，若仅由字面上看来，会认为这是首描写某位官员退朝回家，悠闲散步的小诗罢了，或许还想象到官员腆着个饱肚子，以至于不得不解开腰带，被他那副想将早下胃的食物翻出的逗趣模样惹得扑哧一笑呢！不过，历代的文学家或是研究者可不这么想，有人甚至一脚踢爆《诗序》中这几句话："《鹊巢》之功致也。召南之国，化文王之政，在位皆节俭正直，德如羔羊也。"对本诗主在赞美大夫仪态的说法更是嗤之以鼻。他们认为这首诗的意旨与《鹊巢》风马牛不相及，《诗序》只是牵强附会，学者们并反驳说，如果这首诗欲赞扬大夫仪貌的话，为何只撷取这样的片段来描绘呢？因此主张这是一首"以美为刺"的作品，表面仿佛是赞美，实际上字里行间全堆叠着对那些王公大夫们的揶揄与讽刺啊！

名句的故事

许多学者之所以会提出这样相反的评断，也是其来有自。这可以从文字中找到一些线索，特别是每章后两句重复出现的"委蛇委蛇"一词。"委蛇"两字在先秦古籍中有两种意义，一是描述形体摇摆的状态，如《离骚》中有"载云旗之委蛇"，形容旌旗在空中飘摇不定的样子；二是指虺蛇，"委"借为虺，委和虺是一音之转，委蛇即虺蛇，是一种毒蛇。《庄子·达生》："若夫以鸟养养鸟者，宜栖之深林，浮之江湖，食之委蛇。"当中的"委蛇"便指虺蛇。另外，《诗经·小雅·斯干》："维虺维蛇，女子之祥。"则是说明古代解梦学认定妇人若梦见长蛇或虺，就代表会生个可爱的女娃儿。这些典籍都把"委蛇"解做虺蛇，也难怪学者们会宣称这首诗有弦外之音，将官员们看做嗜血的毒蛇了。

此外，每章后两句都是同样的词句，只是顺序颠倒排列，该不会是江郎才尽，词穷的缘故吧？答案当然是否定的，如此铺排可谓别有用心。不少学者认为，这是为了呼应公卿大夫们日复一日、悠闲无事的生活节奏。这些人饱食终日，无所用心；上朝当应声虫，下朝当米虫；不求有功，但求无过，这种生活态度在单一反复的诗句结构中无所遁形。倘若是个小老百姓，倒也无可厚非，可是身为朝廷官员，则面目可憎呀！因此才会将"退食自公"、"自公退食"、"委蛇委蛇"交错使用以加强其不平之声。

历久弥新说名句

时至唐宋两代，"委蛇"的应用就少了点"动物学"的色彩。例如韩愈在《石鼓歌》中抒发了对于石鼓文长期散布于荒郊野岭的感慨，其中有一句："陋儒编诗不收入，二雅褊迫无委蛇。"石鼓是一组鼓型的刻石，共十枚，内容叙述周、秦两代贵族们的畋猎事迹。而身为古迹保护者的韩愈，自然认为古代儒者采诗却未收录石鼓文，是因为相形之下，二雅的内容狭窄，无雍容大度，以致石鼓文无"从容自得"的栖身之处。这里的"委蛇"就是指庄重悠闲的样子。附带一提，韩愈对《诗经》的贬责，不妨视为大声疾呼唐代政府重视古代文物保存，是"不得已的冒犯"，无须为此质疑《诗经》的文学价值！

另外，苏东坡在二首《百步洪》诗中也反复使用了"委蛇"二字。其一先是："纷纷争夺醉梦里，岂信荆棘埋铜驼。觉来俯仰失千劫，回视此水殊委蛇。"诗人表达了不与人争的人生观，笑看那些日日处于争权夺利梦境中的人们，哪里会相信宫门前的铜驼有一天也会埋在荆棘荒草之下？等到大梦乍醒，发现早已浪费多时，若能回头看看流水，便会惊觉水仍悠然自得地流着，并不会因此有任何改变。在这里，"委蛇"可说是包装流水"悠游自得"特质的赞助商。

之后其二又有："奈何舍我入尘土，扰扰毛群欺卧驼。不念空斋老病叟，退食谁与同委蛇。"笑骂之前因自己公务在身，不能与之同游的朋友必定是故意欺负他"空斋老病叟"，舍弃他一个人孤零零地办公，无人陪伴。至此，"委蛇"仍保有原本"悠闲"的面貌，但也有成语"虚与委蛇"勉强应付人、假意周旋的含义。

不忮不求，何用不臧？

名句的诞生

雄雉[1]于飞，泄泄[2]其羽。我之怀[3]矣，自诒伊阻[4]。雄雉于飞，下上其音。展矣君子[5]，实劳[6]我心。瞻彼日月，悠悠我思。道之云远[7]，曷[8]云能来。百尔君子[9]，不知德行。不忮[10]不求[11]，何用[12]不臧[13]？

——邶风·雄雉

完全读懂名句

1. 雉：俗称野鸡，雄者有冠，尾巴长，羽毛艳丽。2. 泄泄：音yì，形容挥动翅膀的样子。3. 怀：怀念。4. 自诒伊阻：自己为自己留着那忧伤。诒，遗留；伊，彼；阻，险阻，引申为忧伤。这是指因为丈夫勇于赴义而发的感叹。5. 展矣君子：确实因丈夫的缘故。展，的确；君子，指丈夫。6. 劳：担忧。7. 道之云远：道远，路途如此遥远。8. 曷：何时。9. 百尔君子：凡尔君子，指你们这些官员。此处"君子"为有官爵者，当然也包括女主角的丈夫。10. 忮：音zhì，妒忌陷害。11. 求：贪求。12. 何用：为什么。用，通"以"。13. 臧：音zāng，善。

雄雉在天空飞翔，挥动着翅膀。怀念远方的丈夫，自找离愁空忧伤。雄雉在天空飞翔，鸣声忽上忽下。的确是因为丈夫，使我担忧挂心。望着太阳盼月亮，勾起绵绵思愁，山河阻隔路漫长，何时才能归来？你们这些官员都一样，不知安分守己，若能安贫知足，不忌妒不贪求，怎会做不好？

文章背景小常识

《诗序》已有言在先，说这首诗是讽刺卫宣王而作，让后世少了一些机会上演口水战戏码。但是有些学者仍认为诗中并无明确提出卫宣王的败政，因此强调《诗序》不足采信。姑且不论这些观点的正确与否，毕竟它们不妨碍我们纯粹欣赏诗作。首先来到这首诗的背景时空，时值西周后期，战争频仍，男子纷纷离家赶赴战场，导致许多妇女独守空闺，默默承受相思之苦的"骨牌"效应，这就是诗中女主角之所以发出如此感叹的原因了。

全诗分为四章，内容铺排将女主角的心绪以层层递进的方式，深入描写她对丈夫的思念。第一章"我之怀矣，自诒伊阻"，写丈夫自从出外征战，夫妻各分他方后，妻子便常常挂念丈夫。第二章"展矣君子，实劳我心"，指丈夫离家后，妻子无时无刻

不怀念丈夫终日忧伤的模样。第三章"瞻彼日月，悠悠我思"，
写时间就在妻子每日期盼下流逝，却依旧不见丈夫返家。虽然古
法中明定征期仅两年，但实际上往往是不知归期的。真是百般无
奈，即便殷切盼望，但是"道之云远，曷云能来"，山河阻隔漫
漫归途，丈夫要走到何年何月呢？至此，妻子深切的思念之情推
向了高峰。最后一章含蓄点出造成夫妻饱受离散之苦的，正是那
些不讲仁义的统治者，一语道破政治人物的心灵包袱——忌妒与
贪求。

名句的故事

本诗借雄雉起"兴"，用委婉的手法表现出夫妻间的眷恋之
情。不过有趣的是，"雄雉"这种鸟可不比历代其他文人常引用
的"鸳鸯"、"孔雀"、"鸿雁"或"燕子"等飞禽，有祥瑞或是
悠远的象征意义。因为雄雉双翅又短又圆，飞翔能力不强，通常
仅在地上活动，只有在受到惊吓时，才会一跃而起，振翅飞行一
小段距离后，再落地没入草丛中。那么以"雄雉"这般习性来比
喻丈夫的远行，背后所隐含的意义或许就值得探究了。难道是自
叹丈夫明明才疏学浅，却偏偏羡慕显达人士的功成名就吗？有人
便大胆臆测"自诒伊阻"根本不是妻子的自责语，而是埋怨丈夫
不知安贫乐道，"你奔波在外，完全是自找苦吃啊"。

若是基于此论点，那么最后一章"百尔君子，不知德行，不
忮不求，何用不臧"，其中的道理就更显而易见了。她反问所有

的"君子们",为何不懂恬淡自处,在家平安过日子?为何非要抛家离乡,在外奔波,追求富贵荣华?倘若安贫知足,不忌妒、不贪求,这样过一生又有何不可?就连现在她眼前的这只"雄雉",都能自在地舒展翅膀跃飞,为何她那似雄雉的丈夫却非得去远方寻"大志"呢?这样的女性心声恐怕是十分罕见的。"成功的男人背后都有一位伟大的女性",社会上"流行"的观念传输女性扮演推动男性追求理想的鼓励者角色,也许要等到丈夫长年在外自己备尝孤寂之苦时,才会有"悔教夫婿觅封侯"的怨叹吧!

历久弥新说名句

孔子也曾用"不忮不求,何用不臧"这八个字来称赞子路的个性,他说自己的众多学生之中,只有子路能够即使穿着破旧袍子,也不会因与穿着皮草皮裘的人站在一起而显得局促不安。不过后来因为子路得意孔子对他的赞美,日日朗诵这八个字,反而引起孔子对他的一番训斥:"是道也,何足以臧?"(《论语·子罕》)表示这只是做人的基本道理,哪称得上是尽善呢?由此可以看出,子路仍未真正做到"不忮不求,何用不臧"啊!那么,古今中外究竟有几人能幸免罹患"地位焦虑症"?谁能真正不在意他人批评,不把自己囚禁在别人的"眼牢"中呢?

历史上不乏这样真性情的人物!晋代诗人陶渊明当年参军,由战争的残酷中他体验到生命的无奈。众多士兵争相踏过路上的死尸，仿佛这就是走向成功的坦途，他逐渐领悟到战争让人与人之间相互仇害，只有上位者满足其争权夺利的快意罢了！心灰之余，他写下："目倦川途异，心念山泽居。望云惭高鸟，临水愧游鱼。"（《始作镇军参军经曲阿作》）抒发自己对军旅感到疲倦，长年身处异乡使他更怀念家乡的安静生活。看到高空中的飞鸟，却无法如它们那般自在来去，看到河里的游鱼，却不能如它们那般轻松自在，难免心生无奈。遂以"不为五斗米折腰"而辞官，在路上拿着竹枝，一边写下一边吟咏自己的诗作，都是在为"不忮不求"的人生观表态。

另外，今天人们赞金曲奖歌王台东警察陈建年请调兰屿一事，称他为现代版的陶渊明，知道自己该拿什么，不该拿什么。即使在获得金曲奖之后，还是只想回台东当警察。其实，他对大自然的喜爱与淳朴生活的向往，早在歌曲中表露无遗："倾听 风儿吹过草原旋律/呐喊声音围绕在山谷回声/潜入蓝色深海和鱼儿游戏/享受生命重回纯真的大地情怀。"他笑看整个社会热中追逐名利，企图也把他吃进大染缸里，最后仅在镜头前，露出腼腆的笑容，说自己只想好好作曲。这种"不忮不求"的人生姿态在现实生活中，应可理解为"这世界对你的希望，未必等于你对自己的期望"，会来得更恰当吧？

常棣之华，鄂不韡韡。
凡今之人，莫如兄弟

名句的诞生

常棣[1]之华，鄂不[2]韡韡[3]。凡今之人，莫如兄弟。死丧之威，兄弟孔怀[4]。原隰[5]裒[6]矣，兄弟求矣。

——小雅·常棣

完全读懂名句

1. 常棣：植物名，古人多用来比喻兄弟之间的亲密。2. 鄂：托住花朵的部分，通"萼"。3. 韡韡：音wěi，光明盛大。4. 怀：关怀。5. 原隰：广大平坦与低洼潮湿的地方。隰，音xí 6. 裒：音póu，聚集。

常棣花开，朵朵鲜丽。天下的人，都不如兄弟亲近。遇到死亡的威胁，兄弟最为关切。人们在原野相聚，四处寻觅兄弟。

名句的故事

《小雅·常棣》相传是周公为了"管蔡之乱"所做的教化百姓之诗。"管蔡"指周武王的同父兄弟管叔与蔡叔。周武王灭殷商后不久便过世了，当时的周成王尚年幼，于是由身为叔父的周公摄政，一肩扛起国家朝政，不过却遭到管叔、蔡叔的指责，认为周公将不利于孺子。管叔、蔡叔勾结纣王的儿子武庚，发起大规模的叛变，历经三年，周公才将之平定，并诛杀了管叔、蔡叔。

"管蔡之乱"的后果，是否会让天下百姓以为君王都疏离了自己的兄弟，为什么他们不可以？于是《常棣》一诗便再三强调兄弟有密切的血缘关系，应互相扶持，并由此推而广之，同姓宗族都该和气敦睦、友爱礼让。

"常棣之华"的"棣华"比喻兄弟敦睦相亲，并衍生出成语"棣华增映"，表示兄弟之间的友爱互相辉映。常棣又作"棠棣"，"棠棣竞秀"一词就是称赞他人兄弟的优秀卓越。

历久弥新说名句

中国宫廷史上经常发生兄弟阋墙，例如三国时代的曹丕与曹植、唐朝的李建成与李世民、明朝的惠帝与燕王，还有清朝的雍正皇帝与八王爷。唐太宗李世民就是因为不希望历史重演，对于太子的挑选特别谨慎，却没想到最后仍是无法避免骨肉相残的宫廷悲剧。

唐太宗自己是历经兄弟相残之后，登上皇位，对于儿子之间的兄弟关系也特别予以制衡。唐太宗先立太子承乾，却没想到承乾耽于声色、嬉戏无度，而让另一个儿子濮王李泰有了觊觎太子之位的野心。李泰长于文学，得有时誉，渐渐让太子承乾起了戒心。后来有人密告太子谋反，唐太宗亲自到太子府平乱，也因为这个事件，让他发现了濮王李泰的阴险狡诈。之后他选择李治为太子，但过了几个月就后悔了，因为他其实属意于与他最像的儿子吴王李恪作为继任者。唐太宗的心思非常明显，让太子李治有所防范，因此唐太宗驾崩后不久，李恪便被自己的兄弟唐高宗李治所诛除。

《清史稿》中记载，陆陇其是著名的清官，41 岁考取进士，46 岁做了江南嘉定知县，由于"嘉定大县，赋多俗侈"，因此陆陇其上任后，"守约持俭，务以德化民"。生为知县，每每听讼，陆陇其总是尽量调解。若是审讯到父亲告儿子，便苦口婆心地劝说，最后让儿子搀扶着父亲回家；若是遇到弟弟告哥哥，他动之以情，在判决书中写道："夫同声同气，莫如兄弟……从此旧怨已消，新基共创。"最后让兄弟能和好如初。

兄弟阋于墙，外御其务

名句的诞生

脊令¹在原，兄弟急难。每²有良朋，况³也永叹。兄弟阋于墙⁴，外御其务⁵。每有良朋，蒸⁶也无戎⁷。

——小雅·常棣

完全读懂名句

1. 脊令：水鸟名。2. 每：虽然。3. 况：益，更加。4. 阋于墙：在自己家中争吵，引申为国家或集团内部的争斗。阋，xì，互相争讼。5. 务：侮，欺侮之意。6. 蒸也：发语词。7. 无戎：没有帮助。戎，帮助。

水鸟脊令沦落到平原上，急难时只有兄弟会出力。即使有好朋友，也只会更加令人叹息。兄弟在家里争吵打斗，对外能同心齐力抵御欺侮。即使有好朋友，也不会出手相助。

文章背景小常识

《常棣》首句便破题"凡今之人，莫如兄弟"，道出古人重视"手足兄弟"的观念。接着是"承"，诗人用生活的急难、生命的死亡，只有兄弟之间才能有真实的互动与协助。然后是"转"，诗人提出外人的挑拨、欺侮，可能会破坏兄弟之间的情谊。最后是"合"，只要外敌消灭，兄弟的情谊又可以恢复，家庭也可以和乐相处。《常棣》是一首宣扬兄弟亲爱的诗歌，相传是周公的作品，主要是针对周朝初年"管蔡之祸"引发的遗憾所作。

名句的故事

"管蔡之乱"恐怕是周公心中的大痛。究竟真相如何？其实并不明朗，因为付诸史书者阙如。不过毕竟这是一部兄弟阋墙的宫廷政变史，所以还是有些历史学家企图翻案。《尚书》中有一篇周公写的《金縢》，里面的蛛丝马迹，成为史家翻案的线索。

古人遇事通常会占卜问吉凶，《金縢》中记载周武王既然身患重病，太公、召公便想要卜卦，却被周公阻止，因为这样会惊动到先祖先王。令人起疑的是，周公居然自己筑坛占卜，这被史学家视为专横之行。特别是管叔、蔡叔曾经受到周文王的重视，后来也得到周武王的倚重，负责监控殷商的遗民。后世史家以为，如果管蔡二人有不法之图，为何英明如文王、武王都无法察觉？却偏偏给周公发现了。

史家的另一翻案观点是，殷商的王位继承常是"兄终弟及"，而周朝建国之初，王位的继承法还未制定之前，延续殷商的规矩是很有可能的。周武王排行老二，管叔则为老三，周公则是老四，那么按理周武王之后应该就是管叔了。然而，偏偏是武王幼小的儿子周成王继承大统，这直接摈除了管叔、蔡叔、周公继承王位的机会。看似大家都没机会，而周公一把抓住辅政的大权，无怪乎会有人怀疑周公的用心。

当然，这样的翻案，也许对制礼作乐、才德俱优的周公怀疑过了头，不过，权力容易使人腐化。有些史学家认为，如果在寻常百姓家，这样的"兄弟阋墙"也许不会发生。然而就像《常棣》所言，兄弟之间再怎么争吵，一旦遇到外侮，便会共同对抗。反过来说，最可怕的不是外面的敌人，而是内部的矛盾不能化解，若是掀翻了屋顶，敌人也就顺理成章打进来了。

历久弥新说名句

"八王之乱"是西晋初期非常严重的宫廷政争，时间长达16年之久，不仅让西晋政权中心迅速瓦解，也给社会带来极大的不安。这"八王"是同姓兄弟：汝南王司马义、楚王司马玮、赵王司马伦、齐王司马冏、河间王司马颙、成都王司马颖、长沙王司马义和东海王司马越。

由于晋惠帝昏庸无能，皇后贾氏得以有机会揽权。她首先利用楚王玮杀掉辅臣杨骏，另立汝南王亮。同年，贾后又利用楚王玮诛杀汝南王，旋即以误杀之罪，除掉楚王玮，而她却坐拥大权，还杀了太子。赵王司马伦、齐王司马冏看不下去了，便率兵入朝，废贾后为庶人。后来赵王伦僭位称帝，齐王冏则起兵讨伐赵王，成都王颖、河间王颙都随之附和，赵王伦自然惨败被诛。齐王冏救驾有功，得到晋惠帝赏赐，但是他的跋扈揽权，又让河间王颙、成都王颖决心讨伐他，最后是长沙王义杀了司马冏。紧接着就是东海王与河间王、成都王长年混战，东海王最后取得胜利。直到晋怀帝即位后，"八王之乱"方告结束。兄弟阋墙之悲，莫过于此。

明朝冯梦龙在《醒世恒言》第二卷《三孝廉让产立高名》，讲的是兄弟合则荣、不合则泣的故事。他特别提到东汉许氏三兄弟，哥哥为了提拔两个弟弟，甘愿冒着被乡人批评为贪心、侵占家产的污名，教育弟弟们要孝悌、要知书达礼，最后让两个弟弟都有功名。冯梦龙在文末特别写下这个批注："今人兄弟多分产，古人兄弟亦分产。古人分产成弟名，今人分产但嚣争。古人自污为孝义，今人自污争微利。孝义名高身并荣，微利相争家共倾。安得尽居孝弟里，却把阋墙人愧死。"许氏三兄弟的大哥用心良苦，最后的结果，反让那些原本看笑话、自己在家门里面争吵的兄弟，感到惭愧不已啊！

夜如何其？ 夜未央

名句的诞生

　　夜如何其[1]？夜未央[2]，庭燎[3]之光。君子[4]至止[5]，鸾[6]声将将[7]。夜如何其？夜未艾[8]，庭燎[9]晰晰。君子至止，鸾声哕哕[10]。夜如何其？夜乡晨[11]，庭燎有辉[12]。君子至止，言观其旂[13]。

——小雅·庭燎

完全读懂名句

　　1. 其：音 jī，表疑问的语气词。2. 夜未央：长夜未尽。央，尽。3. 庭燎：竖立在庭中用来照明的火炬，以樵薪为之，诸侯来朝时设置。4. 君子：指诸侯。5. 止：语气词。6. 鸾：车铃。7. 将将：车铃声。8. 艾：止、尽。9. 晰晰：音 zhé，明亮的样子。10. 哕哕：音 huì，车铃声。11. 乡晨：接近破晓。乡，通"向"。12. 辉：音 huī，火光、光彩。13. 旂：音 qí，泛指旌旗。

夜色怎样了？长夜未尽夜还长，那是庭中火炬烧得炽烈。诸侯们来了，传来车铃声锵锵。夜色怎样了？夜色蒙蒙天未亮，那是庭中火炬照得通亮。诸侯们来了，传来车铃声叮当。夜色怎样了？长夜将尽天将晓，庭中火炬烟缭绕。诸侯们来了，看到旌旗随风飘。

文章背景小常识

这是描述天子等候诸侯早朝的诗，盼望之情一览无遗，并以相互问答的方式铺陈。问者是谁？据说是周宣王姬静，这位周皇室的中兴之主，前有暴戾无道的周厉王，后有沉湎女色的周幽王。周厉王策划了中国历史上第一场白色恐怖，导致百姓三年末语；周幽王宠爱褒姒让历代君王引以为戒。难怪《诗序》有言："庭燎，美宣王也，因以箴之。"

至于答者是谁呢？应该是鸡人，古代的报时官。鸡人的一番答话兼具视觉与听觉效果。绘影的部分，从第一章"庭燎之光"只见炬火烛光，四周仍一片昏暗夜色，所以答"夜未央"。到第二章"庭燎"火光还算明亮，周围已透光，天边呈现鱼肚白，所以答"夜未艾"。最后"庭燎有辉"、"言观其旂"则是说天已微明，烛光黯淡，已可见旌旗飘扬前来了。另外，绘声的部分也是生动且精确，先是"将将"嘈杂的声音，显示马车离宫还有一段距离；到了"哕哕"声音已显规律，可知车子将抵达了。整篇叠句铺排，雍容典雅。

名句的故事

　　这首《庭燎》经常与《齐风·鸡鸣》对照比较。两首同样采问答方式成篇，且叙述背景均为早朝的前一夜，内容也和早朝时间有关。《鸡鸣》的内文大致是：妻子乍醒犹睡中说"鸡已鸣矣"，提醒丈夫上朝时间将近，赶紧起床盥洗。但丈夫却声称那是"苍蝇之声"，不过就是几只扰人好梦的苍蝇而已，又酣然睡去。妻子忍不住再次催促"东方明矣"，要丈夫睁开眼看看鱼肚白的天际，大夫们都相继赴朝，快站满整个朝堂了。但丈夫闻言，仍不动声色回答"月出之光"，看错了吧！哪里是东方鱼肚白呢？那是皎洁明月的余晖啊！这时，妻子是又着急又怜爱，三催道："虫飞薨薨，甘与子同梦。会且归矣，无庶予子憎。"意思是，飞虫嗡嗡作响，我愿和你酣甜入梦，但是上早朝的都快回家了，别因为我害你被责骂啊！妻子柔情似水，又深明大义，加上诙谐逗趣的言语，展现出丰富的生活情感。

　　还值得一提的是，历年来许多学者研究《鸡鸣》男女主角的身份，最早推断应为某位国君及妃子。这在宋代以前几乎是无异议的，但到了清代，有人提出质疑，认为既然是"齐风"的民歌，必是某位士大夫和妻子之间的问答，再加上"鸡已鸣矣"，反映士大夫候朝的实况。另一派也不甘示弱，立刻加以反驳，认为由文中妻子提及朝堂已站满了士大夫看来，除了国君能赖床一下外，哪个士大夫敢这样大胆、不准时上朝呢？姑且不论对错，倘若留恋被褥温存果真是某位国君的作为，与《庭燎》周宣王的勤政相较，可要让老百姓失望了！

历久弥新说名句

"未央"这一词许多文人雅士都用过，例如曹丕在《燕歌行》云："明月皎皎照我床，星汉西流夜未央。"此处的"未央"是诗人因思念某人无法入眠的证据。他就这样痴傻望着天上银河，苦等长夜将尽！

金庸《倚天屠龙记》也有一句"七侠聚会乐未央"，用"乐未央"三字来形容张翠山回归武当后，那段欢愉的短暂时光。在这里"未央"经过字义的"伸展操"之后，增添了几许"欢乐终有尽头"的无奈气息。

除了巴金与李石曾经合译过波兰剧作家廖抗夫（L. Kampf）描述俄国无政府党人革命活动的作品《夜未央》（Am Vorabend）之外，提到"未央"一词，相信许多人会回想起鹿桥的小说《未央歌》，它曾在许多人的成长路上哼唱了千百回。书中主要人物童孝贤、伍宝笙、蔺燕梅、余孟勤，各自拥有单一、鲜明的人生色调，在战火下、校园中淬炼出纯真的友谊。这本建立在梦想基础上的"未央歌"，倒也呼应了它的本意——"未尽"，这个"未完待续"的人生之歌引领读者继续寻找、挖掘自我的人生价值，仿佛前方有个幸福预定地，而我们终其一生都在探索前往的方向。

维桑与梓，必恭敬止

名句的诞生

维桑与梓[1]，必恭敬止。靡瞻匪父[2]，靡依[3]匪母。不属[4]于毛，不罹[5]于里。天之生我，我辰安在？

——小雅·小弁

完全读懂名句

1. 桑、梓：古代住宅旁常种的两种树木，桑可养蚕，梓可做器具。2. 靡瞻匪父：靡、匪皆否定之意，双重否定乃为肯定。瞻，瞻仰。3. 依：依恋的意思。4. 属：连系。5. 罹：附着。

见到栽种的桑树、梓树，一定是恭恭敬敬。无处不瞻仰着父亲的身影，无时不依恋着母亲的怀抱。既不与衣服的表面相连，也不与衣服的衬里附着。上天既然生下了我，我活命的时辰在何时？

文章背景小常识

关于《小雅·小弁》写作背景的探源，历来说法不一。《诗序》认为是由于周幽王宠爱褒姒，因此废太子宜臼，改立褒姒之子伯服，宜臼的老师因此以此诗来讽刺幽王。朱熹的《诗集传》延续此旧说，认为《小弁》是一位被父亲放逐的人书写自身忧伤悲愤的诗篇，朱熹更进一步点出此篇应为宜臼亲手所写。

《小弁》主要描述诗人因父亲听信谗言，而被放逐外地，一方面记录旅途所见，勾起对故乡的思念；另一方面埋怨父亲的寡情、被小人利用，也矛盾地眷恋着父母的恩荫。整篇多次运用"心之忧矣"，可说以"忧"贯穿各章，例如"心之忧矣，云如之何"（忧伤得不知如何是好）、"我心忧伤，惄焉如捣"（忧伤得像有棍棒在心头乱捣）、"心之忧矣，疢如疾首"（忧伤得像头痛一样）、"心之忧矣，不遑假寐"（忧伤得无心睡眠）、"心之忧矣，宁莫之知"（忧伤得无人能知）、"心之忧矣，涕既陨之"（忧伤得泪如雨下），尤其是"为忧用老"（因为忧伤而变得衰老），将不可承受之"忧"推至极点，令人闻之割肠裂肝。无怪乎清人姚继恒称："此诗哀怨痛切之甚，异于他诗也。"

名句的故事

"维桑与梓，必恭敬止"，即以桑树、梓树来指称故乡。为何刚好是桑与梓呢？古人以农耕维生、丝蚕为辅，在住屋附近常种植桑树以助养蚕。而梓树的质材适合削木成器，不仅是生活器具，棺廓也往往以梓木为体。古人曾言："桑以养生，梓以送死。"异乡游子每当在外望见桑梓，不由得怀念起家乡种种，《小弁》即是借此描述对故乡的情愁。

历久弥新说名句

汉代乐府诗《悲歌》描写了游子的思乡之情，其中有："悲歌可以当泣，远望可以当归。思念故乡，郁郁累累。欲归家无人，欲渡河无船。心思不能言，肠中车轮转。"游子心中悲苦到极点，悲歌不仅无法涕泣，远望着故乡也无以复归，对故乡的思念只能如重担般郁郁累累。当桑梓不再、家人离散，有家归不得，锥心之痛只能在肠腹中辗转跌宕。

现代生活环境改变，公寓大厦旁难见桑梓，倒是高挂厅堂的匾额常常提到它们，例如"造福桑梓"、"功在桑梓"、"嘉惠桑梓"，都是称赞他人对于家乡的回报与建设。

天生烝民，有物有则。
民之秉彝，好是懿德

名句的诞生

　　天生烝[1]民，有物有则[2]。民之秉彝[3]，好是懿德[4]。天监有周，昭假[5]于下[6]。保兹天子，生仲山甫[7]。

——大雅·烝民

完全读懂名句

　　1. 烝：众。2. 则：法则。3. 秉彝：持有常道。彝：音yí，常道。4. 懿德：美德。5. 昭假：指神降临。6. 下：人间。7. 仲山甫：周宣王的卿士，姓樊，仲山甫为其字。

　　上天既生众民，万物必有法则可循。人性秉持常道，喜爱美好的品德。上天监审周朝，将神降临于人世。为保周天子中兴其业，于是降生仲山甫来辅政。

文章背景小常识

《大雅·烝民》是一首赞颂之歌，记载仲山甫辅佐周宣王中兴之事。西周国势至宣王之前已经迈入衰微，诸侯多不来朝，且不遵行封建传统。在宣王之前曾有厉王遭诸侯驱逐不得参与国事，进入共和时期，于是当宣王上任之后，最大要事即恢复天下对王令威信的服从。周宣王遵从西周创国以来的传统，再次整合东方移民，继续于各地进行封建，借以深入统治与建立天子令仪，此时协助宣王的左右手就是本诗所赞扬的仲山甫。

《烝民》的内容为仲山甫应天子之命，在东方齐国筑城、平乱，巩固周天下的边防，临行前同朝大臣尹吉甫作此诗相赠，赞颂仲山甫的美德与辅政中兴政绩。《烝民》整首篇幅甚长，首章破题叙述仲山甫乃怀神旨降临人世，保护周朝国运，之后依序书写仲山甫的人格修养，充当天子喉舌，行美政于外，夙夜匪懈，最后提到仲山甫将出使东方的重责大任，送行场面君臣依依不舍，期盼早归。《烝民》整篇文字质朴雅正，从大处落墨，夹述夹议，描述周室中兴时君臣合作、任贤使能，处处流露出对于仲山甫出类拔萃的赞叹。

名句的故事

"民之秉彝，好是懿德"的观点，环绕着古代儒家思想主轴

"仁"。孔子曾言："克己复礼为仁。一日克己复礼，天下归仁焉。为仁由己，而由人乎哉？"仁者为何？其具体表现于"非礼勿视、非礼勿听、非礼勿言、非礼勿动"。若人人可以达成此四项克己复礼的修养条件，民风就能由地方到中央返璞归真，达成善政。孟子进一步加以强化，提出人性本善，他说："仁义礼智，非由外铄我也，我固有之也。"他认为仁义礼智是上天赋予人的本能，不假外求。

孟子与公都子两人曾因为对于人性看法的不同提出抗辩。公都子引用告子的话，认为"性无善无不善"，亦即是"性可以为善，可以为不善"、"有性善，有性不善"，端看行事者本身之所本，因此当周文、武王时，政教风偃，人民好善；当周厉王、幽王时，百事俱废，人民好恶。孟子不赞同这种暧昧两可的说法，他认为性善论应根基于人的本性，若顺着人的本性，可以为善即所谓善，因此为恶之人是悖逆着上天赋予人的恻隐、羞恶、恭敬、是非之心。接着孟子便引《诗经》"天生烝民，有物有则。民之秉彝，好是懿德"作结尾，再次重申从周公、孔子以来对于人天生具有行善本能的肯定。

历久弥新说名句

《大雅·烝民》描述仲山甫好比是上天派下来的使者，协助周宣王纲正国政，这故事情节很容易让人联想到"民族英雄"、"民族救星"一类的人物。提到"真实"具有"民族救星"伟大功业的人，首先会想到的是管仲，孔子曾赞扬他说："微管仲，吾其被发左衽矣！"（《论语·宪问》）因为西周政权解体之后，北方蛮族趁机南下中原，齐桓公在管仲推行改革之后，跃升为中原诸侯各国的领导者，维护天下秩序，并讨伐北方的狄人、山戎，派兵拯救被侵略的卫、鲁、邢等国，成为天下霸主，并提出两项主张：尊王与攘夷。因此孔子感叹地说："要是没有管仲，那我们都须换上蛮夷左衽的服饰，被外族统治了。"

经过孔子的这一番赞扬，管仲成了名副其实的"民族救星"。然而，若以文化传承的角度来看，救星另有其人，这个伟大的人物就是孔子。近代贬抑传统、崇尚西学，让人常对孔子所代表的儒家固有思想嗤之以鼻，固然儒家学说中有一些千年不化的腐旧思想，但那往往是后人故步自封、不知变通的下场。若能仔细探究孔子思想，可以发现他开启了不同于周封建时期的新局面，在当时称得上是思想的前卫者。无怪乎古人在缅怀孔子时，不免赞叹"天不生仲尼，万古如长夜"，若没有孔子，整个中国历史恐怕宛若"黑暗时代"。

令仪令色，小心翼翼

名句的诞生

仲山甫之德，柔嘉¹维则²，令³仪令色⁴，小心翼翼⁵。古训是式⁶，威仪是力⁷。天子是若⁸，明命⁹使赋¹⁰。

——大雅·烝民

完全读懂名句

1. 柔嘉：美善的意思。2. 维则：有法则，有原则。3. 令：善的意思 4. 色：指对待人的态度。5. 翼翼：谨慎的样子。6. 式：效法，遵循。7. 力：尽力。8. 若：顺从。9. 命：同"令"。10. 赋：赋令，政策。

仲山甫的德性，和气善良，有纲有则，仪表堂堂，待人和颜悦色，处世更是小心谨慎。他遵循先王遗教，尽力维持威严的仪容，承顺天子之意，天子明令派他发布政令。

名句的故事

本章中大家最为熟稔的是"小心翼翼"一词，然而这里的小心翼翼，相较于今日用语其意涵更宽广许多。今天"小心翼翼"常用来形容他人做事小心谨慎的态度，而《诗经》中的"令仪令色，小心翼翼"延伸论及人格与修养，可与孔子所言"巧言令色，鲜矣仁"（《论语·学而》）相对照来看。因此若要赞美对方拥有谨慎行事、朝乾夕惕的高洁品格，"令仪令色，小心翼翼"是简单又蕴含深意的最佳语句。

日常生活中"令仪令色，小心翼翼"的人，与之相处如沐春风，轻松自在；相反的，"巧言令色"的人往往教人避之唯恐不及。唐代名相魏征曾上书唐太宗分析"六邪"臣僚，所谓"六邪"，简言之就是指六种佞臣，君主必须谨慎避免任用，包括具臣（没有作为、聊以充数的臣子）、谀臣、奸臣、谗臣、贼臣、亡国之臣。其中的奸臣是指："内实险诐，外貌小谨，巧言令色，妒善嫉贤，所欲进，则明其美，隐其恶；所欲退，则明其过，匿其美。使主赏罚不当，号令不行。"可见巧言令色是蒙蔽君王耳目的一大障碍，因此魏征力劝太宗远离此种小人。

在西方文学中，巧言令色之人同样让人生厌。莎士比亚名著《李尔王》述说主角李尔王膝下没有子嗣，有三个女儿，于是他要她们当众说出有多爱他，评判谁最有孝心，以决定由谁继承王位与财产。大女儿与二女儿争先恐后、巧言令色地哄骗李尔王，只有三女儿不愿以夸张言辞来表达对父王的爱。最初三女儿仅简短道："父亲，我没有话说。"李尔王相当不满意，再三要求，她才说："我是个笨拙的人，不会把我的心涌上我的嘴里；我爱您只是按照我的名分，一分不多，一分不少。"李尔王大失所望，一气之下便驱逐幼女，将财产国土分给两位姊姊。没想到这两人得到权位后，翻脸不认人，抛弃年迈的父亲，李尔王流落街头，十分懊恼自己过去的态度。幼女得知后想为父亲讨回公道，却兵败被杀，李尔王伤心欲绝。后来两个女儿也因彼此争夺、手足相残而走向毁灭，让李尔王悔不当初。

历久弥新说名句

仲山甫出使东方"明命使赋"的行动，让人联想到历史上许多伟大的外交使节，除了忍辱负重北海牧羊的苏武，还有就是汉代的博望侯张骞。汉朝政府为切断匈奴右臂，决定联合西域诸国，便派张骞出使大月氏，张骞半路上不幸被匈奴人抓回去。匈奴为了突破张骞的决心，强制安排匈奴妇女与他成亲、生子，并时时监控张骞的一举一动，就连张骞的部下也被分散于匈奴各部族里。不过这种怀柔手段并未松动张骞"为汉使节"的念头，如此偷生十多年之后，张骞和部属终于逮到机会逃跑，马不停蹄地奔向大月氏。虽然这次出使西域没有成功，但张骞得到许多关于西域诸国的信息，成为将来建言武帝攻打匈奴的良策。之后，汉武帝再次命张骞出使乌孙，为中西文化交流写下另一段璀璨的历史。

　　清末的外交官中，曾纪泽曾亲赴外蒙与俄国交涉归还伊犁，谈判功力之强让他成为当时著名的外交使节。然而，就清末的政治环境而言，外交工作的艰难非一般人可以想象，尤其是中西文化的"第一次接触"，给企图力挽狂澜、维护儒家礼教的传统士大夫带来很大的冲击。例如曾纪泽在出使法国时，因携带女眷与家属一同赴任，为此他烦恼甚久，于是提笔向法使馆提出请求，信中他说："中国公使眷属只可间与西国女宾往来，不必与男宾通拜，尤不肯与男宾同宴。即偶有公使至好朋友，可使妻女出见者，亦不过遥立一揖，不肯行握手之礼。"由于中西礼仪对男女之间的规范不同，但曾纪泽仍坚持男女授受不亲，就连在"握手"这一点上也不愿轻易让步。若以今天的观点或许认为这实在是食古不化，但这群乱世儿女也仅能以此维护自身的尊严啊！

既明且哲，以保其身

名句的诞生

肃肃[1]王命，仲山甫将[2]之。邦国若否[3]，仲山甫明之。既明[4]且哲[5]，以保其身。夙夜[6]匪解[7]，以事一人。

——大雅·烝民

完全读懂名句

1. 肃肃：严肃的样子。2. 将：执行。3. 若否：好坏的意思。4. 明：知晓、明白。5. 哲：智慧。6. 夙夜：早晚。7. 解：通"懈"。

王命严正威赫，仲山甫的执行稳当。国家治理的好坏，他内心最明白。仲山甫了解时势又有智慧，得以保障身家安全。他日夜工作不敢松懈，全心全意侍奉天子。

名句的故事

"既明且哲，以保其身"，本来是洁身自爱、不肯败德伤身的

意思，是非常正面的话语。后世浓缩为"明哲保身"，而且渐渐
带有"只顾自己，不顾公义"的负面意义，从儒家内部思想体系
来看，这种处世之道并不值得赞扬，它往往落入一种隐逸、求个
体保全的"小我"世界。

　　然而，碍于现实因素，许多怀才不遇者，即使深受儒家教义
的启发，却也免不了以"明哲保身"作为最终的皈依。以战国时
代的屈原为例，他本是积极辅佐楚怀王、爱国为国的士大夫表
率，由于遭到谗言毁谤，被放逐流浪。他在作品《渔夫》中，将
自己坚贞不屈的品格与时人常有的"明哲保身"做了一番对比。
屈原对渔夫说："举世皆浊我独清，众人皆醉我独醒。"所以他被
逐出朝廷，然而他坚定的意志并不因现实的挫折而改变，他"宁
赴湘流，葬于江鱼之腹中，安能以皓皓之白，而蒙世俗之尘埃
乎"？渔夫听了他的话之后哈哈大笑、划着船离开，随口唱着：
"沧浪之水清兮，可以濯吾缨；沧浪之水浊兮，可以濯吾足。"渔
夫与屈原两种不同的生命态度，一是欲独善其身，一是欲兼善天
下；一个圆融豁达，一个曲高和寡。两种情怀迥异背离，同时也
都难跳脱悲剧的围篱。屈原身殉为国，渔夫又何尝不是以他的坚
持讽刺世道不彰呢？

历久弥新说名句

　　在极权时代，士人畏惧统治者的威吓，若不是"明哲保身"、
"退隐山林"，往往得冒着牺牲生命的危险以坚持自我原则。相对

之下，明哲保身就常常等同于贪生怕死，世人对它也是评价不一。现代诗人蓝云就曾经写下一首讽刺诗《机器人》，以象征手法和朴实的语言，批判了社会上的某一类人："四肢五官俱全／人模人样的也叫做人／可就是有嘴不能言／（纵使让他说话也不知所云）／有耳听不见人们的嘲讽／有眼却黑白是非不分／他不识公义真理为何物／似乎最懂得明哲保身／甘愿受人摆布／凡事不用自己操心／他无所谓快乐不快乐／反正没有思想没有灵魂"。

　　蓝云的作品中相当瞧不起那些只会明哲保身、不敢说出真理的人，只是随波逐流、自甘堕落。这种对于"独善其身"的挞伐，显示了理想与现实环境之间难以避免的落差。毕竟明哲保身也有一定的程度，过甚者就是枉顾仁义、不知廉耻了。

柔亦不茹，刚亦不吐

名句的诞生

人亦有言，柔[1] 则茹[2] 之，刚[3] 则吐之。维[4] 仲山甫，柔亦不茹，刚亦不吐。不侮[5] 矜寡[6]，不畏强御[7]。

——大雅·烝民

完全读懂名句

1. 柔：柔软。2. 茹：食，吃。3. 刚：刚硬。4. 维：只有。5. 侮：欺负，欺侮。6. 矜寡：此处泛指孤苦无依之人。矜，通"鳏"，鳏夫；寡，寡妇。7. 强御：指强横之辈。

人们常常说，软的东西吃下去，硬的东西就吐出来。只有仲山甫，他是软的也不吃、硬的也不吐，不欺负贫弱无依之人，也不畏惧强权恶霸。

名句的故事

仲山甫的"柔亦不茹，刚亦不吐"，成为后代推崇的品德之一，尤其适用于赞扬那些不畏惧强权、不苟合于时的杰出人物。三国魏人桓范曾经对于臣子劝谏主上的方法提出讨论，他认为所谓的"谏争"即是要矫枉谬误，匡正君道，因此为人臣僚若惧于君主威势而不能言谏，就是不忠。桓范于文章中再次称赞仲山甫的美德"柔亦不茹，刚亦不吐"，属于历代人物中的"正谏"者。桓范这一番话其实是有其深义的，他有鉴于曹魏当时世人"恶死亡而乐生存，耻困辱而乐荣宠"，畏于正言直谏，因此希望借由仲山甫的节操来勉励时人。

民国初年，北京大学校长蔡元培作风民主，是新文化运动中相当活跃的核心人物。蔡元培与政界也有密切关系，早在革命尚未成功之际，他曾于上海成立光复会，以学术思想交流为号召，招纳江浙一带的革命志士，陈独秀、鲁迅、章太炎等都是此会成员。民国成立后，在南京国民党中央监察委员会，门坊内侧镌刻有蔡元培的手书"柔亦不茹，刚亦不吐"，即出自本篇名句，勉励当时的监察人员要不畏于威赫强权，也不屈于说情贿赂，软硬皆不吃，正守于岗位上。

历久弥新说名句

"柔则茹之，刚则吐之"，换句话说就是"吃软不吃硬"，属于人之常情。而老子在《道德经·四十三章》中说："天下之至柔，驰骋天下之至坚。"阐释"柔以克刚"的道理，唯有至柔之人才能驱使天下至坚至刚的人物，巧妙迂回地达到目的。所谓"世事如棋，进退有时"，正是道家思想中所要传达人生修为的态度，若能将"以静制动，以柔克刚，避实就虚"的功夫，运用到现实生活当中，即能委婉而周全地应付世道。

宋代文坛领袖欧阳修有一则小故事。欧阳修小时由寡母抚养长大，母亲以荻画地教他读书识字，他一点一滴努力学习，这样艰苦的环境造就他刚强不屈的精神。欧阳修成名之前，有一老者看他将来必成大器，但恐怕个性过于刚硬，难免遭遇挫折，于是老者便开导他说："齿刚唇柔，刚者不如柔者久，柔能克刚。"当时欧阳修年纪尚小，不懂老者话中的深意，以为老人在讽刺他，因此回答道："眉先须后，先生何似后生长，后来居上。"回敬老人家是倚老卖老，颠倒不清。老者听罢笑笑离去，心中感慨这真是一块刚硬的璞玉。

德辅如毛，民鲜克举之

名句的诞生

　　人亦有言，德辅¹如毛，民鲜²克举之。我仪图³之，维仲山甫举之，爱莫助之。衮职⁴有阙⁵，维仲山甫补之⁶。

——大雅·烝民

完全读懂名句

　　1. 辅：音 yóu，轻。2. 鲜：少的意思。3. 仪图：思量，揣摩。4. 衮职：天子德政之事。衮，音 gǔn，借指天子。5. 阙：通"缺"，缺失。6. 补之：补天子之失。

　　人们常常说，品德仿佛比羽毛还轻，却鲜少有人举得起。我揣摩这句话，只有仲山甫做得到，且为善不求人见。天子若职德有缺，只有仲山甫能补正。

名句的故事

　　后世经常使用类似"德辅如毛"的比喻方式，来说明即使事情简单轻易，但仍少有人达成。汉代史家司马迁在身心俱受折磨之下，写下巨著《史记》，将个人的抱负理想完完整整诉诸历史。当他回顾在汉武帝面前因替李陵辩护却招致自宫刑罪，不禁感慨万分说道："人固有一死，或重于泰山，或轻于鸿毛，用之所趣异也。"当时司马迁有两个选择，一是服刑自裁，以死殉节；另一则是采用汉代的赎罪之刑，以自宫来免除刑责，结果他选择了后者。司马迁并非畏惧死亡，而是认为自己于人世间的职责未了，不容轻言死亡，只能背负着屈辱，艰辛刻苦地完成写史的使命。

历久弥新说名句

明朝有位大臣于谦，他的人生波折起伏甚大。明英宗在土木堡之变时被外族瓦剌人掳走，朝廷上下纷乱不安，当时有大臣建议迁都南方以避祸端，唯于谦坚决固守京师，且拥护英宗的弟弟为王，即明景帝。然而瓦剌并未如宋朝"靖康之难"般将皇帝监禁于当地，不久就释放了英宗。英宗返回朝廷后，场面当然有点尴尬，景帝该何去何从呢？好不容易登上皇位并握有实质大权，哪能轻易拱手让人？

在一番挣扎与英宗"识大体"退位登上太上皇宝座之后，暂时解决了这个问题，然而两兄弟私底下仍是明争暗斗。后来景帝病危，英宗趁机复辟，夺回政权，并清算当初拥立景帝之臣，包括抗瓦剌名将于谦，当朝赐死。回顾于谦一生，留下许多关于坚守名节的诗文，例如《无题》中的"名节重泰山，利欲轻鸿毛"，说明他个人的坚持是轻小利、重名节。然而明英宗无法体谅于谦当时基于国家安定所作的考量，重新翻案定罪，导致忠孝为国的大臣万念俱灰，明代后期的朝政也就每下愈况了。

唐代诗人李颀在送别友人的《送陈章甫》一诗中，赞赏陈章甫的志节操守与豪爽作为，其中有诗句："东门酤酒饮我曹，心轻万事皆鸿毛。醉卧不知白日暮，有时空望孤云高。"李颀赞叹陈章甫豪放不羁，能以洒脱的心境看待万物，一切皆宛如鸿毛般轻。其实只要不去锱铢必较、摆脱自我束缚，身卧躺于大地，头仰望着孤云，便能重新定义人与自然的关系，雍容再现。相较于于谦的"名节重泰山，利欲轻鸿毛"，李颀在此以"心轻万事皆鸿毛"作为比喻，陈章甫的修为显得更是快意畅然。

允文允武，昭假烈祖

名句的诞生

穆穆[1]鲁侯，敬明[2]其德，敬慎威仪，维民之则[3]。允[4]文允武，昭假[5]烈祖，靡[6]有不孝，自求伊祜[7]。

——鲁颂·泮水

完全读懂名句

1. 穆穆：美好。2. 敬明：敬慎修明。3. 则：法则。4. 允：果真，的确。5. 假昭：昭告，表达明诚之心。6. 靡：无，不。7. 祜：音hù，福分。

美好的鲁侯呀，臣子都敬重他的德行、敬畏他的威严，他是百姓效法的榜样。鲁侯既有文德又有武功，足以光耀列祖列宗。百姓没有不尽忠尽孝的，希望为自己求得一样的福气。

名句的故事

鲁僖公在武功方面颇有斩获，参加了几次会盟与九合诸侯等春秋大事。之后便在鲁国都城泮水岸边，筑起了规模宏大的泮宫，以培养鲁国的文人。鲁国的泮宫是当时诸侯国中最早设立的学校，后来各诸侯国也争相仿效。《礼记·王制》中记载："大学在郊，天子曰辟雍，诸侯曰泮宫。"诸侯设的学宫叫做"泮宫"，天子所设的大学则称为"辟雍"。汉朝大儒郑玄指出，"泮"就是"半"的意思，因为泮宫的规模是辟雍的一半。

《毛诗正义》记载："泮水，颂僖公能修泮宫也。"《鲁颂·泮水》这首诗是称颂鲁僖公修缮泮宫。事实上从诗中也能看到，鲁僖公出征淮夷得胜之后，在泮宫庆功祝捷的情景。泮宫让鲁僖公有了文武双全的形象，可以光耀祖宗、振民育德、威仪天下。泮宫也成了教育文化的象征，位于泮宫东西门以南的水池，称为"泮池"，"泮池"也是孔庙特有的建筑，呈半月形，池上的桥称为"泮桥"。

明清时代，府、州、县的学宫中也都规划有泮池。凡是考中秀才，就可以取得入学资格，称为"进学"或"入泮"；入学宫时必须拜谒孔子，称为"游泮"。

历久弥新说名句

允文允武是一个美好的人格形象。中研院历史学家邢义田先生，便发表过一篇《允文允武——汉代官吏的一种典型》，探讨出仕者如何在社会上、官场进退中，维持其允文允武的典范。而这不只是做官者追求的目标，当皇帝也是一样。《清史稿·本纪》中便记载史家对清太宗皇太极的评价："太宗允文允武，内修政事，外勤讨伐，用兵如神。"

"允文允武"是一种全人教育的典范，建校 80 多年的南开大学，校训就是"允公允能，日新月异"，其中"允公允能"意指既有德性，又有才识，才德兼备。这源自《诗经》的精神在今天成为莘莘学子的人生指引。

黄发鲐背，寿胥与试

名句的诞生

黄发鲐背[1]、寿胥[2]与试[3]。俾尔昌而大，俾尔耆[4]而艾[5]。万有千岁，眉寿[6]无有害。

——鲁颂·閟宫

完全读懂名句

1. 黄发鲐背：长寿的老人，也泛指老人。黄发，老年人头发由白转黄；鲐背，老人背上的斑点如鲐鱼背般。2. 胥：相，互相。3. 试：比拟，比较。4. 耆：音 qí，本指60岁的老人，后通称老人。5. 艾：比喻老人、长寿者。6. 眉寿：长寿。眉，琢字的假借，长也。

黄发鲐背的长寿者，可与他们相比拟。神明使您昌荣盛大，使您长命高寿。您能够活到千岁，长寿而无灾难。

174

名句的故事

《诗序》有言："闷宫，颂僖公能复周公之宇也。"《闷宫》这首诗是借由新庙的落成，称赞鲁僖公缅怀先祖，安邦兴业。因为周公的儿子伯禽当初就是被周武王分封在鲁，是鲁的先祖，所以追封周公的意义相当重大。僖公建立周公庙，庙中尊祭的先祖追溯到周王朝的远祖姜嫄、后稷、太王、文王、武王、成王、周公等等。鲁僖公慎终追远，让鲁国的百姓也都能够得到福德，长寿快乐，因此鲁国人感动地做了这首诗。

《鲁颂·闷宫》从周始祖姜嫄因为守贞而受上天眷顾，生下周朝的祖先后稷；后稷掌管五谷、教导百姓种植，延续了上天的福气给太王；太王保护百姓，对抗暴虐的商朝君主，承接了上天的德泽；而文王、武王推翻商朝，取得天下，并十分照顾百姓；一直到周公分封天下，传承祭祀祖先的大礼，让周朝祖先的福德能够泽及百姓。因此，鲁国人对祖先与老者的智慧都特别重视。

"黄发"跟"鲐背"都是用来形容老人。"鲐"是一种鱼类，因为有两个背鳍，第一个背鳍完全由细弱鳍棘组成，能折叠于背沟内，第二个背鳍和臀鳍后方各有小鳍五个，背侧青黑色。有人称长寿的人为"鲐背之年"，意思是说，老人褶皱的皮肤就好像是鲐鱼背的斑纹一样。

历久弥新说名句

刘向《新序·杂事第五》记载了一则小故事。话说春秋战国时代、年已 70 岁的楚丘先生前去拜见孟尝君，行走之间步履蹒跚，孟尝君便说："先生您年岁已高，有什么指教呢？"楚丘一听立刻反驳，如果是骑马追赶、射箭猎鹿，那真的是老了，但如果是："出正辞而当诸侯乎？决嫌疑而定犹豫乎？吾始壮矣，何老之有！"楚丘的意思是，若要他处理外交谈判、决策定夺之事，他可是正当壮年之际呀！孟尝君听了之后十分羞愧。

刘向在文末评论："诗曰：'老夫灌灌，小子骄骄。'言老夫欲尽其谋，而少者骄而不受也。秦穆公所以败其师，殷纣所以亡天下也。故书曰：'黄发之言，则无所愆。'诗曰：'寿胥与试。'美用老人之言以安国也。"意思是，《诗经》中说，年长者诚恳地要贡献他的智慧，年轻人却骄傲地不当一回事，就好像当年秦穆公、商纣王不听老臣之言导致失败。所以《尚书》认为，老人的劝勉是不会错的，《诗经》也才说："寿胥与试。"老人的见解可以指引国家的方向呀！

好乐无荒，良士瞿瞿

名句的诞生

蟋蟀在堂[1]，岁聿[2]其莫[3]。今我不乐，日月其除。无已[4]大康[5]，职[6]思其居[7]。好乐无荒，良士瞿瞿[8]。

——唐风·蟋蟀

完全读懂名句

1. 堂：正房，大厅。2. 聿：音 yù，发语词，有"已经"的意思。3. 莫：音 mù，"暮"的古字，指日落、黄昏，有结束之意。4. 已：过度，过分。5. 大康：康乐，安乐。6. 职：希望之意，常用于句首。7. 居：所处的地位与责任。8. 瞿瞿：音 jù，提高警觉、惊惧害怕的样子。

蟋蟀进了堂屋，一年又快到岁末。如果现在不及时行乐，光阴便要一去不复返。行乐不可太过度，要记着自己的地位与责任。行乐不能荒废正业，贤士要提高警觉。

文章背景小常识

话说周成王还小的时候，和最小的弟弟叔虞在梧桐树下玩耍，当时周成王捡起地上的梧桐树叶，撕成像玉玺一般，然后告诉叔虞："你让我当马骑，我就把晋水边上的土地给你。"没想到辅政的周公听见这玩笑话，认为君无戏言，便真的封叔虞于唐地，这就是著名的"桐叶封弟"的故事。

由于叔虞广施周礼，积极开发农田水利，人民生活富足，缔造"唐国封桐七百年，一戎衣而有天下"的盛况。而叔虞的儿子燮父后来迁都到现今太原晋水之旁，所以将"唐"改为"晋"，晋国后来发展为春秋五霸之一。

《唐风》共十二篇，是晋地的诗歌，晋国疆域虽大，多为高原高山，民风淳朴，勤俭务实，也较具有忧患意识。《唐风》首篇《蟋蟀》就是晋国民风的代表作。

名句的故事

关于《唐风·蟋蟀》，有一说法是此诗在讽刺晋僖公太过节省，不合乎礼节。由于晋国民风节俭朴实，晋又处地瘠之区，人民也特别勤勉农耕。《蟋蟀》的作者一方面劝晋僖公要及时享乐，另一方面则请他懂得节制，因为当时正值西周的"共和时代"，给北方外患犬戎制造了可进犯的机会，让晋国的国土安危，受到无比的威胁。

所谓"蟋蟀吟于始秋"，"蟋蟀在堂"这个时序应该是九月、十月的秋天季节，转眼就要进入岁末，也是"役车休、农功毕，无事也"，古人传统岁末休养生息的季节。所谓的"役车"是指守卫边疆士兵所乘坐的车子，"役车休"就是松懈了边防戍守的工作，但是北方犬戎的威胁并没有因为岁末而降低，因此诗人有了警戒之心。

《唐风·蟋蟀》全诗共分三章，每章皆以"蟋蟀在堂"为起首，感叹岁月匆匆流逝，人生苦短，行乐应及时。最后都有"好乐无荒，良士瞿瞿"、"好乐无荒，良士蹶蹶"（行乐不能荒废正业，贤士要勤劳刻苦）、"好乐无荒，良士休休"（行乐不能荒废正业，贤士要知所节制）一番戒语。以感物伤时为开头，以自我警惕来收尾，足见诗人思虑之深啊！

历久弥新说名句

战国时期，楚国的将领子发率兵攻打秦国时断了粮，因此派遣使者返回楚国补给，顺便探望母亲。子发的母亲从使者口中得知，士兵们吃的是豆子蔬菜，而将军儿子餐餐有菜又有肉。对此，她非常生气，甚至子发打胜仗回家时，她都不愿意开门，并严厉地训诫他一番。

子发的母亲说："《诗经》上面不是说：'好乐无荒，良士休休。'"享乐不可过度，知所节制才是贤士。她怒斥子发，士兵出生入死，将领自己却吃好用好，即使打了胜仗，也不是件光荣的事，因此她不认子发是自己的儿子。子发听完后惭愧万分，向母亲请罪。

《旧唐书·儒学传下》也提到一则故事。有一次，唐中宗设宴邀请几位近臣，让大家展现才艺，取笑玩乐一番。有人诵佛经，也有人跳舞，只有一位国子学士郭山恽朗诵古诗两篇，其中一篇就是《蟋蟀》，就当他念到"好乐无荒"时，在场的中书令李峤认为有讽刺之嫌，便出言制止他念下去。没想到隔天上朝时，唐中宗在众臣面前褒扬郭山恽能够实时规劝、匡正得失，于是给予他一番赏赐。

多识于鸟兽
草木之名

关关雎鸠，在河之洲。
窈窕淑女，君子好逑

名句的诞生

关关[1] 雎鸠，在河之洲[2]。窈窕淑女[3]，君子好逑[4]。参差[5] 荇菜[6]，左右流之。窈窕淑女，寤寐[7] 求之。求之不得，寤寐思服[8]。悠哉悠哉，辗转反侧。

——周南·关雎

完全读懂名句

1. 关关：状声词，雌雄禽鸟相和的鸣声。2. 洲：水中的陆块。3. 窈窕淑女：体态美好又有德性的女子。4. 好逑：好配偶。5. 参差：长短不齐的样子。6. 荇菜：音 xìng，水草名，可食用。7. 寤寐：寤，觉醒；寐，入眠。8. 思服：思念。

在河中的沙洲上，有水鸟儿在那儿咕咕合鸣着。那位美好的姑娘，就是我的最佳伴侣。长长短短的荇菜，在水中左右漂流。

那位美好的姑娘啊！真让我朝思暮也想。追求她不成，白天晚上都想着她。唉！这漫长的夜啊！翻来覆去怎么也睡不着。

文章背景小常识

《周南·关雎》是整部诗经的第一篇。正因为处在这么重要的位置，历来的经学家对《关雎》篇有许多精微的阐述。汉代《毛诗序》（即毛公对《诗经》的解释）说《关雎》是"后妃之德也，风之始也，所以风天下而正夫妇也"。这里的后妃指的是周文王的妃子太姒。《毛诗序》认为《关雎》篇的主旨在赞美后妃的德行。周文王的妃子见到窈窕淑女便寤寐思求，希望能为文王增添一个好对象，丝毫没有自己专宠的私心，所以《关雎》篇是拿来给普天下夫妇做示范的。

另外一位解经家申培有不同的看法，他说："后夫人鸡鸣佩玉去君所。周康后不然，诗人叹而伤之。"申培认为一般皇后妃子都是早上鸡鸣就赶快离开国君的身旁，而周康王的皇后却不遵礼法，致使康王晚起误了朝政，《关雎》是诗人感叹这种现象而作的。

这种认为《诗经》是"经夫妇，成孝敬，厚人伦，美教化，移风俗"的思想一脉相传，直到宋代的朱熹仍然如此，这就是古代的经学大义。

近代则比较多人把《关雎》解为"吉士怀春"的爱情诗。见到了河中沙洲雌雄合鸣的水鸟，便想起佳人，相思之苦，让人晚上辗转反侧难以成眠，这不正是谈过恋爱的人都能体会的啊！正因如此贴近一般人的经验，这首《关雎》能够一再被传诵，直到今天，仍然是许多人朗朗上口的一首诗。

名句的故事

《诗经》中有所谓的赋、比、兴三种写作技巧。赋是直述法，比是比喻法，兴是触景生情或触物起情的联想法，《关雎》就是很典型的兴体写法。依近代爱情诗的解法，整篇可以看成恋爱四部曲。

第一部是"邂逅"，在风光明媚的日子里，男子见到合鸣的水鸟，这时他邂逅了梦中情人，并决定要展开追求的行动。

第二部是"相思"，河中的荇菜随着水流摇摆不定，正像男子纷乱的思绪，不知如何才能得到佳人的青睐，因而他彻夜未眠。

第三部是"交友"，这时水中的荇菜已经是"左右采之"，不就暗喻君子跟佳人已经"搭上线"了吗？君子追求的方法约莫是打听佳人的兴趣，得知她喜好音乐，君子便与她"琴瑟友之"，一起弹奏乐器、做朋友。

第四部是"成婚"，这时荇菜已到了"左右芼之"的地步，也就是经过摘采之后，接着要进一步煮食它。最后君子以"钟鼓乐之"举办结婚仪式来与佳人共成连理。

当然，最后两部曲是否实际发生或只是男子在失眠夜晚所拟出的作战计划，我们不得而知。不过，这样的进展满符合温柔敦厚的程序，所以孔子说《关雎》是"乐而不淫、哀而不伤"，有恋爱的美好快乐却不会太过纵容情绪，有相思的哀愁却也不致太过放肆。这样中正平和的涵养正是中国人所欣赏的美感。

历久弥新说名句

"窈窕"与"苗条"这两个词语看似接近，实则还是有所区别。现在提到"窈窕淑女"，恐怕许多人会想到20世纪70年代由奥黛丽·赫本主演的 *My Fair Lady*，故事叙述一位粗俗的卖花女，经由一位语言学教授的调教后，摇身一变成跻身上流贵族社会的人家闺秀。这部电影片名中译为"窈窕淑女"，正可说明窈窕的含义。扬雄《方言》解释："美心为窈，美状为窕。"王肃曰："善心曰窈，美容曰窕。"可见"窈窕"不光是外表的美丽，还包括内心的美善。奥黛丽·赫本主演的卖花女，外表之美不言而喻，粗俗的言词反映了女主角的社会阶层，而借由改善一个人的谈吐及遣词用字，以提升内在质量，正是语言学教授的专长所在。

"窈窕"这个词从《诗经》出现开始，历代引用甚多。有趣的是，这个词偶尔也有跟美善相反的意思，例如《后汉书·烈女传·曹世叔妻传》："入则乱发坏形，出则窈窕作态。"这里的"窈窕"是形容妖冶的样子，跟《关雎》中的窈窕淑女不可相提并论。

此外，"窈窕"也可运用在自然景物上，形容深远的样子，在郭璞描绘长江的《江赋》中有："潜逵傍通，幽岫窈窕。"岫指山洞、岩洞。郭璞以"窈窕"来形容山上岩洞的深邃。又如陶渊明的《归去来辞》："既窈窕以寻壑，亦崎岖而经丘。"陶渊明归园田居之后，在农闲之时寻幽访胜，这里的"窈窕"便是形容山路幽深的样子。

与"窈窕"相较，"苗条"的意思就简单多了。基本上就是形容女子的体态细长、曲线优美。不过这个词语得到了元代以后才比较常见于属于民间的小说及戏曲中。例如《红楼梦》第三回王熙凤进场时是这么描述的："一双丹凤三角眼，两弯柳叶吊梢眉，身量苗条，体格风骚，粉面含春威不露，丹唇未启笑先闻。"

所以"窈窕"指的是内外兼修的美，而"苗条"说的是体态上的轻盈。两者虽然近似，意思可是有高下的区别唷！

螽斯羽，诜诜兮。
宜尔子孙，振振兮！

名句的诞生

螽斯[1]羽，诜诜[2]兮。宜尔子孙，振振[3]兮！螽斯羽，薨薨[4]兮。宜尔子孙，绳绳[5]兮！螽斯羽，揖揖[6]兮。宜尔子孙，蛰蛰[7]兮！

——周南·螽斯

完全读懂名句

1. 螽斯：蝗虫的一种，善产子。螽，音zhōng。2. 诜诜：音shēn，聚集，众多的样子。3. 振振：繁盛的样子。4. 薨薨：音hōng，形容群飞的声音。5. 绳绳：比喻绵延不绝。6. 揖揖：聚会在一起。7. 蛰蛰：音zhí，多的意思。

螽斯翅膀张，成群聚一堂，祝你子孙昌盛成群。螽斯翅膀张，声音哄哄响，祝你子孙众多绵长。螽斯翅膀张，纷纷聚一起，祝你子孙盈千又累万。

文章背景小常识

这首《螽斯》节奏轻快、内容简洁，并采用许多叠字，让唱者气势磅礴、听者闻之会意一笑。《螽斯》一诗从题名、宜尔子孙都可以看出是祝福新人多生贵子的贺文。中国古代社会以农业为主，生产力的来源多靠人力，因此多子多孙是当时经济运作、社会传承的重要条件，从螽斯善产子为譬喻，祝福他人子孙昌茂、开枝展叶，符合当时社会期望。

本首诗运用到许多今天一般较少见的词汇，如诜诜、振振、薨薨、绳绳、揖揖、蛰蛰，其实在古代这些词语也是相当特别的。经由后世学者的考证，当时的民风用语并没有这种形容的方式，古代多将诜、振、薨、绳、揖、蛰当做单词，各自有其本意，而且都不具备"多"的含义，而由于诗人丰富的创造力，炼用新字，赋予它们新生命，而成为形容"众多"、"繁盛"的生动字眼。

名句的故事

螽斯是蝗虫的一种，与蛐蛐、纺织娘、蟋蟀有相似的体型特征，触须细长、绿褐色，雄性有发音器，雌性则有听器与产卵管，是一种喜于草丛中生活的昆虫。古人注意到螽斯善产卵的特征，于是在语言运用上便有以螽斯来譬喻子孙众多的说法，例如成语"螽斯衍庆"，衍指延续，是颂扬对方子嗣繁盛的贺词；另外还有"喜比螽斯"，希望对方能像螽斯一样后代子孙满堂。在现代这些成语比较少见，原因不外乎经济环境变迁，从农业转入工商业社会，对于人力的需求不同，家庭结构也随之改变。

关于"螽斯"还有一段慈禧太后与光绪皇帝的小故事，牵涉到清朝皇宫中的一座"螽斯门"。由于光绪皇帝并非慈禧太后的嫡生子，为了控制皇帝的意向，慈禧太后强迫光绪娶她自己妹妹的女儿为皇后以作为耳目。尽管光绪皇帝并不喜欢，但无力反抗老佛爷的指示，虽然娶了隆裕皇后，却一丁点儿也不想踏入她的寝宫。慈禧太后知道这个情形后，趁着光绪来请安之际，述说了"螽斯门"的来历。据说清宫内的螽斯门源于明朝，由于具有象征皇室子嗣旺盛的意义，因此没有拆毁。慈禧太后借此教诲光绪帝，光绪知道太后暗里所指，于是赶紧表示知错、承诺会与皇后加紧努力，然而光绪皇帝终其一生并无子嗣。

历久弥新说名句

故宫博物院有个镇宫之宝"翠玉白菜"，如同大家所知是一块雕刻精细的碧玉，以晶莹剔透的灰白玉为主体，上端含有着部分翠绿的辉玉，因此工匠以巧手细细雕刻出白菜翠绿的纹折、菜叶，将白色的部分当做梗部，整体呈现鲜嫩欲滴的视觉效果。谈到"翠玉白菜"，除了雕刻精细的白菜外，最特别的应该是白菜上头那两只活灵活现的螽斯，由于螽斯有多产的意象，翠玉白菜也蕴含着子孙众多的意义。"翠玉白菜"来自于清末光绪帝瑾妃永和宫的收藏品，据说是瑾妃出嫁的陪嫁，取白菜晶莹剔透象征女性贞节纯白无瑕，螽斯代表多子多孙，以此祈福未来能为皇族开枝展叶。但如"螽斯门"故事所言，光绪帝并无子嗣，瑾妃的愿望是落空了。

　　故宫博物院的另一项收藏品"草虫瓜实图"，是宋代时期的吉祥画，画中描绘瓜熟蒂落、螽斯闻香而来的景象，也引喻有"瓜瓞绵绵"、"螽斯衍庆"的吉祥意涵。这幅画采取简单的构图，以团扇圆弧的画绢为体，将一颗大瓜置放于图绢中下方，上头再以翻卷瓜叶、站立的昆虫螽斯来增色，给平面的图画点缀出生命活力。作者以精细的笔法，将瓜叶、瓜须（绵延蔓生）、瓜果（多子）、螽斯（生产力旺）栩栩如生地勾绘出来，观者仿佛亲临现场，即将闻到瓜破扑鼻而来的香味，看到硕大螽斯正站在瓜叶顶上准备吸食汁液、食啃瓜肉呢！

蒹葭苍苍，白露为霜。
所谓伊人，在水一方

名句的诞生

蒹葭[1]苍苍[2]，白露为霜。所谓伊人[3]，在水一方。溯洄[4]从之，道阻且长；溯游[5]从之，宛[6]在水中央。

——秦风·蒹葭

完全读懂名句

1. 蒹葭：音 jiān jiā，即现在所说的"芦荻"。2. 苍苍：深青色，形容芦荻很多的样子。3. 伊人：那个人。4. 溯洄：逆着水流。5. 溯游：顺着水流。6. 宛：仿佛。

河边的芦荻丛生，一片青青，白露已经结成了霜。那个我所思念的人儿啊，在河水的另一方。想要逆流而上去找他，这道路是如此险阻而又漫长；顺着水流去找他，他就好像在河水的中央。

文章背景小常识

这首《蒹葭》出自《诗经》中的"秦风"。所谓"秦风"，就是当时在秦国流行的歌谣。秦人尚武，因此秦风中的歌谣多半是描写车马畋猎，气氛质朴慷慨，如《无衣》的"岂曰无衣？与子同袍"（谁说没有军衣穿？我和你同一件战袍），即被认为是典型秦国的风格。现今军人还互称同袍，就是源于此处。

在这种好战乐斗的地方，忽然出现像《蒹葭》这种高旷之作，前人认为一定是有所寄托。《诗序》认为这首诗是在讽刺秦国位处西周旧地，却不以礼乐教化为务，而经营甲兵征战。周朝的贤臣遗老，隐居水滨，诗人作诗，感叹贤人不适于当世之用，有不胜惋惜之情。

其实诗的意境即在"言有尽而意无穷"，这首诗的措辞婉秀隽永，音节流转优美，使人百读不厌。诗中的"佳人"究竟为何？可由读者依心情处境之不同去自由联想，这首诗可以是情诗，可以是怀友诗，也可以是求贤招隐之作。深秋中翻飞的芦苇，烟水与霜露交织的迷茫，诗人踽踽独行，怀抱对佳人的想望。这样高逸出尘的意境，无怪乎前人评《蒹葭》为诗三百中抒情诗的代表作。

名句的故事

20世纪30年代，杨振声先生担任青岛大学校长，有一次他听说胡适先生要乘船到上海，便请他顺道到青岛演讲。胡适的船到青岛附近海上，刚好遇上暴风雨，轮船无法靠岸，胡适便给杨振声拍了个电报，上面只有五个字："危在水中央"，就是化用《蒹葭》的"宛在水中央"一句。杨振声也很幽默，收到电报后，便回了只有两句的电报："盈盈一水间，脉脉不得语。"这是古诗十九首中"迢迢牵牛星，皎皎河汉女"的最后两句。老先生厚积薄发，信手拈来皆是生花妙笔之作，令人莞尔。

邓丽君曾经翻唱过《在水一方》这首歌，歌词是琼瑶写的，与《诗经》的原句不太相同，琼瑶写的歌词是："绿草苍苍，白雾茫茫，有位佳人，在水一方。"在 2003 年中央电视台上演的连续剧《金粉世家》，改编自张恨水的小说，号称大制作，但是在前两集中就"露馅儿"了，剧中人物朗诵《蒹葭》一诗，却念成琼瑶写的歌词，经典剧中发生这种不该出现的错误，一时被传为笑谈。

历久弥新说名句

《蒹葭》中的"白露为霜"，点出了深秋的氛围。中国二十四节气里，"秋分"之后就是"寒露"、"霜降"，此时万物景象逐渐萧条，加上以农为主的古代社会进入农闲时期，所以要举行征戍、徭役、刑杀等，人的心理活动加上物候交替的影响，使得战国时代辞赋家宋玉的一句："悲哉！秋之为气也，萧瑟兮草木摇落而变衰。"开启了中国古代文学的悲秋主题。有句话说："'心'上有'秋'，意便成'愁'。"反映了此悲秋的感受与思想。在这种草木摇落的季节，更引人思念之情，清代杭谦有《寒露日作诗》云："蒹葭江上欲为霞，秋老淮南月色凉。身在客中偏病酒，梦回那得不思乡？"

德国写实主义作家施托姆（Theodor Storm, 1817—1888）的小说《茵梦湖》（*Immensee*），以"情"字为主题，描绘了一段情感经验。书中的女主角伊丽莎白，就是作者年轻时候的爱侣贝尔塔，书中的男主角莱恩哈德，或许就是作者的自况。

茵梦湖中那朵白色的睡莲，男主角涉水求之而不得，寓意了爱情的遥远，与《蒹葭》的"所谓伊人，在水一方"颇为神似，因此许多诗人都将两者相提并论。例如陈义芝的《蒹葭》一诗："……亭亭那朵，在蒹葭的水域/在孤鹜斜飞的水中央/我偷眼望着，簌簌垂泪/费神地/为夜空系上一颗颗/晦涩的星结/此后/应溯洄而上或溯游而下/应褰裳涉水或放棹流渡/啊，泠泠的弦音仍不断从上游漂来/我随手截捞，默默地咀嚼/白莲清芬/万种的风华。"在此诗中，便把古典的《蒹葭》与近代茵梦湖中的莲花做了完美的结合。

野有死麕，白茅包之。
有女怀春，吉士诱之

名句的诞生

野[1]有死麕[2]，白茅[3]包之。有女怀春[4]，吉士[5]诱之。林有朴樕[6]，野有死鹿。白茅纯束[7]，有女如玉。舒[8]而脱脱[9]兮，无感[10]我帨[11]兮，无使尨[12]也吠。

——召南·野有死麕

完全读懂名句

1. 野：郊外。2. 麕：音 jūn，兽名，獐，鹿属，无角。3. 白茅：茅草的一种，三四月开白花，根部很长，白软如筋而有节，古代常用来包裹祭品。4. 怀春：指少女情感萌芽，有求偶之意。5. 吉士：男子的美称。6. 朴樕：丛生小树。樕，音 sù。7. 纯束：一并捆起来。纯，音 tún，通"捆"。8. 舒：徐缓。9. 脱脱：迟缓。脱，音 duì。10. 感：为古"撼"字，撼动、撼动。11. 帨：

音睡，shuì，女子系于腰间，前垂至膝的佩巾。12. 尨：音 máng，多毛之犬。

郊野地上有只死獐，用白茅草包裹好。有个少女怀着春心，年轻男子逗引她，希望成为她的情人。森林里小树丛生，野地上有只死鹿。以白茅草捆住死鹿，年轻男子想着那纯洁如玉的少女。轻轻地、慢慢地，不要掀动我的佩巾呀！不要惊动狗叫出声呀！

文章背景小常识

此为年轻男女相悦之诗，诗中第一章“死麕”为古代捕鹿的诱饵，又称“鹿媒”。第二章的“鹿”与“麕”同为鹿属之兽，意指年轻男子希望借麕鹿为礼，打动纯洁少女的心。末章则白描少女心理，怀春少女经不住男子一再怂恿，两人在野地丛林相会，少女先轻声嘱咐男子动作放轻放慢，又要求男子别掀她裙上的佩巾，才不至惊动狗的叫吠。少女这段如嗔似羞的话语，已把她之前“少女怀春”、“有女如玉”思春与纯洁的形象，化为写实生活的言语，淋漓表现初恋少女对异性的想象、害羞与渴望，既兴奋又紧张，情绪错综复杂。

名句的故事

从《召南·野有死麕》的内容，清楚可见这是先民歌唱男女情爱的诗篇。然而在西汉毛亨的《毛传》、东汉郑玄的《毛诗笺》，以及唐代孔颖达的《毛诗正义》中，都一致认为《野有死麕》是"恶无礼"之诗，解释诗中少女希望男子依礼前来，两人才可媒妁而婚，但男子却等不及媒合之期，急于对她非礼相向，少女厌恶男子无礼行径，故厉声斥止。

到了南宋，朱熹《诗集传》又将前人注疏发扬光大，直指此为"女子拒之之辞"，"其凛然不可犯之意，盖可见矣"。《野有死麕》中的怀春少女，在历代诸位经学大师的诠释下，竟成了一位忠贞刚直、不畏强暴的烈女。直到清代，沿袭千年之久的贞洁烈女之说，才逐渐被推翻，《野有死麕》得以回归纯真本质，还给这对恋爱中的少女、古上本来面目。

《左传·昭公元年》（公元前541年）记载，晋国大夫赵孟、鲁国大夫穆叔，以及曹国大夫一同前往郑国，郑简公设宴款待各国贵宾。在宴会上，穆叔赋《召南·鹊巢》赞美赵孟贤能之德，意指晋国能成为众诸侯的领袖，全都功在赵孟；又赋《召南·采蘩》，暗示鲁、郑、曹等小国，如蘩菜般渺小，但晋国能对小国爱护不弃。穆叔送给赵孟一顶高帽子，透过这番称赞恭维，实想确保自身小国的安全。郑国上卿子皮，知悉穆叔的用意，也赋唱了《召南·野有死麕》末章，将诗中少女要求情人不要掀其佩巾，别惊动尨犬吠叫，比喻赵孟为人尚礼崇义，绝不会非礼欺凌。

赵孟见大家对自己赞誉有加，心花怒放，回赋《小雅·常棣》，表示晋与各小国之间亲如兄弟，又言"吾兄弟比以安，龙也可使无吠"，承诺将尽力保护小国，不会无礼相向。众人听到赵孟的保证，皆起身饮酒而拜，深表感谢。可见《召南·野有死麕》中的"无使龙也吠"，曾被古人引申为不可非礼之意。

历久弥新说名句

历来描写女子"怀春"的作品非常丰富，但大多出自男性之手，表现男人所理解的女性情感，而由女性自己书写其"怀春"感受的作品相对较少。其中贵为皇后之尊的唐太宗之后长孙氏就曾写过一首春意荡漾的《春游曲》，尤以首联下句"兰闺艳妾动春情"，刻画艳美的怀春形象，又不失女子柔情。长孙皇后兼具贤德与智能，虽仅在世36年，却是唐代贞观之治幕后一大功臣，从她的诗作，亦可见识这位令皇帝敬重、臣子爱戴的皇后内心洋溢的风情万种。

李清照是北、南宋之交的才女，与丈夫赵明诚感情甚笃，早期作品多有描写夫妻小别、闺房少妇的思念之情，如《蝶恋花》上片"暖日晴风初破冻，柳眼梅腮，已觉春心动"，不但情景交融，并含蓄表达女子的春情款款。在赵明诚去世之后，女词人的春情不减，从《孤雁儿》上片"沉香烟断玉炉寒，伴我情怀如水。笛声三弄，梅心惊破，多少春情意"，可见她仍怀抱满腔似水柔情，无奈"春情意"早被"玉炉寒"、"梅心"的冰冷所淹没，全化做无人堪寄的孤寂。如此凄然的春情，与情窦萌芽的春情，实有天壤之别啊！

焉得谖草，言树之背

名句的诞生

其雨[1]其雨，杲杲[2]出日。愿[3]言[4]思伯，甘心首疾[5]。焉得谖草[6]，言树[7]之背[8]。愿言思伯，使我心痗[9]。

——卫风·伯兮

完全读懂名句

1. 其雨：该要下雨了吧。其，语助词，表示推测之意。2. 杲杲：音 gǎo，光明的样子。3. 愿：这里是思念的意思。4. 言：这里当做语助词，无义。5. 首疾：头痛。6. 谖草：即萱草，也就是金针花，古人认为食用可以忘忧，故又名忘忧草。7. 树：此处作动词用，栽种之意。8. 背：通古之"北"字，此指北堂，妇人所常居处之堂。9. 痗：音 mèi，病。

上天下雨吧！下雨吧！阳光如此的火热。思念呀！思念哥哥呀！头痛也是我所心甘情愿。哪里可找到忘忧草，我要把它种在家中北堂。思念呀！思念哥哥呀！不绝的思念使我生出忧病！

文章背景小常识

此为《卫风·伯兮》的后两章。在前面两章，妇人一面极力赞扬丈夫出征在外的英勇，一面又低诉自己无心整理容颜的神伤，虽在表达她的隐忧，情意尽是含蓄委婉。但在这接下来的两章，妇人显然已无力承受与日俱增的思念，诸如"首疾"、"心痛"等身体不适的病痛，也都伴随折磨人的忧思接踵而至，她不再故做坚强，直陈受思念牵绊的痛苦。她盼望上天下场大雨，但阳光总是炽烈如焰，不让她如愿；她又问何处有忘忧"谖草"，好让她脱离止不住的忧伤。所谓"谖草"，不过是妇人想借以"忘忧"的寄托物，事实上，只要丈夫仍迟迟未返，她终究还是难逃忧思缠绕的痛苦！从隐忧、怀忧到疾忧，到最后只能托交忘忧，诗人逐步揭开一个活在等待中的女人饱受层层忧苦的历程。

名句的故事

谖草，叶子狭长，枝顶端开出橙红或黄红色的花，属于草本植物，又名萱草、金针、宜男草等，东汉许慎《说文解字》解其为忘忧草，明代李时珍《本草纲目》则记其有疗愁功效。

三国时魏国的文学家、竹林七贤之一的嵇康，在《养生论》一书写道："合欢蠲忿，萱草忘忧，愚智所共知也。"意指枝叶密茂的合欢树，风来辄可自解，不相牵缀，可使人抛弃忿恨，至于食用萱草，则有让人忘记烦忧的功效。嵇康向来主张调养得理，以尽性命，是一位相当注重自然养生的文人，他不但肯定"萱草忘忧"的疗效，并说明"萱草忘忧"是不分愚智都知晓的基本常识！

　　同是三国魏国的文学家兼音乐家、也是竹林七贤之一的阮籍，他留有 17 首《咏怀》五言诗，其中一首有："感激生忧思，谖草树兰房。膏沐为谁施，其雨怨朝阳。"明显可见作者多引《卫风·伯兮》中的谖草、膏沐、忧思、雨、日等字语，描写诗中女子对男子的倾心爱慕，却造成无法自拔的痛苦。后人认为阮籍的《咏怀》是为讽刺魏国掌权大臣司马昭，他以诗中女子对倾慕男子久念不忘、钟情如一作为反喻，暗讽被皇帝倚重且视为心腹的臣子，竟能乖离背君，心存叛意，情操远不如弱女子。如此隐微曲折之笔，应是阮籍生在那个祸患时代为求自保的情非得已。

历久弥新说名句

　　《孟子·梁惠王》有一段孟子与齐宣王的对话。孟子以齐宣王曾与臣子庄暴提过喜欢音乐一事作为话题。孟子问齐宣王独自欣赏音乐快乐，还是与他人共享快乐？当齐宣王回答与许多人同享快乐时，孟子旋即道出功谏主旨，他说为何齐国百姓一听到齐宣王的音乐，出现的竟是"疾首蹙頞"表情，他们奔相埋怨国家征战，使他们饱受亲人离散之苦，在这种情况下又有谁能与齐王同享音乐的欢乐呢？孟子以音乐作为比喻，提出"独乐乐，不如众乐乐"的道理，借以奉劝齐宣王重视民意，并以百姓之乐为乐，而不是漠视民间疾苦，独自在宫中享乐。

其中，孟子举"疾首蹙頞"一语，形容百姓听闻齐王钟鼓管钥之乐的痛苦表情。"疾首"指头部疼痛，"蹙頞"为皱起鼻颈之意，此与《卫风·伯兮》中的"首疾"，都可解释为人身心不适，所引发的头痛症状。孟子说这番话，就是要告诉那位好大喜功的齐宣王，他的"独乐乐"是多么不受百姓的欢迎！

《卫风·伯兮》中的谖草，本是妇人因思念丈夫欲借以忘忧之物，后代又衍生出谖草的母亲象征。相传隋朝末年，李世民与父亲李渊正在为大唐江山打拼，因时常在外作战，母亲思儿成疾，医生便以具有明目、安神疗效的萱草为处方，煎熬给李母服用，并在住家北堂种植萱草，希望李母可稍解思儿之苦。这原有忘忧疗效的萱草，遂出现象征母亲的意涵。之后文人也常借萱草描写母亲，如唐朝诗人孟郊的五言绝句《游子诗》："萱草生堂阶，游子行天涯。慈亲倚堂门，不见萱草花。"又如元代诗人、也是著名的画家王冕，其五言古诗《今朝》的前四句为："今朝风日好，堂前萱草花。持杯为母寿，所喜无喧哗。"以上两位诗人都是寄寓萱草，表达对母亲的思念与敬意。

视尔如荍，贻我握椒

名句的诞生

东门之枌[1]、宛丘之栩[2]。子仲之子[3]，婆娑其下。谷旦于差[4]，南方之原。不绩[5]其麻，市[6]也婆娑。谷旦于逝，越以[7]鬷迈[8]。视尔如荍[9]，贻我握椒[10]。

——陈风·东门之枌

完全读懂名句

1. 枌：音 fén，即白榆。2. 栩：栎树的别名，落叶乔木。3. 子仲之子：子仲是陈国大夫的姓氏，子仲之子指子仲氏的女儿。4. 谷旦于差：选择好日子。5. 绩：将麻丝或其他纤维搓成细线。6. 市：音 fú，通"芾"，疾速也。7. 越以：发语词。8. 鬷迈：同行。鬷，zōng，聚集之意。9. 荍：音 qiáo，锦葵的别名。10. 椒：花椒。

东门外有白榆，宛丘上有栎树。子仲的女儿在那里翩翩起舞。挑一个好日子，到南边的平原。放下手边搓的麻，谁这么能跳一圈舞？挑好日子出门，一路上同行。你美得像朵锦葵，你送我一把花椒。

名句的故事

相传周武王把女儿大姬嫁给封于陈国的妫满。大姬用巫术祭祀来向上天祈求生子，后来得偿宿愿，也因此感染陈国人民都很相信巫术。古代的祭祀、巫术与舞蹈是息息相关的，以歌舞来娱乐神明，让神明降福给自己，而舞蹈也成为抒发情感的一种方式。

《东门之枌》的女主角正是陈国大夫子仲氏的女儿，她在宛丘的大树下翩然起舞，等待心爱的人前来示意。这是古代互相仰慕的男女以跳舞交流情感。宛丘也是古代人们祭神的地方，花椒则是敬神用的香料之一，这里被当做定情的信物，赠与所爱慕的对象，希望结成良缘，借此含蓄地表达出双方倾慕的情怀。

历久弥新说名句

"视尔如荍，贻我握椒"，这其中的"椒"就是我们熟知的花椒，古人也会用花椒和泥，来涂房子的墙壁，这可以使房子变得温暖，又能消除恶气。此外由于花椒本身多籽，也象征着住在这间屋子的人可以有很多的子嗣。汉朝有所谓的"椒房殿"，就是汉代皇后居住的地方，即"未央宫"三十二殿阁之一。后人因此用"椒房"泛指后宫嫔妃居住处，或是直接作为后宫嫔妃的代名词，此外"椒庭"、"椒阁"，也都有同样的意义。

唐朝的白居易以唐明皇、杨贵妃之间的情爱，写下叙事长诗《长恨歌》。在描写杨贵妃死后，唐明皇总是触景伤情，白居易着笔："梨园子弟白发新，椒房阿监青娥老。"皇宫中的歌舞艺人都新添了许多白发，在椒房伺候的太监、宫女，也都逐渐衰老。白居易巧妙地形容时间的流逝，衬托出唐明皇对杨贵妃的思念，竟是如此长久。

此外，相传清朝乾隆皇帝出游山东孔府时，食欲不振，山珍海味都挑不起胃口。这时掌厨的人便将鲜嫩的绿豆芽过热水，然后将花椒爆香后，翻炒一下，便起锅呈给乾隆皇帝。这道菜吃起来爽脆清香，居然让乾隆胃口大开，赞赏不已。自此这道"油泼花椒豆芽"便成为孔府有名的菜色了。

蜉蝣之羽，衣裳楚楚。
心之忧矣，于我归处

名句的诞生

蜉蝣[1]之羽，衣裳楚楚[2]。心之忧矣，于我归处[3]！蜉蝣之翼，采采[4]衣服。心之忧矣，于我归息！蜉蝣掘阅[5]，麻衣[6]如雪。心之忧矣，于我归说！

——曹风·蜉蝣

完全读懂名句

1. 蜉蝣：虫名，有羽翼，出生数小时即死。2. 楚楚：鲜明的样子。3. 归处：休息，之后的"归息"、"归说"相似，也有死亡的含义。4. 采采：美盛的样子。5. 掘阅：穿穴而出。6. 麻衣：古代诸侯、士大夫日常所穿的衣服，上下相连，以麻布缝制。

蜉蝣的翅膀，像衣服般鲜明漂亮。心里忧伤啊，哪里才是我

207

的归处？蜉蝣的羽翼，像衣服般耀眼华丽。心里忧伤啊，哪里才是我的归宿？蜉蝣穿土而出，像身穿雪白的麻衣。心里忧伤啊，哪里才是我安息的地方？

文章背景小常识

曹国的故址约在现今山东省。周武王姬发起兵攻打商纣时，获得他弟弟叔振铎的鼎力相助，因此周武王将"曹"封给他。至春秋期间，曹国已发展成为国势强盛的诸侯国之一。然而到了曹昭公时期，曹国却被犬戎所攻陷，靠齐国的帮忙才得以复国。之后的曹共公姬襄荒淫无度，还得罪当时出亡到曹国的晋国公子重耳。后来成为晋文公的重耳，带兵打败曹国，把曹国土地送给宋国。公元前487年，曹国为宋国所灭。《诗经·曹风》共存四篇，据说是曹昭公、曹共公时期的诗歌。

名句的故事

蜉蝣是一种昆虫，翅膀非常漂亮，看起来透明而柔弱。蜉蝣的幼虫生长在水中，成熟之后便脱离水面。成虫之后的蜉蝣寿命相当短暂，古人便用"朝生暮死"来形容它。

《诗序》记载："《蜉蝣》，刺奢也。昭公国小而迫，无法以自守，好奢而任小人，将无所依焉。"诗人用蜉蝣美丽的翅膀，比喻奢侈的曹昭公穿着华服；而以蜉蝣短暂的生命，讽刺曹昭公耽于逸乐，不知国家危在旦夕。曹昭公侈荒淫，任用小人，一度被犬戎所颠覆。诗人在这样的环境下，已不知如何安身立命，又将安息在何方？后人以成语"蜉蝣在世"比喻生命短促。而本诗中的"衣裳楚楚"，或说"衣冠楚楚"，用来形容人的服装讲究。

历久弥新说名句

宋元丰五年初秋，大文豪苏轼在白露横江、水光接天的景色中，感悟万物之常与变的生命哲学，他在《前赤壁赋》中写下："寄蜉蝣于天地，渺沧海之一粟。哀吾生之须臾，羡长江之无穷。"苏轼感受世间无常，人就像蜉蝣一般渺小、短促，他羡慕起长江流水悠悠的无穷以及宇宙的浩瀚广大。

科幻小说作家倪匡在《快活秘方》中描述到，人们因为死亡的劫数迟早会来，而去寻求"快活秘方"。主角之一的温宝裕说过："蜉蝣绝不会担心甚么劫数，它的生命只有一天，一百万年一次劫数，它遇上的机会是——"良辰美景即刻接道："三亿六千五百二十四万分之一！作为蜉蝣，简直不必担心什么劫数，若是蜉蝣担心劫数的来临，那是天下最大的笑话了！"与天地相较，人的生命如同蜉蝣一样短促，这也意味着应该把握分秒认真生活。

岂其食鱼，必河之鲂？
岂其取妻，必齐之姜？

名句的诞生

衡门¹之下，可以栖迟²。泌³之洋洋⁴，可以乐饥。岂其食鱼，必河之鲂⁵？岂其取⁶妻，必齐之姜⁷？岂其食鱼，必河之鲤？岂其取妻，必宋之子⁸？

——陈风·衡门

完全读懂名句

1. 衡门：以横木为门，表示非常简陋。2. 栖迟：栖身。3. 泌：指泉水。4. 洋洋：水盛的样子。5. 鲂：鲂鱼，鲤鱼的一种。6. 取：同"娶"。7. 齐之姜：齐国姓姜的女子。8. 宋之子：宋国姓子的女子。

木头一横当做门，一样可以栖身。泉水哗啦地涌出，一样可以充饥。难道吃鱼，一定要吃黄河的鲂鱼？难道娶老婆，一定要娶齐国姓姜的闺女？难道吃鱼，一定要吃黄河的鲤鱼？难道娶老婆，一定要娶宋国姓子的闺女？

文章背景小常识

《陈风·衡门》的背景有几个说法。一说是根据《诗集传》记载："此隐居者自乐而无求者之词。"这是以为，《衡门》是一个对世事无所求、生性豁达且隐居的诗人所做的；也就是一个有德性的人，沉静地守着贫穷，不愿去求取功名。不过，在《诗序》中却有迥然不同的解释。

《诗序》："诱僖公也，以僖公懿愿而无自立之志。"陈国的诗人因为看到自己的君王无法振作，也没有雄心大志，因此作了这首诗想要诱导君王能够自立自强，让陈国兴盛起来。诗人用反问的语气强调，吃鱼不见得一定要吃黄河中的鲂鱼、鲤鱼，讨个老婆也不一定要是齐国、宋国的女子，目的在于劝诫陈僖公要能守得住困境。

"衡门"是什么呢？以横木为门，就是形容住所的简陋。"衡门之下"既然"可以栖迟"，那么"泌之洋洋"，意即自然流出的泉水，也就"可以乐饥"。这是说一个人在贫困中的修持，可以自得其乐。所以，不论是说隐士的安贫乐道，还是用来激励国君面对困境，这首诗似乎都有其诠释的空间。

名句的故事

齐国、宋国都是具有文化历史的诸侯国家，齐国可以追溯到姜太公，宋国则是殷商遗民，齐之姜与宋之子，就是指这两个国家贵族的女子。娶了这样的女子，身份地位自然跟着水涨船高。诗人把黄河的鲂鱼、鲤鱼和齐国、宋国的女子相对应，将吃鱼跟结婚互为比喻，实属巧思。也有以鱼类旺盛的繁殖力，象征着结婚后家族兴旺、人丁众多的意涵。

关于齐国的女子有一个著名的故事《晋文齐姜》（《烈女传·贤明传》）。这里的齐姜是齐桓公的宗女。齐桓公听说晋国的公子重耳投奔到来，他知道重耳会是一个有作为的人，马上派人迎接，礼数相当周到，还把自己家族的女子齐姜许配给他。这位齐姜非常不简单，眼看自己的夫君日渐沉迷于齐国享乐，几乎忘却自己是被逐流亡在外的晋国公子，而且连身旁随从的劝告也不听了。她担忧重耳不思振作，便与重耳的随从商议，灌醉重耳，趁他昏睡之际，将他带离齐国。重耳醒了之后，原本要大发雷霆，后来经过随从的劝阻，终能体会齐姜的用心良苦。最后他返国成为晋文公，跻身春秋五霸之一。

"岂其娶妻，必齐之姜"，之后"齐姜"便用来形容高贵美丽的女子，《乐府诗集·陇西行》中有一句："取妇得如此，齐姜亦不如。"娶到如此的好女子，连齐姜都比不上呀！

历久弥新说名句

鲤鱼的身价在唐朝李家天下时，水涨船高，因为这种鱼跟皇帝同"姓"，唐玄宗开元二年更是公开宣布："禁断天下采捕鲤鱼。"（《旧唐书·玄宗本纪》）因此，捕鲤鱼、买卖鲤鱼、吃鲤鱼，在唐代都是犯法的，抓到鲤鱼还得放生哟！唐朝皇室或是达官显贵，"九品以上佩刀砺等袋，纷帨为鱼形，结帛作之，为鱼像鲤"（《旧唐书·卷三十七》），连服装的佩饰也都做成鲤鱼的样式，甚至兵符也变成鲤鱼形状的"鲤符"。

关于鲤鱼有一则感人的故事。晋朝人王祥生性孝顺，他在很小的时候，母亲便过世了，继母朱氏待他并不慈爱，还在他父亲面前挑拨，让王祥的父亲也逐渐不喜欢他。尽管如此，王祥仍旧恭谨侍亲。由于王祥的继母喜欢吃鲤鱼，有一年冬天，他为了让继母可以吃到鲤鱼，居然"解衣将剖冰求之，冰忽自解，双鲤跃出，持之而归"（《晋书·王祥列传》）。这里描述河水结冰，王祥便脱下衣服，卧在冰上，希望溶化冰块求得鲤鱼。就在此时，河冰突然裂开，跳出两条鲤鱼，王祥高兴地抓住鱼，拿回家侍奉继母。这就是"二十四孝"中"卧冰求鲤"的故事。

吉梦维何？ 维熊维罴，维虺维蛇

名句的诞生

下莞[1]上簟[2]，乃[3]安斯[4]寝。乃寝乃兴[5]，乃占我梦。吉梦维何？维熊维罴[6]，维虺[7]维蛇。大人[8]占之，维熊维罴，男子之祥[9]。维虺维蛇，女子之祥。

——小雅·斯干

完全读懂名句

1. 莞：音 guān，指蒲席。2. 簟：音 diàn，指竹席。3. 乃：于是。4. 斯：与之前"乃"字同义。5. 兴：起。6. 罴：音 pí，熊的一种，即马熊，体大性猛。7. 虺：音 huī，蛇的一种，即蝮蛇，形小有毒。8. 大人：指占梦之官。9. 祥：先兆。

下铺蒲席上铺竹席，安稳地沉沉睡去。入睡醒来，好占我的梦境。好梦是梦见什么呢？是熊是罴，是虺是蛇。请占梦之官来解梦，梦见熊与罴，是生男孩的先兆，梦见虺与蛇，是生女孩的先兆。

文章背景小常识

《小雅·斯干》为祝贺新屋落成之诗。全诗共有九章，此为第六、七章，主要描写新屋卧房的舒适，以及请占梦之官解梦，熊罴为雄壮的象征，若在梦中出现，表示新屋主人有生男的预兆；虺蛇则为柔顺的象征，若在梦中出现，就是生女的预兆。由此可见，古代有透过梦境征兆预测生男或生女的习俗。

名句的故事

"占"原意为视兆而断吉凶，"卜"指以火灼龟甲以占吉凶。占卜带有浓厚的神秘色彩，根据文献记载，在伏羲、黄帝时代，占卜已相当流行，其重要内容之一即是占梦。从周朝设有占梦之官可知当时对占梦的重视，认为梦境与人事吉凶有关，也是鬼神与人沟通、传达意旨的管道，有时并非清楚的明示，而是借由象征或隐喻，所以正如《小雅·斯干》中"大人占之"所述，必须请专人占解梦境，才能得知吉凶。

《礼记·檀弓上》记录了孔子之死与占梦相符的故事。一次孔子睡醒告诉学生子贡："予畴昔之夜，梦坐奠于两楹之间。夫明王不兴，而天下其孰能宗予？予殆将死也。"其中"奠"含有祭意，是凶象的征兆。又因夏殷周三朝的丧葬礼俗各有不同，夏人将灵柩停在东阶，犹如主人的角色；周人将灵柩停放西阶，好比宾客的身份；至于殷人习俗是将灵柩置放两楹柱之间，即大门中间，表示宾主相夹之意。孔子正为殷人后代，梦见自己坐在两楹中间，接受馈食奠拜，而对子贡预言说自己将不久人世。七日之后，占梦之象果真应验，孔子病逝在床，后代儒者深信这是圣人知天命的印证。

历久弥新说名句

　　《小雅·斯干》的占梦之官解释梦见熊罴为生男吉梦，梦见虺蛇为生女吉梦。唐朝诗人刘禹锡有两首诗作将"梦熊"写入诗中，他在七言律诗《苏州白舍人寄新诗，有叹早白无儿之句，因以赠之》末联写道："幸免如新分非浅，祝君长咏梦熊诗。"意在祝福友人白舍人及早生子，了结膝下无儿的人生憾事。另一首七言绝句《答前篇》最后两句是："闻彼梦熊犹未兆，女中谁是卫夫人。"此为刘禹锡与好友柳宗元以书法唱和时所作，其中"梦熊犹未兆"指柳宗元尚未得子，末句"卫夫人"是刘禹锡赞美柳宗元调教幼女练写书法，其女长大后必如东晋女书法家卫铄（即卫夫人，也是大书法家王羲之的书法老师）一样杰出，希望借此稍减柳宗元无子传承的遗憾。

　　《小雅·斯干》以梦见"熊罴"作为生男征兆，后人常引为祝福他人得子的美言，然而梦见"虺蛇"为生女吉梦的说法，后世却鲜少有人引用。蔡琰为东汉文学家蔡邕之女，她博学多文，精通音律，不幸于东汉末的战乱中被胡人掳去，身陷匈奴异域12

年，后来曹操遣使将她赎还归汉。相传蔡琰所作古乐府诗《胡笳十八拍》，即娓娓描述她从汉土被掳至胡地，无奈中成为胡人之妾，身心饱受的忧悒苦楚，其中有："人多暴猛兮如虺蛇，控弦被甲兮为骄奢。"蔡琰即以"虺蛇"直陈匈奴残暴狠毒的本性，与西周时期的《小雅·斯干》中"维虺维蛇"表征女子柔顺温婉，前后意味早已不同。

鸢飞戾天，鱼跃于渊

名句的诞生

鸢¹飞戾²天，鱼跃于渊。岂弟³君子，遐⁴不作人⁵？清酒⁶既载⁷，骍牡⁸既备，以享⁹以祀，以介¹⁰景福¹¹。

——大雅·旱麓

完全读懂名句

1. 鸢：音 yuān，鸱鹰，状似鹰而嘴较短，尾较长。2. 戾：音 lì，到达。3. 岂弟：音 kǎi tì，同"恺悌"，和乐平易的意思。4. 遐：何。5. 作人：造就人才。6. 清酒：祭祀的酒。7. 载：陈设。8. 骍牡：赤色雄性的牲礼。骍，音 xīng，赤色之牲。9. 享：献。10. 介：求的意思。11. 景福：大福。

鸱鹰飞到天边，鱼跳跃在深水。和乐平易的君子，何不造就人才？祭祀的清酒已经摆设好，祭祀的红色雄性牲礼也已具备，用来献神祭祀，用来求得国家大福！

文章背景小常识

《大雅·旱麓》为一篇歌咏周王祭神求福之诗。全诗共有六章，此为第三、四章，第三章主要在赞美君子重视人才，诗人借天上飞之鸢、深水潜之鱼，比喻君子将天地万物皆列入可造之才；第四章写君子准备清酒牲礼祭神，诚心祈求国家大福！

名句的故事

《大雅·旱麓》中"鸢飞戾天，鱼跃于渊"，原是鸢与鱼的自然本能，诗人借鸢在天空、鱼入深水的天性，美言周王上下明察，是知人善任的有德君子。后人将这两句诗合为"鸢飞鱼跃"，用以形容君子具有和乐平易的美德，上及飞鸢，下及渊鱼，无不欢欣喜悦。

古代儒者注疏解经，向有"传不离经，疏不破注"的原则，也就是作传要根据经典本意，写疏的人，不可逾越笺注所言，目前注解《诗经》版本，首推西汉毛亨作传、东汉郑玄笺注，唐人孔颖达写疏，以上三家已成历来研究《诗经》者不容忽视的参考文献。毛亨将"鸢飞戾天，鱼跃于渊"解为"言上下察也"，意指君王体察上下，使万物各得其所。但其后郑玄、孔颖达却提出另一种说法，认为鸢鸟既为恶鸟，又专门残忍地捕小鸟，故"鸢飞戾天"指的是恶人远离，使得鱼儿跳跃于深水，展现适得其所的悠游快乐，所以"鱼跃于渊"描写恶人远离后，百姓从此安居乐业、自在生活。

孔子之孙孔伋，字子思，生长于战国初期，相传他为昭明先祖圣德而作《中庸》，之后被西汉戴圣收录在《礼记》中。子思在《中庸》援引《大雅·旱麓》"鸢飞戾天，鱼跃于渊"，借以说明君子之道，上至鸢鸟、下至渊鱼，体察天地万物。子思想表达的是，希望一般人不要以为自己平庸愚昧，就无法企及君子之道，他认为即使身为圣人，也会有其所不知或无法做到之处，而所谓的君子之道，都是开始于匹夫匹妇的所知所行，至于君子之道的最高境界，就是圣德明察于天地之间。

若《中庸》确实为子思所作，子思年代更早于三家解经者，子思对"鸢飞戾天，鱼跃于渊"的理解，显然与毛亨"言上下察也"的说法相接近，而非郑玄、孔颖达将"鸢"比为恶鸟。

历久弥新说名句

鸢鸟以惊人速度直冲上天，若人原处于平凡环境，突然功成名就，也可用"鸢飞戾天"来形容。不过，中唐诗人权德舆的五言古诗《奉和许阁老酬淮南崔十七端公见寄》，则以"空悲鸢跕水，翻羡雁衔芦"，写鸢鸟落水的难堪处境。诗人看到原应于天上高飞的鸢鸟，不幸陷落水中，不禁心生悲情。当他望见雁群衔着芦草，悠然在天空飞翔，与落难鸢鸟形成强烈对比，格外令他羡慕雁群的自在处境。

"鱼跃于渊"原指鱼类适于深水生活，但鱼若有心向上跃升，也有可能化为威风凛凛的天上之龙。北宋人李昉编《太平广记》，其中引东汉《辛氏三秦记》一则传说，故事内容为：山西河津与陕西韩城间有一处龙门，每年春天都会出现黄鲤鱼，从大海或各地河川争相来此，一年之中，得以跃过龙门的鱼不过 72 尾，只要它们一跃入龙门，云雨随之而来，天上冒出火焰烧掉鱼尾，让它们化龙飞去。所以后人常以"鱼跃龙门"，夸赞人及第登高，身价顿时翻转上扬了好几倍。

晚唐擅写花间诗词的温庭筠，一生怀才不遇，纵情于烟花脂粉里，写下许多情色绮婉之作，在五言古诗《感旧陈情五十韵献淮南李仆射》，却全不见秾丽之笔，其中有两句"未知鱼跃地，空愧鹿鸣篇"。温庭筠曾于唐文宗开元四年（公元 839 年）科举落榜，无法体会"鱼跃龙门"的欣喜，面对过去向往《诗经·小雅·鹿鸣》中君王宴饮群臣嘉宾的欢乐景象，如今想来，不禁感叹愧对所读诗书！至于诗题所言"李仆射"，是唐武宗会昌二年（公元 842 年）任职官检校尚书右仆射、淮南节度使的李绅，隶属当时"牛李党争"中李（李德裕）派人马，也是写出"谁知盘中餐，粒粒皆辛苦"老少朗朗上口《悯农》诗的作者。温庭筠的政治理念向来支持李派，他作《感旧陈情五十韵献淮南李仆射》，是为了将自己无法如鱼跃龙门的落榜挫败，向同党的李绅抒发陈情，一吐内心积累的郁闷痛苦！

彼有不获稚，此有不敛穧；
彼有遗秉，此有滞穗

名句的诞生

　　有渰¹萋萋²，兴云祁祁³。雨我公田⁴，遂及我私⁵。彼有不获稚⁶，此有不敛⁷穧⁸；彼有遗秉⁹，此有滞穗，伊寡妇之利。

——小雅·大田

完全读懂名句

　　1. 渰：音 yǎn，雨云兴起的样子。2. 萋萋：云浓密的样子。3. 祁祁：众多茂盛的样子。4. 公田：公家的田。古代井田制度，田似"井"字，分为九区，中间为公田，四周为私田。5. 私：这里指私田。6. 不获稚：指未收割的幼禾。7. 敛：聚集、收集。8. 穧：音 jì，已收割的农作物。9. 秉：成把、成束的谷物。

　　一片灰蒙蒙，乌云布满天。希望大雨降到君王的公田，也顺便流到自己的私田。那边有尚未割下来的幼稻谷，这边有还没收

222

去的散禾；那边有遗留的谷束，这边有剩下的稻穗，这些都可以给那些寡妇呀！

文章背景小常识

《小雅·大田》的背景有几个说法，一是记载农情，将农人辛勤耕作的过程历历呈现；另一则是如《毛诗正义》记载，《小雅·大田》在讽刺周幽王，特别是："幽王之时，万民饥馑，矜寡无所取活也。"因为周幽王在位时，政务繁复、赋税重，加上有虫灾，可说是风不调、雨不顺，百姓根本没有受到照顾，只要是死了丈夫的寡妇、没有父亲的孤儿，生活往往会陷入苦境。因此善良的农民秉持互助的精神，农收时会留下拿不回去的谷物，送给孤儿寡母的家庭。

《大田》一诗共四章，从春耕播种、夏耘除虫，到秋收丰富，最后以祭祀作结。农人感谢上天的照顾，毕竟"田祖有神"（第二章），所以此刻"以其骍黑，与其黍稷，以享以祀，以介景福"（第四章），也就是宰红毛的牛、杀黑毛的猪，拿着收割下来的稻黍，去祭祀祖先、神明，祈求更多的福气。

其中"彼有不获稚，此有不敛穧；彼有遗秉，此有滞穗"四句，不从正面下笔，在侧面对于收获之多的描绘中，轻描淡写出扶持生活艰苦之人的热诚，更加令人感动。此种"从旁渲染"、"闲处衬托"的手法受到后世的赞叹！

名句的故事

《大田》开章便说"大田多稼"，指出当时农作物的多样性，紧接着就从春耕的犁田播种说起，特别是"既种既戒"，意思是挑选种子、修理农具，当时古人已懂得，根据土壤的特质来挑选合宜栽种的种子。再来就是锄草去虫、踏实耕种，加上风调雨顺，"雨我公田，遂及我私"，秋天便能丰收啰！"雨我公田，遂及我私"向来被视为古代井田制度的证据之一，孟子曾特别根据这句话，阐述井田制度的精神。

孟子认为"雨我公田，遂及我私"就是"互助"，他说："方里而井，井九百亩，其中为公田，八家皆私百亩，同养公田。公事毕，然后敢治私事。"（《孟子·滕文公上》）意即大家先共同将公有的田地灌溉完毕后，才各自去灌溉自己的私田；如果下雨也希望雨水先落到公田，才流经入私田，如此一来便能互助地完成所有的农耕工作。孟子的诠释呼应了《大田》的精神。

历久弥新说名句

董仲舒在《春秋繁露》中举出孔子的见解："孔子曰：'君子不尽利以遗民。'"意思是说，真正的君子不会拿走所有的利益，懂得有所保留，并考虑到其他人。接着便提到："彼其遗秉，此有不敛穧，伊寡妇之利。"可见孔子的看法与《小雅·大田》的精神相通。董仲舒继续阐述："故君子仕则不稼，田则不渔，食时不力珍，大夫不坐羊，士不坐犬。"君子如果当官就不去种田，打猎就不去捕鱼，不要吃最好的，不要把羊当马骑，也不让狗来拉车；换句话说，要保留给每一个人、每一项器具各自生存与发挥的空间。

桓宽也在《盐铁论·错币》中讨论到类似的主题。他感慨自三代以后的人已经不像孔子所说的懂得把利益留给别人，而是争相赚取大小财富。桓宽主张比较不聪明的人以及有能力的人都拥有同样的生存价值，因此他相当赞成"彼有遗秉，此有滞穗，伊寡妇之利"这样的善举，意即一个人不要尽夺所有的财物，方能施惠于人。

从现代的观点来看，《大田》此处所描写的，就是一种基本的"社会福利"实践，实践必须透过一个有效的体制。德国即是世界上最早开始建立社会福利制度的国家，这与其文化中追求理性平衡的概念深深影响政府政策有关。然而，社会福利的推动也有其窒碍的一面，如同前英国首相丘吉尔所说："资本主义的原罪是，有福不一定大家共享；社会主义先天的美德是，有难大家一定同当。"一个富人可能有能力救助一百个穷人，却不见得愿意伸出援手。若能比较一下世界各国健保制度的问题，就知道"众人之难"要大家共同担负，是多么不容易啊！

既方既皁，既坚既好，不稂不莠

名句的诞生

既方[1]既皁[2]，既坚既好，不稂[3]不莠[4]。去其螟螣[5]，及其蟊贼[6]，无害我田稚[7]。田祖有神，秉畀[8]炎火。

——小雅·大田

完全读懂名句

1. 方：通"房"，指稻麦刚开始结成谷，好像人住的房子。
2. 皁：音zào，已经结成但尚未坚实的谷实。3. 稂：音láng，一种野草，杂生于稻禾中，损害禾苗的生长。4. 莠：音yǒu，狗尾草的别名，长得很像稻子。5. 螟螣：音míng téng，吃稻苗的害虫。6. 蟊贼：专吃禾稼的虫，比喻祸害、败类。蟊，音máo。7. 稚：幼禾。8. 畀：音bì，付与、给予。

稻禾长大，结出谷实，成熟而坚硬。田里没有野禾，也没有狗尾草。铲除吃稻谷的螟螣，连同蟊贼一起消灭，不让它们破坏田里幼苗。田祖有神明，将害虫全投进烈火烧死。

名句的故事

《小雅·大田》主要在描绘农事。诗人首先提到稻禾长得实在好，接着是农夫小心翼翼将吃稻心的"螟"、吃稻叶的"螣"、吃稻根的"蟊"、吃稻节的"贼"，全都消除了。而对付这些虫害的方式，便是运用火攻。农人会在夜晚，利用火光把虫子引出来，然后在旁边挖一个坑洞，将烧死的害虫随即掩埋。

"不稂不莠"，原本是形容农田中没有野草，因为稂、莠看起来都很像稻禾，却不会结谷实，后来"不稂不莠"就用来比喻一个人不成材。另外"良莠不齐"则是说好坏参差，素质不一，不同于"不稂不莠"专指素质差者。

历久弥新说名句

《三国演义》中，刘璋因为昏庸无法守住祖宗的基业益州，他的手下张松便决定为益州的未来寻访一位明君。张松见到刘备时，刘备以东吴女婿的身份固守荆州。旁边的庞统便说："吾主汉朝皇叔，反不能占据州郡，其他皆汉之蟊贼，却都恃强侵占地土，惟智者不平焉。"庞统言下之意，刘备才是汉室的正统，其他都只是"蟊贼"，意即害虫。张松此行证明自己的眼光，后来的"张松献地图"，让刘备保有三分天下的一席之地。

《红楼梦》第八十四回，贾府的大家长贾母想给宝玉订门亲事，贾政听了之后说："老太太吩咐的很是。但只一件，姑娘也要好，第一要他自己学好才好，不然，不稂不莠的，反倒耽误了人家的女孩儿，岂不可惜？"这里的"不稂不莠"与其说是没出息，不如说是贾政希望儿子能有功名，符合贾府的社会地位。宝玉最后也参加科举并获功名，然后便挥一挥袖，告别了贾府的人生。

梁实秋在《双城记》一文中将西雅图与台北做了一番比较，并说："夜不闭户、路不拾遗，乃想象中的大同世界，古今中外从来没有过一个地方真正实现过。人性本有善良一面、丑恶一面，故人群中欲其不稂不莠，实不可能。"梁实秋深感人群当中完全没有恶人，就像《诗经》"不稂不莠"原意稻禾之中没有杂草，是不可能的事情。

茑与女萝，施于松柏

名句的诞生

有颀[1]者弁[2]，实维伊何？尔酒既旨，尔殽既嘉。岂伊异人？兄弟匪他。茑[3]与女萝[4]，施[5]于松柏。未见君子，忧心奕奕[6]；既见君子，庶几[7]悦怿[8]。

——小雅·颀弁

完全读懂名句

1. 有颀：戴帽高耸的样子。颀，音 kuǐ，古代用来束发、固定头冠的发饰。2. 弁：音 biàn，古代男子所戴的帽子。3. 茑：植物名，茎略能蔓爬，寄生在树上，种子煎服，可治水肿。4. 女萝：植物名，就是松萝，长达数尺，常攀附于其他植物上生长。5. 施：蔓延。6. 奕奕：忧愁的样子。7. 庶几：或许可以。8. 悦怿：喜悦愉快。

头上戴着一顶高高的帽子，是为什么呢？这酒是如此香醇，这菜是如此美味，难道是宴请外人？都是自己兄弟，不是别人。就像茑与女萝，缠绕在松树上生存！没看到君子，忧心忡忡，既见到君子，或许就会高兴了。

文章背景小常识

根据《诗序》记载："颁弁，诸公刺幽王也。暴戾无亲，不能宴乐同姓，亲睦九族，孤危将亡，故作是诗也。"这里表示《小雅·颁弁》是周幽王同一宗族的亲友，讽刺他而做的诗。周幽王性情暴戾，无法跟自己的兄弟共享欢乐，也无法跟其他亲族的人和睦相处。周幽王当时的处境不仅孤立，而且有将要灭亡的迹象，因而同族的兄弟做了这首诗，抒发国家将亡的悲叹。

《颁弁》中的"茑"、"女萝"，都属于蔓生的植物，缠绕并依附在其他植物上生长，因此"茑萝"常用来比喻与他人有亲戚关系，或指彼此的相互扶持。《幼学琼林》中有言："茑萝施乔松，自幸得依附之所。"比喻弱小的力量有了攀附倚靠的对象。

名句的故事

《台湾文献丛刊》收录了一首《弃妇词》："茑萝耐松柏，空自结绸缪；风吹桃李花，一旦别枝头。鸳鸯不偕老，团扇弃清秋；红颜竟无主，欲妆临镜愁。"虽然茑萝是用来比喻兄弟之情，但是历代许多诗人与作家常借它形容男女之间的依附关系。这首诗便描述，茑萝依附着松柏生存，是它自己一厢情愿的，就好像女子以为遇到一个可以终身依靠的男子，也是单方面的想法，其实男子早就被桃花李花般的嫣红女子给迷了去呀！女子别无他途，只好"日上望夫山，种萱以忘忧"，寻找其他方法排解寂寞了。

历久弥新说名句

《红楼梦》第九十九回贾政在书房中看书，接到一封同乡想要缔结亲家的信，信上也用了一句："想蒙不弃卑寒，希望茑萝之附。"贾政这个同乡已经调任海疆官员，迎亲虽是路途遥远，终究一水可通。贾政决定将探春许配给这位镇海总制周琼之子。与《红楼梦》中众姊姊妹妹的遭遇相较，探春的婚姻可能还算顺心的。之后贾府遭变，探春归宁省亲，"众人远远接着，见探春出挑得比先前更好了，服采鲜明"（第一一九回）。这门"茑萝之附"的亲事，也算让读者感到些许放心了。

凤皇于飞，翙翙其羽，亦集爰止

名句的诞生

凤皇[1]于飞，翙翙[2]其羽，亦集爰止。蔼蔼[3]王多吉士，维君子使，媚[4]于天子。

——大雅·卷阿

完全读懂名句

1. 凤皇：即凤凰，古代的灵鸟。2. 翙翙：音 huì，状声词，形容振翅高飞的声音。3. 蔼蔼：盛大众多的样子。4. 媚：爱戴。

凤凰飞翔，振翅挥动羽翼，又停落在树枝上。天子身边围绕着许多人才，但只重用君子您，因为您爱戴并辅佐天子。

名句的故事

此篇第一章的开头是："有卷者阿，飘风自南。"其中的"卷阿"是指本诗的发生地"古卷阿",位于现今陕西省岐山县,因为地势背靠着"凤鸣岐山"的凤鸣岗,东、西、北三面环山,只有南边与平地相接,地形好像倒凹字,所以称做"卷阿",读为"全窝",这个地方是周人的起源地。

关于"凤鸣岐山",一则相传周文王出世的时候,便有凤鸣于岐山,意即西周圣主诞生,天意已定;另一相传是周文王在西岐之地勤政爱民,各小国纷纷前来投靠,公推周文王为盟主。结盟当天周文王登上祭坛拜天,凤凰突然从岐山飞来,声震九霄,远传百里。凤凰是百鸟之王,众人都认为这是文王将得天下之兆。

成语"凤凰于飞",是指雄鸟的凤、雌鸟的凰,双双相伴而飞,后人就以此来比喻夫妻之间的和谐关系。

历久弥新说名句

相传凤凰是百鸟之王,《尔雅》记载:"鸡头、蛇颈、燕颔、龟背、鱼尾,五彩色,高六尺许。"所有动物最美丽的部分,全集于凤凰一身。而凤凰是中国自古以来祥瑞的象征,常用来祝福夫妻姻缘美满,汉代司马相如在《凤求凰》中写道:"凤兮凤兮归故乡,遨游四海求其凰。"司马相如大胆地在窗外表达他对卓文君的爱慕之情,窗内的卓文君怎能不感动呢!由于卓父的反对,两人相约私奔,卓文君并嫁给了当时家徒四壁的司马相如。

司马迁《史记·日者列传》中提到"日者"，就是精通卜筮之人。司马迁以为承受天命者虽然是一国之君，但是国君必须从卜筮者身上得知天命的方向。司马迁认为日者是真正的君子、有智慧的人："故骐骥不能与罢驴为驷，而凤皇不与燕雀为群，而贤者亦不与不肖者同列。"意思就是，骐骥不和驴同驾一部车，凤凰不和燕子、麻雀为群，而贤者也不会与不肖者同流合污。他将日者比喻为凤凰，窃位者就像是燕雀，即使有享用不尽的财富，日者也不会与窃位者为伍，他会隐藏自己，暗中察访，再将天命托付给真正的明君。

话说三国时代的孙权喜欢说笑，有一次，蜀汉的费祎出使吴国，孙权居然告诉他的臣子，当费祎入场时，大家尽量吃，不必起身迎接。结果费祎来时，只有身为主人的孙权起身相迎，其他人只是听命地低头猛吃，看也不看一眼。费祎面对这样尴尬的场面，不慌不忙地笑着说："凤凰来翔，骐骥吐哺，驴骡无知，伏食如故。"费祎巧妙地把自己比做"凤凰"，把孙权喻为"骐骥"，把猛吃猛喝的东吴群臣全当做"驴骡"。孙权没想到他的玩笑反而打了自己一巴掌。

不学诗，无以言

谁谓鼠无牙，何以穿我墉？

名句的诞生

厌浥[1] 行露[2]，岂不夙夜[3]？谓行多露。谁谓雀无角[4]？何以穿我屋？谁谓女[5] 无家[6]？何以速[7] 我狱[8]？虽速我狱，室家不足。谁谓鼠无牙，何以穿我墉[9]？谁谓女无家？何以速我讼？虽速我讼，亦不女从。

——召南·行露

完全读懂名句

1. 厌浥：潮湿貌。浥，音 yì。2. 行露：道上的露水。3. 夙夜：早晨和夜晚。4. 角：此指嘴，古时鸟嘴兽角均称角。5. 女：通"汝"字，此指强行婚娶的男子。6. 家：此指聘礼。7. 速：招致。8. 狱：此指因讼事而入狱。9. 墉：墙。

路上的露水太过潮湿，我岂不想早晚赶路？是因路上露水浓重的缘故！

　　谁说麻雀没有嘴？怎能啄穿我的屋子？谁说你没有聘礼？怎能对我提出狱讼？即使你向狱讼之官控诉我，若不把媒聘之礼准备好，我绝不答应与你成婚！

　　谁说老鼠没有牙？怎能穿破我的屋墙？谁说你没有聘礼？怎能对我提出狱讼？即使你向狱讼之官控诉我，我也绝不屈从于你！

文章背景小常识

　　《召南·行露》主要写男子未准备完整的聘礼，女子拒绝与之成婚，男子一怒之下，找上善于听断讼事的召伯，控告女方悔婚一事。此篇内容即是召伯听讼时，女子替自己的行为提出义正词严的答辩。全诗共有三章，首章先言迎娶当日，女子借露水会沾湿衣裳为由，不愿前往男方家中，事实是因为男方带来礼聘之物，竟与当初媒妁所言不符。第二、三章形式复迭，章旨类同，由于男方认定女方既已承诺婚嫁，就不该以任何理由反悔。不过，此姝也并非柔弱女子，她向召伯侃侃诉说自己坚持不嫁，是为了遵从媒妁约定之礼，纵使最后决定判她入狱，也绝不向男方屈服！诗人生动描绘女子理直气壮的说话神情，展现她性格刚烈的强悍形象。

名句的故事

　　前人们注解《召南·行露》，一致认为诗中女子守礼贞信、不畏强权，只恐违背礼而污其身。西汉文帝时期的经学博士韩婴也是著名的解经学者，他在《韩诗外传》写道："夫《行露》之人许嫁矣，然而未往也，见一物不具、一礼不备，守节贞理，守死不往。"又称许这名女子"得妇道之宜，故举而传之，扬而歌之，以绝无道之求，防污道之行乎"，对于女子极可能面临败诉入狱，也将顽强不从夫家之举，韩婴显然给予极高评价。年代比韩婴晚了一百多年的学者刘向，他在《列女传·贞顺篇》更直指《行露》所言女子，实为召南申人之女，文中也为女子守礼行为，作颂予以称扬。

《召南·行露》中的"谁谓鼠无牙"、"谁谓雀无角"，原是女子借老鼠、麻雀毁坏住屋的侵略行为，表达对男子无礼的气愤之语，因两人有讼事纠纷，后人将这两句诗合为"鼠牙雀角"一成语，意指受到强暴侵凌所引起的争讼，或用来比喻强暴势力。明末程登吉撰《幼学琼林》，这本书曾在清代风行全国，是以传授各类知识为目的的启蒙读物，其中《讼狱》篇写道："与人构讼，曰鼠牙雀角之争；罪人诉冤，有抢地吁天之惨。"浅简说明与人打官司，有如"鼠牙雀角"，最后可能弄到倾家荡产的下场，而当事者在申诉冤情时，以头撞地、向上哭喊，陈述被冤枉的惨痛遭遇。

清宣宗道光十二年（公元 1832 年）考中举人的刘家谋，在道光二十九年（公元 1849 年）来台湾担任台湾府学教谕，由于对读书人颇为照顾，赢得台湾百姓对他的尊敬。刘家谋作过一系列《海音诗》，内容多在陈述时事得失，或与民情风俗有关，其中一首为："鼠牙雀角各争强，空费条条诰诫详；解释两家无限恨，不如银盒捧槟榔。"大意是说，当双方互不相让，决定打起官司时，就像住屋遇到老鼠、麻雀的侵凌一样，两家还必须浪费时间，仔细研究繁且的法规条文。与其如此，倒不如拿出银盒装上槟榔，心平气和坐下来谈，不但可消弭讼事，还能化解彼此心中的怨恨。

历久弥新说名句

《诗经》出现不少女子怀春或急欲出嫁，甚至不顾一切要追随男子的爱情诗，但在《召南·行露》的女子，却是为了男方聘礼不足而拒绝成婚。双方为此不惜诉讼，女子将男子喻为破坏住屋的麻雀和老鼠，表达她对男子恶劣行径的不满。

男方是否故意违背先前承诺聘礼数目，我们已不得而知，关于这场数千年前的讼事，诗人并未提及召伯最后到底公断孰是孰非。不过，根据史料所记，周代媒人撮合婚事时，总会把话说得天花乱坠或许造成这场讼事的罪魁祸首，就是他们的媒人。

西汉刘向所编《战国策·燕策》中，提到"周地贱媒，为其两誉也，之男家曰女美，之女家曰男富"，说明了周代媒人的不老实，只顾以收取谢金为目的。虽说周朝婚姻，未经父母同意，或没有媒人居中协调，即难以顺利完成，但对于媒人夸大不实的习性，也会让人产生轻戏之感，故称之"贱媒"。

另外，《袁氏世范》是南宋人袁采在浙江乐清县任职父母官所著，此书一直被视为研究宋代家族规范的重要史料。其中记载了"古人谓周人恶媒，以其言语反复"，又表示"若轻信其言而成婚，则责恨见欺，夫妻反目，至于仳离者有之"。这更加证明周代媒人为求媒合成功，多采取欺骗模式，各对双方说出不同聘嫁数目，好让两家先行同意，所以事后有人选择拒绝成婚，有人则于完婚后再来翻前账，往往导致本应结为连理的双方失和，甚而出现对簿公堂的窘境！

如切如磋，如琢如磨

名句的诞生

瞻彼淇奥[1]，绿竹猗猗[2]。有匪[3]君子，如切如磋[4]，如琢如磨。瑟[5]兮僴[6]兮，赫兮咺[7]兮。有匪君子，终不可谖[8]兮。

——卫风·淇奥

完全读懂名句

1. 淇奥：奥，音 yù，岸边水流弯曲的地方，通"澳"、"隩"。淇奥，淇水河岸的小湾。2. 猗猗：音 yī，美盛的样子。3. 匪："斐"的假借。有斐即斐然，有光彩的样子。4. 磋：用错刀错治。5. 瑟：鲜洁。6. 僴：音 xiàn，娴雅。7. 咺：音 xuān，威仪显著。8. 谖：音 xuān，忘记。

看那淇水河边的小水湾，绿色的竹子长得多么美丽茂盛！那位光华灿烂的君子，他修养自己的德行就像用刀子切磋骨器一般，又像细心地琢磨玉器一样，多么鲜洁又多么娴雅啊！威仪多

242

么显著焕发啊！光华灿烂的君子，真让人难以忘记啊！

文章背景小常识

《卫风·淇奥》是卫国人赞美卫武公的诗。卫武公名字叫做和，是厘侯的儿子、共伯余的弟弟，根据《史记》，共伯余很喜欢这个弟弟，常给他很多财物，和就拿这些财物贿赂武士。当厘侯过世之后，太子共伯余即位，和趁着在父亲坟上的时候，偷袭攻打哥哥，共伯余不敌，躲进父亲的墓道，自杀身亡。和于是即位为卫的国君。不过，也有很多学者认为《史记》这段记载不可信。

卫武公即位后，推行德政，人民安居乐业，他自律甚严，文献记载："昔卫武公年过九十，犹夙夜不怠，思闻训道，命其群臣曰：'无谓我老耄而舍我，必朝夕交戒。'又作《抑》诗以自儆。"卫武公相当长寿，90多岁时还希望群臣给他谏言，他作了《抑》（见《诗经·大雅》）为座右铭，其中如"夙兴夜寐"、"不愧屋漏"、"投桃报李"、"耳提面命"、"谆谆藐藐"，都是今天常用的成语。周幽王时，犬戎入侵，卫武公率兵助周王室平定外患，提升卫国的地位。卫武公励精图治，所以很受人民爱戴。

这篇《淇奥》共分三章，第一章写君子的德行"如切如磋，如琢如磨"，第二章写君子的外表"充耳琇莹，会弁如星"，第三章写君子平易近人的态度，其言谈"善戏谑兮，不为虐兮"。清代的方玉润说这首诗极道学，却没有半点陈腐气。要歌颂一位国君，又不落入俗套，《诗经》对于人物的描写，值得细细品味。

名句的故事

成语"切磋琢磨"就是出自《淇奥》的"如切如磋，如琢如磨"。西周时期，骨器和玉器是主要的用具和装饰品，骨器就是用动物骨骼雕刻磨制而成。玉本来是一种石头，坚韧润泽的特性，仿佛凝聚山川灵气，因此自古以来一直有尊玉传统，甚至把人的德行与玉相比拟，《诗经·秦风·小戎》就有诗句："言念君子，温其如玉。"

动物骨骼要变成日用品，得经过"切"、"磋"，磋是用错刀慢慢错治；同样地，"玉不琢，不成器"，玉需要人为加工，形成特定型态后，才具备社会价值。处理玉的工法就是，慢慢细心雕"琢"、打"磨"，才能展现其美。《小雅·鹤鸣》有云："他山之石，可以为错"、"他山之石，可以攻玉"，因为骨器、玉器质地特殊，不能用金属敲打，得借助其他材质的石头来"切磋琢磨"。

《论语·学而》中，孔子和子贡有一段对话："子贡曰：'贫而无谄，富而无骄，何如？'子曰：'可也；未若贫而乐，富而好礼者也。'子贡曰：'诗云："如切如磋，如琢如磨。"其斯之谓与？'子曰：'赐也，始可与言诗已矣，告诸往而知来者。'"这段是说子贡问孔子："贫穷不自卑，富贵不骄傲，这样可以吗？"孔子说："可以啊！但不如贫穷却快乐，富贵又能喜欢礼节啊！"子贡对于贫富，想到的是如何自守，孔子是积极看待贫富的精神层次，子贡接着说："像《诗经》说的'如切如磋，如琢如磨'吗？"处理骨器、玉器都要反复不断的切、磋、琢、磨，子贡的意思为："是不是要精益求精呢？"孔子大乐，称赞子贡闻一知十，可以开始跟他谈论《诗经》了！

历久弥新说名句

"如切如磋，如琢如磨"后来可以单用为"切磋"或"琢磨"。

"切磋"是互相研究的意思，例如《晏子春秋·内篇·谏下》："入则切磋其君之不善，出则高誉其君之德义。"与国君独处的时候，要与国君讨论他做不好的地方，在外头就尽量颂扬国君的德义，这才是"谏"的真义。

相对于"切磋"似乎是两方的事情，"琢磨"比较常用在个人领域。琢磨常有独自思考、研究的意思，例如李奭学在《译品》一文中破题即提到："平生读书作文，最忌二事：一是他人下笔随便，二是自己无暇琢磨。"

切磋琢磨是一种不断精益求精的精神，现在经理人流行再回学校念EMBA，不就是切磋琢磨的具体实践吗！

出其东门，有女如云

名句的诞生

　　出其东门，有女如云[1]。虽则如云，匪[2]我思存[3]。缟衣[4]綦巾[5]，聊[6]乐我员[7]。

——郑风·出其东门

完全读懂名句

　　1. 如云：形容众多。2. 匪：此作副词用，非、不是。3. 思存：思之所在，思念的意思。4. 缟衣：白色绢衣，属于普通女子的服饰。缟，音gǎo，白色的。5. 綦巾：青黑色佩巾，属于普通女子的服饰。綦，音qí，青黑色的。6. 聊：且、姑且。7. 员：这里是语助词，也作"云"字。

　　走出东门之外，游女成众，有如天上美丽云彩。虽然眼前众美女多如云彩，但都不是我所思念的人。只有那身穿白绢衣、青黑佩巾的女子，才能使我欢心。

文章背景小常识

此诗以第一人称的手法，书写男主人翁的情感世界，他虽身处美女多如云彩之地，然而心中惦念之人却是一身打扮素朴的女子。诗中以众多耀眼美女作为素衣女子的反衬，更加突显男子不随便贪慕身边美色，深化他用情专一的形象。

诗中第一章出现"缟衣綦巾"，是指白绢衣搭配青黑佩巾，第二章的"缟衣茹藘"，则是白绢衣搭配染红麻布所做的佩巾，由此可略窥见周人衣着的布料与色彩。另外在《郑风·缁衣》、《秦风·终南》以及《大雅·丝衣》等篇章，也记录西周时期以各类原料做成的织布，提供欣赏或研究前人服饰的素材。

名句的故事

《诗经》十五国风，除《郑风·出其东门》出现"有女如云"之外，在《鄘风·君子偕老》中以"鬒发如云"形容头发乌黑又浓密，而《齐风·敝笱》则以"其从如云"形容随从人数的庞大。由此可知，"如云"一词，早盛行于两千多年前的传唱歌谣。后人对"如云"的运用，在视觉上有"美女如云"、"高手如云"、"宾客如云"、"冠盖如云"等，也是沿袭《诗经》以"如云"形容数目众多之意。此外，在情境上有"往事如云"、"聚散如云"、"望之如云"等，此处"如云"用来比喻涵盖范围广大的意思，或表示如天上的云朵一般飘忽不定。

中国 20 世纪初的作家瞿秋白，在其五言古诗《红梅阁》中写道："出其东门外，相将访红梅。春意枝头闹，雪花满树开。"这是作者回忆年少岁月，时常游于江苏常州"红梅阁"的情景。他将郑风《出其东门》中的"出其东门"四字，原封不动入镜诗里，强调一踏出东边城门之外，映入眼帘的全是梅花盛开的热闹景致，酝酿出一种惊喜的视觉效果。

历久弥新说名句

南宋词人辛弃疾《青玉案·元夕》的下阕为："蛾儿雪柳黄金缕，笑语盈盈暗香去。众里寻他千百度，蓦然回首，那人却在，灯火阑珊处。"词人以元宵赏灯所见众多装扮入时女子的妩媚姿态，反衬不与众美争艳的素朴女子，在其心中的重要地位。若将此阕词与《郑风·出其东门》相较，两者都以眼前佳丽云集的盛况，对比执念在心、且是独一无二的意中人。

清代曹雪芹著《红楼梦》（高鹗为续书者），书中第九十一回写林黛玉心疑贾宝玉与薛宝钗要好，便质问贾宝玉对薛宝钗的感情态度。贾宝玉回林黛玉一句："任凭弱水三千，我只取一瓢饮。"此话出口才使原本忐忑难安的林黛玉稍作宽心，确信贾宝玉的心中仅她一人。贾宝玉的这番经典告白，与郑风《出其东门》的专情男子，遥相呼应，两人皆以唾手可得的多数，反衬心有所属的唯一，并且是他人所无可取代的。

另外，在此值得一提的是，东周战国末年楚国辞赋家宋玉的《登徒子好色赋》。文中宋玉以楚国大夫登徒子之妻"蓬头挛耳，齞唇历齿，旁行踽偻，又疥且痔。登徒子悦之，使有五子"为例，说明登徒子的妻子不但貌丑无比，还染有疾病，而登徒子竟能与之生下五子，并对待她极好，以此证实登徒子对女色的妍媸不分，是名副其实的好色之徒。后世也多以"登徒子"统称男人喜欢渔色。

然而，若再深思登徒子的为人，发现他贵为一国大夫，却能不见弃妻子的貌丑与身疾，对其宠爱有加，或许，他与郑风《出其东门》的男子一样，才是不折不扣情深义重的好男人呢！

穀则异室，死则同穴。
谓予不信，有如皦日

名句的诞生

　　大车槛槛[1]，毳衣[2]如菼[3]。岂不尔思？畏子不敢。大车啍啍[4]，毳衣如璊[5]。岂不尔思？畏子不奔。穀[6]则异室，死则同穴。谓予不信，有如皦日[7]。

——王风·大车

完全读懂名句

　　1. 槛槛：车子行驶的声音。2. 毳衣：古代王公大夫穿的毛绩衣服。毳，音 cuì。3. 菼：音 tǎn，初生芦荻，介于青白之间的颜色。4. 啍啍：音 tūn，车子行驶的声音。5. 璊：音 mén，赤色的玉。6. 穀：生存、生长之意。7. 皦日：明亮的太阳。

　　大车轰轰驶过，车上的人穿着青白的毛绩官服。难道我不思念你吗？就怕你不肯跟我走。大车隆隆驶过，车上的人穿着红色的毛绩官服。难道我不思念你吗？就怕你不肯跟我走。活着时不能共住一室，但愿死后葬同一墓穴。如果你不信我的话，有朗朗太阳为证！

文章背景小常识

这里的"大车"，是指大夫的车子，乘车的人穿着古代王公大夫的服饰，可以推断是一位贵族男子。这首诗描写一位感情奔放的女子爱上了比自己社会阶级更高的男子。然而"门当户对"是古代传统婚姻的基本要件，贵族与平民之间的婚姻是受到限制的。所以痴情女子只能眼看着心爱男子的车子驶过，她在心中问道："难道我不想你吗？就怕你不敢跟我走！"对于爱情无畏的追求，她对天发誓："虽然活着时不能共住一室，但愿死后葬同一墓穴。"生死不渝的心志真切感人。

名句的故事

在《列女传·贞顺传》中记载，春秋战国时代楚文王率兵攻打息国，俘虏了息国君王。楚文王将息国国君贬为看守大门的更夫，并将他的夫人息妫纳为自己的嫔妃。一天，楚文王外出游玩，息妫趁机跑去找自己的夫君，并且告诉他："谷则异室，死则同穴。谓予不信，有如皦日。"她坚定地表示，现在两人被拆散而无法生活在一起，但是希望死后能够埋葬在一起。如果息君不相信，有太阳为证。息妫说完之后便自杀了，息君见状，也跟着自杀，夫妻俩死于同日。楚文王看到息妫夫人如此有情义，便以诸侯礼节将两人合葬在一起。

历久弥新说名句

古乐府诗《孔雀东南飞》描述的是汉朝末年感人肺腑的爱情故事。焦仲卿与刘兰芝原本为一对只羡鸳鸯不羡仙的夫妻。焦母却妒恨媳妇与自己儿子之间的亲密情感，百般刁难并要求焦仲卿休了妻子。焦仲卿与刘兰芝立下誓言："君当做磐石，妾当做蒲苇。蒲苇纫如丝，磐石无转移。"意思是说，即使海枯石烂也永不变心。没想到刘兰芝的兄长为了攀附权贵，为她另订了一门亲事，焦仲卿得知后又失望又愤怒，为此与刘兰芝大吵一架。

再穿上嫁衣的前一夜，刘兰芝纵身跃入池塘。当天夜里，焦仲卿发现乌鸦成群飞过，即知刘兰芝已在黄泉路上等他，便自缢而死。隔天，两人殉情的事在村子引起骚动，村民要求将他们合葬在华盖山麓。墓地东西植松柏，南北种梧桐，双栖双飞的鸟儿，经常穿飞其中。

人之多言，亦可畏也

名句的诞生

将[1] 仲子[2] 兮，无踰[3] 我园，无折我树檀[4]。岂敢爱之？畏人之
多言。仲可怀也，人之多言，亦可畏也。

——郑风·将仲子

完全读懂名句

1. 将：音 qiāng，发语词，或作请求解。2. 仲子：排行第二
的儿子。3. 踰：越过。4. 檀：木名。

叫一声二哥啊！不要翻进我的园子，不要折断檀树枝。哪里
是舍不得树木，是害怕人们的流言蜚语。虽然我很想你，但是人
们的议论，也是令我害怕的。

文章背景小常识

这篇《将仲子》共有三章，三章层层挺进，第一章女子要男

子"无踰我里"，因为"仲可怀也，父母之言，亦可畏也"；第二章则是"无踰我墙"，因为"仲可怀也，诸兄之言，亦可畏也"；第三章就到了"无踰我园"，因为"仲可怀也，人之多言，亦可畏也"。

古时的基层小区组织是五户一邻，五邻一里，里的周围是筑有围墙的；而第二章的"墙"应该是指自家的院墙；第三章的"园"则是指自家菜园子的墙。显见这位仲子应该已经是多次想要突破界线去一亲芳泽，而女主角也并非不喜欢仲子，而是畏惧父母之言、诸兄之言，以及悠悠众口。

《孟子·滕文公下》中写道："丈夫生而愿为之有室，女子生而愿为之有家，父母之心，人皆有之。不待父母之命，媒妁之言，钻穴隙相窥，逾墙相从，则父母国人皆贱之。"就是这社会礼俗的约束，使得女主角心里有着矛盾。她应该是希望自己的爱情是光明正大的，而非偷偷摸摸的形式。

《诗经》的十五国风都是民间歌谣，最能反映当时的社会状态。郑国和卫国流传下来的诗歌最多，且情诗的比例很高，《礼记·乐记》云："郑卫之音，乱世之音也。"甚至李斯的《谏逐客书》也说："郑卫之女，不充后宫。"

这种想法在今日当然已不被认同。事实上，郑风里反映的爱情，正是当时民间最纯真的一面。除了《将仲子》之外，《丰》描述一位女子对男子从最初的矜持，终而后悔，最后急于出嫁，说"叔兮伯兮，驾予与归"（不管大哥或小弟，只要车子来了就嫁给你），很有后世乐府民歌"阿婆不嫁女，哪得孙儿抱"的味道。《东门之墠》是女子思念男友的诗，"岂不尔思？子不我即"（我想你想得好苦，你怎么都不来找我），还有《褰裳》篇的"子惠思我，褰裳涉溱"（你如果想我的话，就提起衣裳渡过溱水来找我）。凡此种种，都使上古时期的爱情宣言流存至今。

名句的故事

语出《将仲子》的"人之多言，亦可畏也"，后来简化成"人言可畏"四字成语。说到"人言可畏"，就令人不免想到阮玲玉的故事。

阮玲玉（1910—1935），只活了25个年头。她小时候父亲就过世了，母亲带着她在上海张姓大户帮佣。初中时，张家四公子张达民追求阮玲玉，使她大受感动，觉得这场主仆之恋是奇异的缘分。后来他们就同居在一起。

谁知张达民是个无赖兼败家子，尽管他继承了大笔遗产，但嫖赌吸鸦片很快就让他囊空如洗。阮玲玉为了奉养母亲，同时也为了自己的前途，在偶然的情况下，她踏进了演艺圈。当时的电影是没有声音的，也就是默片，演员只能凭借自身的表情、动作、性格、气质去塑造人物形象，因此，演员的特色一旦定型，为观众所接纳所喜爱，便不宜再做大幅度的更改。但阮玲玉打破了惯例，她演交际花、歌女、舞女、妓女、尼姑、乞丐、农村少女、丫头、女工、女学生、小手工艺者、女作家，有正角也有反角，由少艾演到老迈，然而共通的是，这些人物往往都有一个悲惨的结局。

阮玲玉便这样供应着张达民，直到认识上海茶界大亨唐季珊，唐季珊的毛病是喜新厌旧，但阮玲玉却如飞蛾扑火。后来张达民向阮玲玉索取结束同居关系的赔偿，而唐季珊很快就又移情别恋。在种种的失落下，阮玲玉选择了服药自杀，留下两封遗书，其中最著名的句子就是："我一死何足惜，不过，还是怕人言可畏，人言可畏罢了。"

鲁迅还写了一篇《论人言可畏》，指陈媒体与大众的嗜血，使得阮玲玉"被额外地画上一脸花，没法洗刷"。后来阮玲玉的遗书还有不同版本的罗生门事件，使得这位早夭的一代影后成了时代的传奇。

历久弥新说名句

人言可畏、众口铄金，这都说明了舆论的力量。在过去的传统社会里，舆论对人的影响是相当大的，与现代年轻人的"只要我喜欢，有什么不可以"，完全不可同日而语。

《鹤林玉露·畏说》有云："大凡人心不可不知所畏，畏心之存亡，善恶之所由分，君子小人之所由判也。"正因为心有所畏，所以人们"非礼不敢为，非义不敢动"，行为举止都受到影响。孔子也说："君子有三畏：畏天命，畏大人，畏圣人之言。小人不知天命而不畏也，狎大人，侮圣人之言。"（《论语·季氏》）君子对于天命的态度是一种敬畏，而小人根本不了解天命，因此也不知道要畏惧。

相对于阮玲玉的人言可畏，张爱玲则是说"成名要趁早呀"，因为知名度高低与钱财多寡常常是成正比的。19世纪英国文坛才子王尔德在《道瑞恩·格瑞的画像》里有一句讽刺的话："被人谈论还是比没有人谈论好。"在现代，绯闻越多，就表示越红，作秀才有人看，写自传才有人买，所谓的人言可畏其实根本就没那么多人在乎，如同鲁迅所说："她们的死，不过像在无边的人海里添了几粒盐，虽然使扯淡的嘴巴们觉得有些味道，但不久也还是淡，淡，淡。"

风雨如晦，鸡鸣不已

名句的诞生

　　风雨凄凄，鸡鸣喈喈[1]。既见君子，云胡[2]不夷[3]？风雨潇潇，鸡鸣胶胶。既见君子，云胡不瘳[4]？风雨如晦[5]，鸡鸣不已。既见君子，云胡不喜？

　　　　　　　　　　　　——郑风·风雨

完全读懂名句

　　1. 喈喈：鸡鸣声。2. 云胡：如何的意思。3. 夷：平的意思。4. 瘳：音 chōu，病愈。5. 晦：昏黑。

　　风雨凄凄，公鸡开始啼叫。忽然见到心上人，心里的不安都平息了。风雨潇潇，公鸡持续啼叫。忽然见到心上人，心里的郁闷都一扫而空。风雨交加的夜晚，公鸡叫个不停。忽然见到心上人，教我怎能不欢喜？

文章背景小常识

　　试想，在风雨交加的夜晚，女子守着窗儿，一夜未眠，担心良人为何迟迟未归。脑海中闪过千百个问号，就是不知答案为何。直到公鸡啼叫，良人终于回来了，所有的担心害怕瞬间消失得无影无踪，只剩下喜悦与平静。

　　《郑风·风雨》就是这么一篇风雨怀人之作。全篇共三章，风雨从凄凄、潇潇到风雨如晦，"如晦"二字点出时间是在深夜；鸡鸣从喈喈、胶胶到鸡鸣不已，可见天色已渐渐亮了。而既见君子的心情，三章都用"云胡不"这种"负负得正"的加强语气，烘托出后面的"夷"（平静）、"瘳"（病愈）、"喜"（喜悦）三种心情。

　　这样一篇生活化的情诗，为何后来"风雨如晦，鸡鸣不已"会成为传颂千古的励志名句呢？这要归功于东汉郑玄所作的笺。什么是笺呢？西汉毛公讲解《诗经》的内容称为《毛传》，郑玄为《毛传》作注，就称为《郑笺》。《郑笺》说："鸡犹守时而鸣，喻君子虽居乱世，不改变其节度。"如此一来"风雨如晦，鸡鸣不已"这个意象，变成君子在乱世中也能保持操守的象征，也就是《易经》所说的："天行健，君子以自强不息。"后来更简化为"风雨鸡鸣"，也是相同的意思。

名句的故事

"雄鸡报晓，不怠不误"，在没有闹钟的古代，每天报晓的鸡，附会了许多神话的色彩。东汉应劭《风俗通义》里记载一则故事：相传东海之滨的桃都山上，有一棵巨大的桃树，树干盘曲三千里，桃树上站着一只金鸡，每当日出时，金鸡就鸣叫起来，天下的群鸡听到金鸡啼鸣以后就跟着啼叫，人们便知道天快亮了，又是一天的开始。桃树下住有两位神，就是神荼和郁垒，他们手执苇索到处巡视，专捉夜间外出扰民的恶鬼，遇到恶鬼就用苇索把他们绑起来，喂给老虎吃。后来人们为了驱鬼避邪，过年的时候就用桃木雕刻这两位的神像，然后挂在门上，或是在门板上画这两位的神像，这就是桃符、春联的起源，也有在门上贴鸡画的，都有趋吉避凶的作用。

历久弥新说名句

鸡鸣代表黑夜即将过去，新的一天来临。在不同情境中的人，对于鸡鸣有不同的感受。同样在《诗经》郑风，《女曰鸡鸣》描绘一对热恋中的情侣，女子说："鸡啼了呢！"男子回答："天色还是黑漆漆的哩！"有春宵一刻值千金的热情。

齐风的《鸡鸣》则是结婚后夫妻之间的对话。妻子叫丈夫起床："鸡既鸣矣，朝既盈矣。"（鸡叫了！天亮了！满朝文武百官都上朝去了！你也该起床了吧！）丈夫把棉被往头上一盖，说：

"匪鸡则鸣，苍蝇之声。"（不是鸡啼，是苍蝇嗡嗡叫。）即使在现代这样的起床戏码，想必还经常上演吧！诗中这位贤良的妻子劝丈夫起床，说："虫飞薨薨，甘与子同梦。会且归矣，无庶予子憎。"（是啊！苍蝇飞个不停，我也很想与你一起继续入眠。但是百官的朝会都快结束了，你还是赶紧起床，才不会被记上一笔啊！）据说齐国的公务员多贤妻，由这篇《鸡鸣》可见一斑。

然而对于天亮时分就要离别的人来说，鸡鸣是令人感伤的声音。中唐李廓有《鸡鸣曲》云："星稀月没入五更，胶胶角角鸡初鸣。征人牵马出门立，辞妾欲向安西行。再鸣引颈檐头下，楼中角声催上马。才分曙色第二鸣，旌旆红尘已出城。妇人上城乱招手，夫婿不闻遥哭声。长恨鸡鸣别时苦，不遣鸡栖近窗户。"鸡初啼时，即将出征的丈夫已备好马准备出发。当鸡再鸣时，军令号角已催促出发。跟妻子道别后，就扬长离去了。妻子登上城墙猛招手，丈夫又哪能听到妻子的哭泣声呢？所以说"长恨鸡鸣别时苦"，希望这些鸡离窗户远一点，以免惹人伤感。

与鸡有关的千古名句，还有温庭筠《商山早行》中的"鸡声茅店月，人迹板桥霜"。十个字中，只有名词，就生动地勾勒出一幅充满形、神、影、色美感的山村早春拂晓图，也映衬出诗人心中的寂寥落寞。

唐代崔道融写有一首《鸡》："买得晨鸡共鸡语，常时不用等闲鸣。深山月黑风雨夜，欲近晓天啼一声。"的确，平常的鸡鸣不觉有什么特别，但在风雨如晦的夜晚，听到一声鸡鸣，无异是一剂强心针，告诉我们：黑夜终将过去，白日即将来临！

彼狡童兮，不与我食兮。
维子之故，使我不能息兮

名句的诞生

彼狡童[1]兮，不与我言兮。维[2]子之故，使我不能餐[3]兮。彼狡童兮，不与我食兮。维子之故，使我不能息[4]兮。

——郑风·狡童

完全读懂名句

1. 狡童：狡猾的小子。2. 维：只因为。3. 餐：吃饭。4. 息：喘息，此指极为郁怒之意。

那个狡猾的小子啊！不和我说话了。只因为你的缘故，让我吃不下饭啊！那个狡猾的小子啊！不和我一起吃饭了。只因为你的缘故，让我喘不过气来啊！

文章背景小常识

《郑风·狡童》描述女子为了一名男子不再与她说话共餐，因而食不下咽、呼吸困难。对于造成她如此失魂的男子，女子还是止不住要骂对方是个滑头小子，充分展现出郑国女子爱恨交织、直言无讳的性格。

名句的故事

汉儒解经，目的是为了教化，以及导正民风，他们时常将诗意解为讽刺某人，如这首描写女子爱情不如意因而愤愤难平的《狡童》，也被诠释为讽刺东周春秋时期的郑昭公，他因宠信权臣祭仲，导致贤臣无法与君王图谋国事。诗中"狡童"就是指郑昭公。到了南宋朱熹《诗集传》，虽已屏弃前人刺郑昭公的说法，却解说成"淫女见绝而戏其人之词"，认为是淫荡女子与男子分手后，故意以言词戏谑对方，才会无礼直呼男子"狡童"。

不过，早在《郑风·狡童》的四百多年前，也就是西周初期（大约公元前 1100 年左右）流传一首《麦秀歌》，相传这首古代歌谣，为殷商末代君主纣王的叔父箕子所作。他因屡谏纣王无效，只好装疯卖傻保全生命，之后被纣王关进牢中，视为奴隶，等到周武王消灭商纣时，才从大牢里救出箕子，从此归顺了武

王。当箕子进京准备朝见武王，路上经过殷商故墟，映入眼前已
非前朝繁华城都，而是一片荒凉禾黍，令箕子不禁想起纣王暴虐
无道，造成商朝亡国之恨，他在感伤之余，写下了《麦秀歌》，
歌词前段为："麦秀渐渐兮，禾黍油油。彼狡童兮，不与我好
兮。"箕子喻指纣王当初若肯听他的劝告，殷商也不致走向灭亡！
诗中"狡童"即指暴君商纣。西汉史家司马迁在《史记·宋微子
世家》也记载箕子作《麦秀歌》，并提到殷商遗民一听到这首歌
谣时，无不伤心地流下泪来！

历久弥新说名句

　　《郑风·狡童》到底是写女子爱情不顺遂，使她痛苦到无法
喘息，或是讽刺君主无道，远离贤臣，历来可说见仁见智。不过
可以肯定的是，自古以来"狡童"两字，经常出现在诗文中，而
各家对"狡童"的诠释与运用也不尽相同。

　　《诗经·郑风·山有扶苏》写道："山有桥松，隰有游龙。不
见子充，乃见狡童。"山上有高大的松树，洼地有游龙草。怎不
见漂亮小伙子来，反倒看见你这个滑头小子！语气俏皮轻松，应
是恋人之间的打情骂俏，与《郑风·狡童》描写女子寝食难安，
两者神态可说完全迥异。

　　生长在战国时期的孙膑，是齐国杰出的军事家，其真名不
详，因他曾遭受庞涓陷害，被魏惠王处以"膑刑"（挖掉两腿膝
盖骨的刑罚），故称为"孙膑"。在他所著《孙膑兵法·将德》

中有"爱之若狡童，敬之若严师"，意谓有德行的将帅，会像对待淘黠孩子般的爱护士卒，但在必须对士卒表现尊敬时，便会以严肃的态度视他们为老师。文中孙膑所言"狡童"，已无关乎男女情感，也没有暗讽哪个君主祸国殃民，纯然意指那些正在从军的青年男子，他们淘气天真的童心。

今人金庸所著武侠小说，部部脍炙人口，其中《神雕侠侣》里的反派人物"蒙古第一护国法师"金轮法王，不小心被男主人翁杨过袭划一刀，杨过自知武功不如对方，便采智取策略，谎称剑上有毒。金轮法王之前早已领教杨过的聪颖狡猾，对他所言自是存疑，但还是气得回骂"花言巧语，无耻狡童"。由于金轮法王此行目的是为了对付另一名重要人物郭靖，故心想"这狡童一剑之仇，后报再不迟"，才把目标从杨过身上转移。金轮法王频称杨过为"狡童"，除了点出杨过善于临场应变、狡黠机灵的个性之外，也暗示面对这号人物怒不可遏却又无可奈何的情绪！

另外，在《郑风·褰裳》有诗句："子惠思我，褰裳涉溱。子不我思，岂无他人？狂童之狂也且。"此处所言已非"狡童"，而是"狂童"。《褰裳》描述一名女子抱怨男子迟迟不来找她，认为男子若爱她，就该提起衣裳涉河来见她，若男子真不当她一回事，她可是还有其他人追求，末了仍直骂男子有什么好狂妄！诗中女子从原本殷殷等待，转为极度不耐烦，甚至恼羞成怒地威胁对方，自己也会选择他人，变心而去，与《郑风·狡童》之女相比，可就更加泼辣了！

　　总之，《郑风·褰裳》的"狂童"，以及《狡童》、《山有扶苏》两篇的"狡童"，以上三篇虽说在情感对待、语气应用有其分别，但整体来看，都可说是代表春秋郑国女子敢怒敢言、敢爱敢恨的作品。

迨天之未阴雨，彻彼桑土，绸缪牖户

名句的诞生

鸱鸮[1]鸱鸮，既取我子，无毁我室！恩斯[2]勤[3]斯，鬻子[4]之闵[5]斯！迨[6]天之未阴雨，彻[7]彼桑土[8]，绸缪[9]牖户[10]。今女[11]下民[12]，或敢侮予！

——豳风·鸱鸮

完全读懂名句

1. 鸱鸮：音 chī xiāo。猛禽名，俗名猫头鹰。古人视为一种恶鸟，在此用来比喻坏人。2. 恩斯：恩，爱也；斯，语助词，无义。3. 勤：辛劳的意思。4. 鬻子：稚小的孩子。鬻，音 yù。5. 闵：怜悯。6. 迨：及，趁。7. 彻：剥取。8. 桑土：桑根。9. 绸缪：音 chóu móu，缠缚。10. 牖户：旁窗与门户。牖，音 yǒu，窗。11. 女：音 rǔ，同"汝"，指你或你们。12. 下民：树下的人，此指侵略者。

267

猫头鹰呀猫头鹰！你既已取走我的孩子，别再毁坏我的屋子！我为了爱孩子，终日辛勤工作，年幼的小孩真可怜呀！趁着天还没下雨，剥取桑根，把门窗缠扎牢靠，看你们树底下人的，还有谁敢欺负我？

文章背景小常识

《豳风·鸱鸮》相传为周公所作，主在表明辅佐年幼周王、安定国家的苦心。全诗共有四章，此为第一、二章。首章诗人将自己比为爱巢的老鸟，出声斥责鸱鸮恶意破坏它的巢穴。第二章描写这只老鸟，对未来充满戒惧之心，它将巢穴建筑扎实，预防外来的侵略。全诗都以老鸟为第一人称书写，可说是我国相当早的一首寓言诗。

名句的故事

在《尚书·周书·金縢》以及《史记·鲁世家》中，都认为《鸱鸮》的作者是周公姬旦，也就是周成王的叔父。当周武王去世时，其子成王年纪尚幼，听见外头流传周公将不利于自己的谣言，不免怀疑起这位一心为国的叔叔，周公在东居雒邑的二年，写下《鸱鸮》送给周成王，诗中将老鸟一意维护巢穴的辛勤苦心生动感人地表达出来。

东周战国《孟子·公孙丑上》中，孟子主张授予有贤德的人官位，让有才能的人担任重要职务，并要趁国家无内忧外患之际，修明政治、法律等制度，如果能做到这样，大国也会有所畏惧。孟子以《鸱鸮》中"迨天之未阴雨，彻彼桑土，绸缪牖户"作为例证，举出连鸟类都知道要在还没下雨前就把巢穴坚固系牢。接着又引述孔子的话，"为此诗者，其知道乎！能治其国家，谁敢侮之"，意思是，写《鸱鸮》这首诗的人，真是懂得道理呀！人君若能治理好国家，谁又敢来欺侮呢？孟子认为当国家处在安定时，若国君只是一味贪图享乐，毫无防患之心，那么国家很快就会步入腐化一途，至于这一切祸害的发生，都是人为咎由自取、自作孽的缘故！孟子在此同时引用《鸱鸮》以及孔子之语，是为了强调防范未然的重要。

《豳风·鸱鸮》中这一句"迨天之未阴雨，彻彼桑土，绸缪牖户"，原指鸟在未下雨之前，赶紧取得桑根，扎紧巢穴，以防侵略者的袭击，之后被引申为人在未发生危机祸患前，必须先做好万全的防御措施，这也是"未雨绸缪"典故的由来！

历久弥新说名句

《豳风·鸱鸮》中"绸缪牖户"之"牖"，原指旁窗或窗户。在南朝宋刘义庆所编《世说新语·文学》里，记录文人们谈论北、南两方为学不同的态度，其中一段写道："北人看书，如显处视月；南人学问，如牖中窥日。"意思是，北方人读书，像是在明显处看月亮，无法鞭辟入里，怎么看都是浮光掠影；至于南

269

方人读书，则像是从窗户窥视太阳，单从一孔片面，又太过陋寡。末句的"牖中窥日"，原是作为南方文人为学追求简约的比喻，后用来形容人的见识浅薄。

据《宋史·李熙靖列传》记载，宋徽宗时期，担任职中书舍人的李熙靖曾向皇帝进言，说燕山虽已平定，但还是要存有谨慎思虑之心，以防患未然，宋徽宗回说这就是《诗经》上所写"迨天之未阴雨，彻彼桑土，绸缪牖户"的道理吧！李熙靖见皇上有所响应，立刻再引《孟子·公孙丑上》中孔子的话："为此诗者，其知道乎！能治其国家，谁敢侮之。"并且接着又说："愿陛下为无疆之计。"意指宋徽宗既然明白《鸱鸮》未雨绸缪的道理，希望他能多为国家社稷着想，不要以为平定燕山一地，就是天下太平了！宋徽宗听到李熙靖这番忠告，给予他嘉许勉励。只不过，后来历史证明，这位喜爱诗词、嗜好淫乐的皇帝根本无法力挽败坏的国政，最后遭到金人掳掠，受尽折磨死在金国，处境可说相当可怜。

另外，明末清初学者朱用纯所撰的《治家格言》，又称《朱子家训》，旨在阐明修身齐家之道，对往后数百年中国童蒙教育产生莫大影响，其中有"宜未雨而绸缪，毋临渴而掘井"，说明要在未下雨前就先补修好门户，不要等到口渴时才来凿井找水喝！将《鸱鸮》中未雨绸缪的观念做更浅显易懂的解释。

扬之水，白石凿凿

名句的诞生

扬[1]之水，白石凿凿[2]。素衣朱襮[3]，从子于沃[4]。既见君子，云何不乐？扬之水，白石皓皓[5]。素衣朱绣[6]，从子于鹄[7]。既见君子，云何其忧？扬之水，白石粼粼[8]。我闻有命[9]，不敢以告人。

——唐风·扬之水

完全读懂名句

1. 扬：激扬。2. 凿：音 zuò，鲜明的样子。3. 襮：音 báo，衣领。4. 沃：地名，即曲沃，古为春秋晋国之邑，今位在山西省曲沃县。5. 皓：洁白。6. 朱绣：意思同"朱襮"，指红线绣边的衣领。7. 鹄：音 gǔ，地名，位在曲沃附近。8. 粼：音 lín，清澈。9. 命：命令，一说为水占吉兆。

激扬的河水，把白石冲刷得鲜明亮眼。身穿白色上衣、绣红边的衣领，我追随你到曲沃。既已见到了堂堂君子，我还有什么不快乐？激扬的河水，把白石冲刷得洁白纯净。身穿白色上衣、绣红边的衣领，我追随你到鹄地。既已见到了堂堂君子，我还有什么好忧愁？激扬的河水，把白石冲刷得清澈见底。我卜得水占吉兆，马上前来见你，至今仍不敢告诉他人。

文章背景小常识

《唐风·扬之水》全诗共有三章，每章皆以湍急河水将水中白石冲刷得干净明亮为起始，然后再写一女子追随身穿白衣红领男子到曲沃之地，当她见到男子时，心情快乐满足，任何烦恼都不存在了！最后她告诉男子，之所以赶来与男子相见，是卜得吉兆之故，只是她还不敢对别人说。可见女子对前来曲沃一事，仍有所隐讳，所以不便向他人提起。

名句的故事

西汉以来的解经者，多认为《唐风·扬之水》是讽刺东周初期晋昭侯势力微弱而作，其故事背景如下：周平王二十六年（公元前745年），晋昭侯封其叔父桓叔于曲沃，造成曲沃势力强盛，相形之下，更显晋都翼城的疲弱。《扬之水》借诗中白衣红领男子暗指桓叔，至于那件不可告人之事，即是欲叛晋国、投向桓叔的秘密。

《左传·桓公二年》也记载了晋昭侯封曲沃给桓叔，就是种下日后晋国同族相残的起因。桓叔封地曲沃的第六年（即公元前739年），拥护桓叔的人马杀害晋昭侯，准备迎桓叔入主翼城，但翼城拥护晋昭侯的支持者也展开反击，双方你来我往的惨烈杀戮，直到周僖王四年（公元前678年），桓叔之孙武公，才完全击败晋昭侯的后代，武公改称晋武公，正式掌握晋国政权，他并以重金贿赂周僖王，希望王室别干预晋国内乱。曲沃与翼城的流血斗争长达61年，桓叔无法当上晋主的心愿，终可在其孙武公身上达成。当年，晋昭侯封桓叔曲沃的决定，不但造成自家人残杀一甲子之久，也断送晋昭侯及其后代世袭晋国诸侯的命运。

但近来研究者，多倾向依诗的本意解经，不去附会政治问题，他们认为《唐风·扬之水》与讽刺晋昭侯无关，纯为女子得到水占吉兆，秘密与情人相会之诗。

历久弥新说名句

《诗经》十五国风中，共计出现三篇《扬之水》，分别在王风、郑风，以及这篇唐风，三篇皆以"扬之水"三字为各章首句。巧合的是，郑风与王风在"扬之水"之后，都紧接着"不流束薪"、"不流束楚"，意指水流虽然湍急，却冲不走捆绑成束的薪木与楚木，之后才表述两篇的主人翁，各自遭遇到的困难处境。唯独唐风的《扬之水》写水流激扬，水中白石干净清澈，可见水中没有阻塞物，然后写女子欣喜奔会情人，与王风、郑风的《扬之水》抒发忧虑心情，可谓迥然不同。

　　相传古代有"水占"风俗，人们会将柴束放入水流，以占卜吉凶，若水流冲不走柴束，代表的是凶兆，反之，若能冲走即表示吉兆。在王风、郑风的《扬之水》中，都写到将柴束放入河流，却被水中阻碍物挡住，依"水占"习俗，这就是不好的预兆。占卜者见到这情景，知道心中所愿难成，因此吟出忧虑歌谣。

　　至于唐风的《扬之水》则只字未提柴束，而是写水流清澈，水中白石光亮鲜明，可想见占卜者得到了好预兆，所以高兴地说出"云何其忧"，意指卜得吉兆，让她心中忧虑一扫而空，其歌声充满雀跃欢喜之情。令人玩味的是，女子对于自己卜得吉兆一事，不愿给情人以外的人知道，为何她难以启齿告诉他人？全诗最末留下一个问号，给予读者自行想象的空间。

锦衣狐裘，颜如渥丹

名句的诞生

终南[1]何有，有条[2]有梅。君子[3]至止，锦衣狐裘[4]，颜如渥丹[5]，其君也哉。

——秦风·终南

完全读懂名句

1. 终南：山名，又称秦岭。2. 条：山楸，材质细致、耐潮湿，可供做车板、造船等。3. 君子：这里指秦襄公。4. 锦衣狐裘：彩色丝衣，狐皮袍子，古代诸侯的礼服。5. 渥丹：有光泽的朱砂，形容脸色红润。

终南山上有什么呢？有山楸也有梅树。秦襄公来到这里，狐裘外面罩着彩色锦衣，气色看起来光泽红润，越来越有君王的风范了。

名句的故事

　　《毛诗正义》记载："美之者，美以功德受显服。"秦襄公虽然未列位春秋五霸，但若没有他襄周室化解犬戎之危，受领岐山以西的土地，也就不可能有秦穆公"遂霸西戎"的局面，更遑论"战国七雄"与中国第一个大一统帝国秦朝的出现了。在《终南》一诗中，诗人先从服装开始，称赞秦襄公越来越有君王的威仪，同时也是劝勉他勤于修德、建立功业。

　　古代封建制度社会中，人有阶级区分，服饰也就成为身份的象征，从天子以至庶民，祭祀、打仗、丧礼、婚宴时，服装都有所不同。《毛诗正义》记载："锦者，杂采为文，故云采衣也；狐裘，朝廷之服谓狐，白裘也，白狐皮为裘，其上加锦衣。"秦襄公穿上这样华丽尊贵的诸侯服饰，人也显得更加有丰采。正如《终南》第二章中再次颂赞的"黻衣绣裳，佩玉将将"，上穿黑青色花纹相间的礼服，下配五彩绣成的衣裳，身上的玉佩铿锵有声，一代开国君主的风度与豪气，跃然纸上。

历久弥新说名句

　　《礼记》中有句"狐死正丘首，仁也"，相传狐狸死时，头必然朝向狐穴所在的山丘，后人即用"狐死首丘"表示不忘本。而"狐裘"也是今天所说的"皮草"，所谓"集腋成裘"才可制作完成一件皮草大衣，可见其珍贵。

星云大师多年前在《如何增进人生的幸福》讲座上，告诉大家"要认为自己是世界上最快乐的人"。他进一步开示："一个人能从内心激发快乐的泉源，纵然住的不是华厦高屋，吃的不是琼浆玉液，穿的不是锦衣狐裘，但是处处感到知足无缺，快乐无比。"大师认为，真正的快乐来自内心，而且是取之不竭、用之不尽的。

一位署名南航的作者曾在报上发表过一篇文章《每个人都是一本书》。他认为，生命像一本书，随着岁月的增长，就会多加一页，盖棺论定时，才会知道书究竟有多少内容、多少页。文中提到："很多人锦衣狐裘，在自己的装帧上花样翻新。他们用塑料封套给自己戴起朦胧的面纱，用檀香礼盒让自己住进豪华的包间，常忘了充实里头的内容，反倒任凭其匮乏、瘠薄、荒芜。"作者劝勉世人要充实内涵，不要只注重外表的光鲜亮丽，希望盖棺之后，留给世人的都是"开卷有益"的回忆。

是究是图，亶其然乎？

名句的诞生

　　妻子好合，如鼓瑟琴。兄弟既翕[1]、和乐且湛[2]。宜尔室家[3]，乐尔妻帑[4]。是究是图[5]、亶[6]其然乎？

——小雅·常棣

完全读懂名句

　　1. 翕：音xì，和好。2. 湛：音dān，快乐的意思。3. 室家：指家庭。4. 帑：音nú，通"孥"，儿子、子孙。5. 是究是图：多多想想、多多考虑。究，探寻、追问；图，思考。6. 亶：音dǎn，诚然，真实，实在。

　　妻子儿女和乐融融，就像弹琴奏瑟；兄弟之间也和睦相处，更加欢乐和谐。使你家庭融洽，让你妻子儿女高兴。仔细想想呀，是否确实有道理？

名句的故事

在《小雅·常棣》中，周公反复说明兄弟远比朋友重要的意义，并进一步衍生出"家和万事兴"的道理。在中国伦常观念中，"兄弟"关系是相当重要的一环。元朝戏曲《冻苏秦》有句："可不道兄弟如同手足，手足断了再难续。"手足可是血脉相连，如果任何一方有所损伤，就很难再复原。这是比喻兄弟姊妹之间的紧密关系，如果能看重这层关系，就知道去维系它，而不是去破坏它。

古人推而远之，只要是具备血缘关系的宗室亲族之间，都可以用兄弟关系来论。例如《史记·晋世家》记载："曹，叔振铎之后；晋，唐叔之后，合诸侯而灭兄弟，非礼。"同出于一个宗室，却彼此残害，就像是杀了自己的兄弟一样，这是违背伦常的。所以《小雅·常棣》说："是究是图，亶其然乎？"大家仔细想想，是否就是这个道理啊？

正如《小雅·常棣》篇开头所言："常棣之华，鄂不韡韡。凡今之人，莫如兄弟。"常棣开花一簇一簇，就好比是同一父母所生出的兄弟姊妹一样。当有苦有难的时候，他们是真正与你同舟共济的人。如果兄弟远不如外人亲密，那么强敌压阵时，也只有孤军奋斗了。

历久弥新说名句

在汉代刘向编撰的《列女传》中有一则《齐伤槐女》的故

事。"伤槐女"就是指一个伤害槐树的人的女儿。春秋时期的齐景公，他非常喜欢一棵槐树，便派人日夜看守，并于树的旁边立了一个木桩，上面写着"犯槐者刑，伤槐者死"。一天，有个喝醉酒的人居然撞伤了这棵槐树，齐景公知道后便准备处决这个人。这个撞伤槐树的人有个女儿婧，听到消息之后，惊恐不已，立刻跑去求见晏婴。伤槐女婧向晏婴说明，如果齐景公处决他的父亲，那么："恐伤执政之法而害明君之义也。"

晏婴听了之后深有同感，立刻劝诫齐景公，齐景公想了想，便下令不必再看守那棵槐树，同时拔掉树旁的木桩，也废除了伤槐的法令，释放了伤槐之人。对于这一则故事，刘向评论："诗云：'是究是图，亶其然乎？'此之谓也。"齐景公只要多想想，就会了解其中的道理了。伤槐之女的一番话让齐景公不致沦为一个充满杀伐之气的君王呀！

伐木丁丁，鸟鸣嘤嘤。
出自幽谷，迁于乔木

名句的诞生

伐木丁丁[1]，鸟鸣嘤嘤[2]。出自幽谷[3]，迁于乔木[4]。嘤其鸣矣，求其友声。相彼鸟矣，犹求友声，矧[5]伊人矣，不求友生？神之听之，终和且平。

——小雅·伐木

完全读懂名句

1. 丁丁：音 zhēng，伐木的声音。2. 嘤嘤：形容禽鸟和鸣的声音。3. 幽谷：深山谷。4. 乔木：枝干高大而有主干的树木。5. 矧：音 shěn，况且。

斧头砍树铮铮作响，鸟儿啼鸣嘤嘤不断。飞自幽深的山谷，迁往高大的树木。声声鸟鸣传来，是呼朋引伴的声音。看那鸟儿啊，都知道要寻求友朋，更何况是人，怎么能没有朋友呢？

名句的故事

《诗序》记载："伐木，燕朋友故旧也。自天子至于庶人，未有不须友以成者。亲亲以睦友贤，不弃不遗故旧，则民德归厚矣。"《小雅·伐木》描写宴请亲朋好友的情景。开头以伐木而鸟鸣、鸟鸣而寻友作譬喻，说明鸟儿都需要朋友，何况是人呢？这是教化百姓对于亲人故旧要不离不弃，人民的德性便能敦厚。

曾有学者以这句名言作为依据，证明后人传唱的"山歌"，就是始于工作的情境中。当砍树的工人互相唱和，惊动了鸟儿，纷纷鸣叫飞了起来。等到工作完成之后，就要滤酒准备宴客，长辈、平辈都得一一邀请。若招致批评，是因为酒菜准备不够周到。所以啊，家里如果有酒，就该滤过后拿来招待客人；家里如果没酒，便赶紧出去买酒。还要记得打鼓跳舞来助兴呀！（"民之失德，干糇以愆。有酒湑我，无酒酤我。坎坎鼓我，蹲蹲舞我。"）

从"伐木丁丁，鸟鸣嘤嘤。出自幽谷，迁于乔木"中，也蜕变出几句后人常用来祝贺他人搬迁新居的题辞，例如"迁乔之喜"、"出谷迁乔"、"莺迁乔木"、"乔木莺声"。

历久弥新说名句

南北朝时期著名的骈文学家吴均，著有一篇《与朱元思书》，他是这样描写富春江岸的："泉水激石，泠泠作响；好鸟相鸣，嘤嘤成韵。蝉则千啭不穷，猿则百叫不绝。"全文用了114个字，把富春江沿途绝妙的风景，以及河上水声、鸟鸣、蝉鸣、猿啼，一一揽入文字影像中，在骈文中被誉为写景的上乘之作。其中"好鸟相鸣，嘤嘤成韵"便与《小雅·伐木》的"鸟鸣嘤嘤"相唱和。

唐朝诗人沈亚之喜欢到外地去游历。有一次在途中遇到一个年轻人，两人在改诗上较劲，规定雅俗各两句。年轻人先说："伐木丁丁，鸟鸣嘤嘤。东行西行，遇饭遇羹。"沈亚之毕竟是个进士出身，很快地回答："如切如磋，如琢如磨。欺客打妇，不当娄罗。"这"娄罗"是指盗匪的部下，沈亚之拐个弯戏弄小辈，意思是说他人小鬼大。（宋·李昉《太平广记·卷第二百五十一》）

台湾交通大学有一本刊物《友声》，这本校刊的命名源自《诗经》的"嘤其鸣矣，求其友声。相彼鸟矣，犹求友声，矧伊人矣，不求友生？"这是当年凌竹铭校长的神来之笔，期待借由《友声》传递交大人情同手足、彼此关爱的情谊。从此刊物命名中，看得出为人师表的殷切期盼。

萧萧马鸣，悠悠旆旌

名句的诞生

萧萧[1]马鸣，悠悠旆旌[2]。徒御[3]不惊？大庖[4]不盈？之子于
征，有闻无声。允矣[5]君子，展也[6]大成！

——小雅·车攻

完全读懂名句

1. 萧萧：马鸣声。2. 旆旌：指旌旗。3. 徒御：徒是步兵；
御是驭手、车夫。4. 大庖：君王的厨房。5. 允矣：赞叹词，说
真正的。6. 展也：赞叹词，和允矣的意思一样。

马儿萧萧嘶鸣，旗帜随风缓缓飘动。士兵和驭手难道不警
戒，君王的厨房难道不丰盈。打猎的人远行，闻其事但不闻闹
声。这真是君子，事业一定大成啊！

284

名句的故事

根据《诗序》记载："《车攻》，宣王复古也。宣王能内修政事，外攘夷狄，复文武之竟土，修车马，备器械，复会诸侯于东都，因田猎而选车徒焉。"在共和时代结束后继位的周宣王，重振周朝的声威，史称"宣王中兴"。周宣王励精图治，会集诸侯于东都举行狩猎。《车攻》就是赞美宣王出猎的诗歌。

古代的狩猎不仅是打猎而已，还是武术、战事的一种日常讲习活动，所以讲究挑选正确的兵车、驭手与步卒随行外出打猎，就像在挑选上战场的精良士兵一样。

周宣王号称中兴君王，狩猎的阵仗自是非比寻常，"萧萧马鸣，悠悠旆旌"，听得到马奔走嘶鸣声，也看得到大旗随风飘扬。但是参加的诸侯、士卒，都没有发出任何嘈杂声音。马鸣越是喧闹，旗海越是飘扬，更加突显"有闻无声"的境界。整个狩猎队伍秩序整齐，训练有素，纪律严明，完全不扰民。所以诗人称赞，这就是君子可以成就大事业的缘故啊！

历久弥新说名句

李白有一首五言律诗《送友人》，是这么描述离别的场景："浮云游子意，落日故人情。挥手自兹去，萧萧班马鸣。"送君千里，终须一别，友人已经挥手离去，诗人的心情该是酸涩的，但是他没有平铺直叙说出来，而是用了"萧萧班马鸣"。这匹马就是故人所骑的马，借由马儿离去时仰天长啸的情景，婉转吐露自己的离情依依。

李白之外，杜甫《兵车行》的首句便是："车辚辚，马萧萧，行人弓箭各在腰。"辚辚是形容车子行进时轮子发出的声音。"车辚辚"应出自《秦风·东邻》的"有车邻邻"，"马萧萧"则与《小雅·车攻》相关。杜甫在《后出塞五首·其二》中还有一句："落日照大旗，马鸣风萧萧。"间接从"萧萧马鸣，悠悠旆旌"中翻脱出来。

古典文学中，旌旗与马似乎是形影不离。不过话说《西游记》第四回孙悟空被玉皇大帝封为"弼马温"，欢天喜地上任去。怎知"弼马温"是个"不入流品"的位置，连个"官品"都排不上。堂堂花果山的大王，岂能只做个马夫！孙悟空气得下凡与众妖王喝酒解闷。鬼王知道后，立刻怂恿孙悟空："大王有此神通，如何与他养马？就做个'齐天大圣'，有何不可？"急躁的孙悟空回道："就替我快置个旌旗，旗上写'齐天大圣'四大字，立竿张挂。"孙猴子就怕人家不知道他的新称号，要求猴子猴孙去通报各洞妖王。这猴子耍大旗的画面，可真是绝妙啊！

我视谋犹，伊于胡底

名句的诞生

潝潝[1] 訿訿[2]，亦孔[3] 之哀。谋之其臧[4]，则具是违，谋之不臧，则具是依。我视谋犹，伊[5] 于胡[6] 底[7]？

——小雅·小旻

完全读懂名句

1. 潝潝：音 xì，相和，附和。2. 訿訿：音 zǐ，诋毁。3. 孔：甚也。4. 臧：音 zāng，善的意思。5. 伊：发语词，无义。6. 胡：何也。7. 底：至也，到达之意。

一面在君主面前假装附和，一面又在背后诋毁，实在令人感到悲哀！好的谋略，一概不予听从；坏的主意，全都依照实行。我看那些君臣之谋，将会有什么结果？

文章背景小常识

《小雅·小旻》主要表达朝廷小人当道，导致正道不彰，希望在上位者能有所警戒。全诗共有六章，此为第二章，诗人感叹朝中小人态度反复无常，令君主是非颠倒、善恶不分，忧心国家未来前途。

西汉《毛传》作者毛亨认为，《小旻》是大夫讽刺西周末代君主周幽王而作，但东汉经学家郑玄则主张《小旻》讽刺对象并非幽王，而是其祖父厉王，不论诗中主角为幽王还是厉王，两人都是历史公认的西周暴君。到了南宋朱熹作《诗集传》时，已不言《小旻》是针对何人所作，朱熹认为此诗是朝中大夫见君王惑于邪谋，无法辨认是非善恶，忧心写下这首充满劝诫意味的诗篇。

名句的故事

清宣宗道光十八年（公元 1838 年），鸿胪寺卿黄爵滋上奏皇帝，请求下令将吸食鸦片者处以死刑，奏折中写："以中国有用之财，填海外无穷之壑，易此害人之物，渐成病国之忧，日复一日，年复一年，臣不知伊于胡底。"其中引《小雅·小旻》"伊于胡底"四字，以表对国家前途的忧心忡忡。皇帝读到黄爵滋的奏折，不禁悚然动容，立即召集各省督抚，商讨如何解决大量进口鸦片的问题。时任湖广总督的林则徐，力表对黄爵滋的支持，更促成道光皇帝坚定严禁鸦片的决心。

不过，当时上至文武百官，下至市井小民，几乎都染上鸦片瘾，黄爵滋敢于直言极刑严惩，自是得到禁烟派的赞赏，可惜这股禁烟风潮为时短暂，鸦片带来庞大的诱惑与商机，使得朝廷严禁与弛禁两派内讧。两年后，更引来英国发动鸦片战争，战败的清廷在道光二十二年（公元1842年）签下中国历史上第一个不平等条约——"南京条约"。至于当初主张禁烟的林则徐、黄爵滋等人，也都遭到贬官的下场。

历久弥新说名句

清朝才子纪昀（即纪晓岚）著有《阅微草堂笔记》，其中《滦阳续录》记录一则清朝学者戴东原说过的鬼故事。话说戴东原有一祖父辈，租到一间空屋，传说这房子闹鬼，但他仍坚持住进去。果然一到夜晚，鬼影幢幢，鬼先大声怒斥，希望吓走这个人，接着又做出各种恐怖情状，但此人完全不为所动。之后，鬼的态度逐渐温和，开始与他谈条件，希望对方说出一"畏"字，即离去不再打扰。这个人任由鬼再三请求，依然不愿答应，最后鬼只好无奈地表示从未见过如此不肯低头的蠢人，岂能与这种人同处一室，说完鬼即不见踪影。

事后此君向友人转述此事，友人骂他说："畏鬼者常情，非辱也，谬答以畏，可息事宁人，彼此相激，伊于胡底乎？"意指怕鬼是人之常情，并非羞辱，假装说出怕鬼，即可平息鬼怒，为何要弄到人鬼对抗，不知最后下场如何？面对朋友的好意建言，此君回答自己并非拥有高尚修养或去妖除魔的本领，只是运用人的正气与鬼对抗，若禁不住鬼的引诱，说出怕鬼的话，正好落入鬼的圈套，造成正气的衰竭，鬼自然有机会来伤害他。

另外，近人梁启超在推翻清朝、革命成功后，于1912年2月7日写信给他的老师康有为，当时政局仍相当混乱，他在信中说道："更阅岁时，伊于胡底？两虎同毙，渔人利焉。"意思是，时间不断更替，再这样下去，后果将会更加严重，好比两虎相残，同时毙命，渔夫不费力气就可坐收全部利益。康有为与梁启超师生原本往来甚密，但历经光绪时期"维新变法"的失败，两人遂渐行渐远，康有为仍力挺保皇派，梁启超转而投身革命阵营。梁启超明知康有为无法谅解他的选择，依然写信给昔日恩师，多借古往今来之例，表达推翻清朝政权的正当性。《小雅·小旻》的这句"伊于胡底"，存有对未来不堪设想的语意，因而经常被后人引用，成为一成语名句。

发言盈庭，谁敢执其咎

名句的诞生

我龟[1] 既厌，不我告犹[2]。谋夫[3] 孔多，是用不集[4]。发言盈庭[5]，谁敢执其咎[6]？如匪[7] 行迈[8] 谋，是用[9] 不得于道。

——小雅·小旻

完全读懂名句

1. 龟：龟甲，此指占卜。2. 犹：此指吉凶之道。3. 谋夫：谋士。4. 集：成就。5. 盈庭：充满王庭。6. 咎：责任。7. 匪：通"彼"。8. 行迈：指行路的人。9. 用：以。

卜龟已经生厌，不愿告诉我吉凶之道。谋士是如此的众多，所谋却都毫无成就。发表言论的人充满王庭，但有谁敢站出来承担责任？如同向行路的人询问谋略一样，是不可能合于正道。

291

文章背景小常识

《小雅·小旻》全诗共有六章，此为第三章，接续前章对小人影响朝政的忧虑。诗人仔细分析国家无法走向正道的原因，强调小人的邪谋祸国，连卜龟都感厌烦，不愿显示正确征兆。朝廷空有一群谋士提供君主谋略，全是信口雌黄，自然无所成就，且事后无人敢出面承担咎责，但君主却依然采信他们的建议，终与正道越行越远。

名句的故事

东周春秋时期，郑国是一个小国，介于楚、晋两大国之间。《左传·襄公八年》（公元前565年）记录郑国大夫们，面对楚国出兵伐郑，进行了一场内部辩论，其中子驷、子国、子耳等大夫倾向顺从楚国，子孔、子𫍙、子展等大夫主张不可亲楚，必须等待晋国救援。

子驷认为保卫人民免于战争之苦才是首要之事，不管是楚国或晋国欲攻打郑国，郑国可以牺牲币帛玉器献给两国，交换郑国百姓的身家安全！子展却持不同看法，他说郑、晋先有盟好协定，此时郑国若顺从楚国，晋国必会出师伐郑，况且晋君贤明、卿大夫和睦，而楚国地远偏僻，楚军在粮食匮乏之下，很快就会离开郑国，根本不足以惧之。两方人马各持己见，僵持不下。最后，子驷便引用了《小雅·小旻》"谋夫孔多，是用不集。发言盈庭，谁敢执其咎？如匪行迈谋，是用不得于道"这段诗文，表明自己愿意担起这次决策的全部责任，希望子展等人采纳他的决定。

根据《左传》所记，子驷的亲楚决策，造成郑国日后无穷祸患，同时也正如子展所料，晋国在隔年（公元前564年）联合十余国攻打郑国，接着楚国又来分一杯羹。郑国努力讨好晋、楚两国的下场，换来的仍是不断的军事威胁。至于当初气魄恢宏语出"发言盈庭，谁敢执其咎"的郑国大夫子驷，两年后（即公元前563年）因重划郑国贵族田地，造成不逞之徒愤恨不已，闯入宫中劫持郑国简公，子驷也在这场政变中遭到杀害。

历久弥新说名句

南朝梁人刘勰撰有《文心雕龙》，此书堪称中国第一部系统完整的文学理论专著，共有五十篇。其中《议对》篇是针对朝政议事、对策技巧的文理析论，文中写道："自两汉文明，楷式昭备，蔼蔼多士，发言盈庭。"意指两汉皇帝作风文明，无论官员、儒生皆可面圣，表达对国家政策的具体建言。刘勰列举多位汉代政治家，作为评论实例，如贾谊在汉文帝时期，敢于朝廷侃侃议论、尽之以对，说出他人想言又不敢言的话。吾丘寿王在汉武帝时，力驳丞相公孙弘所提"民不得挟弓弩"的奏议，认为三代以来，上自天子下至庶民，皆有大射之礼，怎可为了官吏捕捉盗贼之便，而禁令百姓持有弓弩。韩安国在汉武帝询问满朝臣子如何处理匈奴提议和亲一事时，便精辟析论国家现况，阐述汉与匈奴作战的种种不利，不但说服原本反对的人，也让汉朝北方维持多年停战纪录。贾谊的曾孙贾捐在汉元帝时力表上陈，建议皇上忍下珠崖、儋耳二郡叛乱之怒，不可出兵远征南蛮之地，以免劳民伤财，造成国家危机。总体而言，刘勰认为汉代政治家的议事文章，写作风格虽不尽相同，但皆有掌握事理明确的一大重点。

《小雅·小旻》中的这一句"发言盈庭，谁敢执其咎"，原指西周王庭，众多谋士争相发言，主意虽多，却无人勇于负起成败责任，到了刘勰笔下的"发言盈庭"，不仅象征汉代朝廷中人才济济，也表明这些人为其政治主张，勇于向上直言不讳的精神。

不敢暴虎，不敢冯河

名句的诞生

不敢暴虎[1]，不敢冯河[2]，人知其一，莫知其他。

——小雅·小旻

完全读懂名句

1. 暴虎：本指以戈击虎，表示勇而无谋。后指徒手搏虎。暴，通"搏"。2. 冯河：徒步涉水渡河。冯，音 píng。

不敢徒手与猛虎搏斗，不敢徒步涉水渡河，人们只知这一种危险，却不知还有其他危险的事。

文章背景小常识

《小雅·小旻》全诗共有六章，此为第六章的前四句，诗中提到人们对徒手与虎搏斗、徒步涉水渡河，这类显而易见的危险，都会有所防范，但对其他隐而不明的危害，却不懂得事前预防之道。在此点出：人若无远虑，日后必有近忧祸患。

名句的故事

《论语·述而》记载了孔子教育血气方刚的子路必须慎行其勇的故事。孔子原本在称赞颜渊凡事量力而为，对于做不到的事，绝不会勉强，孔子又表示能做到这点的仅自己与颜渊而已。子路听到孔子独赞美颜渊一人，心中有些不是滋味，他知道老师众多弟子里，自己尤擅于政事，便故意问孔子若担任三军将帅时，会希望谁陪同作战？孔子回答子路："暴虎冯河，死而无悔者，吾不与也。必也临事而惧，好谋而成者也。"这段话的意思是：因空手搏虎、徒步过河，而轻易失去性命也不后悔的人，孔子不会找他一同作战，他要找的是遇事有所戒惧、深具谋略、能成就大事的助手。

子路原以为凭恃自己一手本领，孔子必会说出找他并肩作战的话，好让他在同学面前炫耀。孔子早看穿子路的心思，引《小雅·小旻》的"不敢暴虎，不敢冯河"提醒他，若连"暴虎冯河"这样明显的危险，都不懂得避开，空有一身匹夫之勇，又怎能成就大事！

历久弥新说名句

荀子生于东周战国的赵国，为儒家思想的继承者，他主张礼法兼治、王霸并用，认为后天教育与完备法治，才足以规范人的不良习性与行为，门下弟子韩非、李斯，后来都成法家的代表人物。在《荀子·臣道》篇中，荀子系统分明的论述为臣之道。荀子认为人臣事君，必须具备顺、敬、忠三大品德，有关敬的部分，荀子语出重话，抨击不敬君王的臣子，如同禽兽与狎虎，禽兽让国家混乱，狎虎可使国家危亡。接着，荀子援引《小雅·小旻》"不敢暴虎，不敢冯河，人知其一，莫知其他"，作为不肖臣子乱国之喻，意指众人皆知徒手搏虎、徒步涉河的危险，殊不知国家若有不肖臣子，其危险更甚暴虎冯河，借此荀子阐明不敬之臣将使国家走向灾难，甚至灭亡。

文中荀子虽再三强调为臣敬君之道，但对未能躬逢圣明之君的臣子，荀子也提出一套权宜方法。臣子若事才德中等之君，可上谏国君礼义是非，但态度要不谄不谀；万一不幸遇上暴君，臣子要技巧婉转地匡正国君，身段要柔从不屈，尽力弥补国君的缺失。可见荀子所言忠顺敬君，并非一味盲从，端视国君贤明与否，而人臣更要谨慎因应，这也看出想成为仁德臣子，要下的功夫还真不少呢！

如临深渊，如履薄冰

名句的诞生

战战[1]兢兢[2]，如临深渊，如履[3]薄冰。

——小雅·小旻

完全读懂名句

1. 战战：恐惧貌。2. 兢兢：音 jīng，戒慎貌。3. 履：踩踏。

保持惶恐谨慎的态度，就像站在深渊的边缘，就像踩在薄薄的冰层上面。

文章背景小常识

《小雅·小旻》全诗共有六章，此为第六章的最末三句，诗人希望上位者保持高度谨慎戒惧，并以人站在深渊边、踩在薄冰上作比喻，阐明人若不细察所处险境，后果难以预料！

名句的故事

《左传·宣公十六年》（公元前 593 年），晋国大将士会率兵灭了赤狄，凯旋归来。晋景公想借用士会长才，特向周王室表彰士会的功劳，周定王因此赐士会冕服，晋景公即命士会为晋国的中军将领，又为褒显他的功绩，尊封大傅。士会为人言信行义、刚廉威武，自他上任以来，亲自劝导百姓为善，使在晋国猖獗作乱的盗贼，奔相离开逃至秦国。晋国大夫羊舌职听闻此事，便以《小雅·小旻》这最后的三句"战战兢兢，如临深渊，如履薄冰"为喻，赞许士会美好的品德，也指出晋国上位者贤明良善，凡事戒惧，惶恐因应，不敢稍有懈怠。

晋国为春秋时期的一大强国，除了晋国君王深谙礼臣之道，更要归功内有众多卿大夫的尽心辅政。羊舌职认为上位者有善德，人民不致好逸恶劳，那些为非作歹之人，也就毫无机会行恶，最后只能从晋国逃之夭夭。

历久弥新说名句

孔子的学生曾子，一生都在躬行、宣扬孔子的思想，《论语》就是曾子与其门人所整理完成的一部经典。《论语·泰伯》记录曾子晚年病重时，心中念兹在兹仍是孔子生前的教诲，包括对孝道的基本实践——爱护己身。

当曾子自知来日无多，特别召集门下弟子到身边，要求打开他的衣衾，看他全身手足是否有所毁伤，然后引《小雅·小旻》的名句"战战兢兢，如临深渊，如履薄冰"，道出自己终其一生，时刻怀抱戒慎恐惧之心，生怕不小心毁伤身体，有损孝道。曾子在人生即将落幕之际，仍尽力保全身体的完整无伤，并给门下弟子一次机会教育，告诫弟子他所切身力行的，皆符合《孝经·开宗明义》孔子所言的"身体发肤，受之父母，不敢毁伤，孝之始也"。

再看唐代诗人白居易，年少时本是意气风发、满腔理想，后来进士及第，入朝为仕，上疏所谏，经常触犯当时的权贵派。在唐宪宗元和十年（公元815年），从太子左赞善大夫，被贬为江州司马，六年之后，即发生动乱朝廷数十年之久的朋党之争。

白居易看尽争夺恶斗，唐文宗太和七年（公元833年）罢官回到洛阳家中。他在五言古诗《出府归吾庐》写道："吾观权势者，苦以身徇物。炙手外炎炎，履冰中慄慄。"意指那些权力显赫的大官，身心实被名利富贵等外物牵累，外表看似炙手可热，其实内心像踩在冰上冷飕不安。白居易在62岁时写下这首诗，可算是在宦海沉浮多年的深切省思，其中《小雅·小旻》"如履薄冰"的"履冰"，正是比喻权势者内心暗藏的恐惧痛苦。

如跂斯翼，如矢斯棘，如鸟斯革，如翚斯飞

名句的诞生

　　如跂[1] 斯[2] 翼[3]，如矢[4] 斯棘[5]，如鸟斯革[6]，如翚[7] 斯飞，君子攸[8] 跻[9]。殖殖[10] 其庭，有觉[11] 其楹[12]，哙哙[13] 其正，哕哕[14] 其冥，君子攸宁[15]。

——小雅·斯干

完全读懂名句

　　1. 跂：音 qì，踮起脚跟。2. 斯：之，其。3. 翼：人的两手附身，如鸟翼附体，此指恭敬的样子。4. 矢：箭。5. 棘：此指箭的棱角。6. 革：翅膀，此指张开翅膀的样子。7. 翚：音 huī，五彩羽毛的野鸡。8. 攸：于是。9. 跻：音 jī，升、登的意思。10. 殖殖：平正的样子。11. 有觉：觉然，高而直的样子。12. 楹：门前的两柱。13. 哙哙：音 kuài，明亮的样子。14. 哕哕：音 huì，昏暗的

301

样子。15. 宁：休息安宁。

新屋挺拔雄伟，如人恭敬竦立，四隅像箭棱角分明，屋檐像鸟展开双翼，又像五彩野鸡振翅欲飞，君子于是进入堂室。新屋的庭院四周平正，门前楹柱高大笔直，前厅宽敞明亮，内室深广幽暗，君子于此安宁生活。

文章背景小常识

《小雅·斯干》为一首祝贺新屋落成的长诗。全诗共有九章，此为第四、五章，主要是描述新屋的外貌，第四章从远处观望建筑的气势宏伟，屋子的棱角如箭，屋檐如鸟之展翼，还有像野鸡羽毛般五彩亮丽的光辉。先形容房子外表的壮美华丽，最后表示新屋主人雍容登入新屋。第五章更换角度，从近处观察新屋的格局，如庭院的方正、梁柱的笔直，以及大厅的明亮、内房的昏暗，皆为住屋的最佳风水。最后一句表示新屋主人将住在这个美好的环境中，生活安宁。

名句的故事

相传《小雅·斯干》是西周宣王修筑庙寝，于庙寝落成时所歌咏之诗。周宣王是中兴周朝的一位明君，其父厉王暴虐无道，被流放于彘，其子幽王宠爱褒姒，导致西周的灭亡，仅宣王在位的46年，维持西周最末一段荣景。

东汉班固《汉书·楚元王传》，其中有："周德既衰而奢侈，宣王贤而中兴，更为俭宫室，小寝庙。诗人美之，《斯干》之诗是也。"史家班固刻意举周宣王筑建新室，奉行俭朴美德，赢得诗人作《斯干》赞美，借以提醒治国者应遵行俭朴之道，方能使国家走向富强。

北齐人魏收《魏书·世宗纪》中，记载北魏宣武帝景平三年（公元502年）冬天的诏书，最末写道："今庙社乃建，宫极斯崇，便当以来月中旬，蠲吉徙御。仰寻遗意，感庆交衷。既礼盛周宣《斯干》之制，事高汉祖壮丽之仪，可依典故，备兹考告，以称遐迩人臣之望。"北魏原为鲜卑族拓跋部所建，到了北魏道武帝拓跋珪迁都平城（今山西大同），中国历史从此进入南北朝对峙时期。之后，北魏出现一位致力推行汉化的孝文帝拓跋宏，他于太和十八年（公元494年）以南征为由，从平城迁都洛阳。此诏书即为北魏宣武帝在其父亲迁都洛阳的八年后，准备举行新建庙社庆典所写，他将周宣王成室之礼《小雅·斯干》作为庆典的仪式标准。虽有后世研究者认为，《斯干》与周宣王新筑庙寝之事根本无关，而是庆祝贵族新屋落成的祷颂诗，但从以上两家史书所记，仍可见识《斯干》给予后代君主的影响！

历久弥新说名句

《小雅·斯干》的第四章"如跂斯翼，如矢斯棘，如鸟斯革，如翚斯飞"，与第五章"殖殖其庭、有觉其楹、哙哙其正、哕哕其冥"、细绘古代王室贵族新屋的外观与格局，可见当时建筑的规模已具审美功能，也成为后人研究西周建筑的一则珍贵实录。到了东周时期，各国君主对宫寝建筑崇尚奢华之风，如《左传·昭公二十六年》（公元前516年）记载齐景公与晏子，坐在一百多年前齐桓公一手打造美轮美奂的行宫前，景公说出"美哉室！其谁有此乎"的感叹语，显示齐桓公时代行宫的壮美，堪称华丽建筑的代表。

到了秦始皇并吞六国，命令手下将战国各诸侯的宫寝，摹图绘出，回到咸阳筑盖一座前所未有的豪华宫殿，即为历史上著名的"阿房宫"。唐朝诗人、史称"小杜"的杜牧，根据文献史料写下《阿房宫赋》，首段为"六王毕、四海一。蜀山兀，阿房出。覆压三百余里，隔离天日。骊山北构而西折，直走咸阳。二川溶溶、流入宫墙"，指出阿房宫占地的辽阔广大。其后接着写"五步一楼、十步一阁。廊腰缦回，檐牙高啄；各抱地势，钩心斗角"，极其细腻地勾勒出阿房宫内部构造的精雕细琢。

杜牧作《阿房宫赋》旨在说明秦国大兴土木、建造奢华寝宫、不顾百姓疾苦的行径，其下场就是被楚人推翻，并放一把火将阿房宫烧了三个月，昔日繁华成一片焦土，诗人希望后人能以秦的亡国为借镜。阿房宫虽已不再，但透过杜牧的细腻描写，仍能想象出阿房宫雄伟磅礴的气势、精心设计的结构，与《小雅·斯干》同为历来一窥古代宫寝建筑的纪实文字。

他人有心，予忖度之。
跃跃毚兔，遇犬获之

名句的诞生

奕奕[1] 寝庙[2]，君子作之。秩秩[3] 大猷[4]，圣人莫[5] 之。他人有心，予忖度[6] 之。跃跃毚兔[7]，遇犬获之。

——小雅·巧言

完全读懂名句

1. 奕奕：形容建筑物美盛、高大的样子。2. 寝庙：泛指宗庙。古时称皇帝宗庙的前殿为庙，后殿为寝；庙为祭祀之处，寝为放置灵位与先人遗物的地方。3. 秩秩：从容有序、清明的样子。4. 大猷：大道。5. 莫：通"谟"，谋略、计划的意思。6. 忖度：揣测。7. 毚兔：狡猾的兔子。

高大庄严的宗庙，由君子来建造。国家的法度秩序，由圣人来策划。他人心中有害人的诡计，是可以预先揣测到的。就好比

305

活蹦乱跳的野兔，遇上了猎犬就被追捕到。

文章背景小常识

《小雅·巧言》是讽刺周幽王听信谗言，让小人搬弄是非，扰乱国家朝政，最后导致亡国。周幽王称不上君子，更不是圣明的皇帝，他不了解"他人有心，予忖度之"的道理，加上又宠幸褒姒，忽略了众臣的想法。

当时有个大夫名叫家父，他写过一首《节南山》的诗，收录在《诗经·小雅》中，他说："昊天不平，我王不宁。不惩其心，覆怨其正。"此诗的背景是关于当时有个尹太师，尽在做荼毒百姓的事情，连累天子也无法安宁，如果尹太师再不改变他的坏心，百姓都要因为怨恨天子放纵尹太师，而出来造反了。这是家父希望周幽王从奸臣尹太师的谗言中觉悟。

名句的故事

掌握"心"，是"度人"的要诀，也是智慧的运用。在《三国志》的谋略中，便非常重视"心"的揣测与推论，所谓"知人善察，难眩以伪"（《三国志·魏书》），如果能洞察一个人的言行举止，来了解他的所作所为，那么外表的假象便不会迷惑我们的双眼了。

话说曹操挟持汉献帝后，迟迟不敢明目张胆表露自己想要篡

位的野心，于是他运用策略，来测试众臣的心意。一日，他邀请
汉献帝外出狩猎。将士排开围场，有三百余里，曹操与汉献帝并
驾齐驱，后面跟着曹操的心腹大将，而其他文武百官都不敢随意
靠近。突然，一只大鹿跑了出来，汉献帝连射两次，都未射中，
于是他请曹操举箭。没想到曹操一箭射出，大鹿应声倒地，远远
的文武百官都以为是皇帝射中，于是齐声高呼："万岁！"没想到
曹操居然策马挡在汉献帝的前面，享受欢呼，众臣们都大惊失
色。（《三国演义》第二十回）

汉献帝发现了曹操的野心；曹操看出文武百官畏惧的心态。
结果，帝位仿佛一只兔子，而曹操就是那守株待兔的猎人啊！

历久弥新说名句

《战国策》中有一则故事，话说秦国将领白起要率兵再度攻
打楚国，楚襄王在面临亡国之际，听闻有个名叫黄歇的人，博学
且有辩才，便派他出使秦国，希望化解这次的危机。黄歇见到秦
昭王后，谈及当初吴国便是在相信越国的情况下，全力攻打齐
国，在凯旋归国的途中，吴王却被越王擒杀。黄歇继续强调，秦
国现在相信魏国，所以要全力攻楚，却忽略楚国的覆灭会增强魏
国的实力。黄歇接着引用《诗经》："他人有心，予忖度之。跃跃
毚兔，遇犬获之。"提醒秦昭王如果过分亲信魏国，就好像当初
吴王相信越国一样，恐怕会重蹈前人覆辙。最后，在黄歇举证历
历之下，秦昭王放弃攻楚，并愿意与楚国友好，黄歇成功地挽救

自己国家免于覆亡的危难。

宋朝张靖著有《棋经十三篇》一书，其中第八篇《度情篇》，便是将"他人有心，予忖度之"的道理灵活应用到下棋上。张靖谈到下棋时的情绪控制，必须要做到"气情难见"，一旦情绪有所激动，胜败便立即分晓。所以下棋的双方要谨记"语默有常，使敌难量"，让人摸不着头绪，无法揣测出你下一步的招数。但是如果动静无度，也将惹人反感，不愿再与之切磋。所以动静之间，取舍于己，千万不要为了求胜，装模作样过了头。

近代散文家梁实秋先生在《骂人的艺术》一文中，是这样说的："骂人是和动手打架一样的，你如其敢打人一拳，你先要自己忖度一下，你吃得起别人的一拳否？"骂人或是打人之前，都该先忖度一下，如果自己遭受同样的对待，是否禁受得住？梁先生又说："你骂别人荒唐，你自己想想曾否吃喝嫖赌。否则别人回敬你一二句，你就受不了。"其实，你怎么看待别人，别人眼中的你，也就是那副模样。因此，如果你骂别人荒唐时，也先想想，自己在别人眼中，是否也是个荒唐之徒？否则，别人随便回敬一两句，就可能对你"正中要害"，到时候，伤心的不是别人，而是自己啊！

蛇蛇硕言，出自口矣。
巧言如簧，颜之厚矣

名句的诞生

荏染[1] 柔木，君子树之。往来行言[2]，心焉数之。蛇蛇[3] 硕言[4]，出自口矣。巧言如簧[5]，颜之厚矣。

——小雅·巧言

完全读懂名句

1. 荏染：柔弱的样子。2. 行言：指流言。3. 蛇蛇：音 yí，自大夸张。4. 硕言：夸大的话。5. 簧：乐器中用于振动发声的薄片。

那些柔弱的小树，君子栽培它们。流传的谣言蜚语，要在内心分辨。夸夸其言的大话，都出自小人之口。动听得就像是簧片奏出，脸皮真是厚啊！

文章背景小常识

关于《小雅·巧言》，《诗序》表示这是一首刺周幽王信谗致乱之诗。有一天，周幽王照例早朝，岐山的守臣禀报："泾、河、洛三川，同日地震。"幽王听了之后笑笑说："山崩地震，此乃常事，何需禀报呢？"太史伯阳父与大夫赵叔带非常担忧，因为泾、河、洛三川发源于岐山之地，如果阻塞或是河水枯竭，恐有山崩之虞。

太史伯阳父与大夫赵叔带皆认为，幽王荒废国政、任用佞臣，身为臣子应尽所能，提出谏言。然而他们的对话遭人偷听，并密报虢石父。虢石父善谀好利，他马上跑去晋见幽王，说这两人毁谤朝廷，周幽王竟然深信不疑。过了几天，岐山的守臣又来禀报："三川都干枯，岐山崩塌，民居死伤无数。"幽王仍然不为所动，赵叔带于是不顾一切上谏，希望幽王能勤于政事，不只是寻访美女云云。

虢石父便说："国朝已经建都丰镐，千秋万岁！岐山就像荒废之地，有什么重要呢？叔带有毁谤君王的企图。"周幽王同意这个看法，随即免除赵叔带的官职。虢石父便是君子深恶痛绝的谗人，"巧言如簧，颜之厚矣"便形容这类花言巧语、不知羞耻之徒。

名句的故事

在《唐书·张仲方列传》中提到，唐朝中期朋党倾轧相当严重，唐宪宗时，会吕温、羊士谔因诬告宰相李吉甫被贬，张仲方是会吕温的门生，在李吉甫过世后，担任度支郎中一职。当时众官为了李吉甫的谥号有不同的意见，一说是"恭懿"，一说是"敬宪"。不知张仲方是否有些挟怨报复，他对这两个谥号都表示反对，并且批评李吉甫这个人："诡泪在脸，遇便则流；巧言如簧，应机必发。"在他的眼中，李吉甫善用眼泪来博取同情；说起话来头头是道，而且懂得见风转舵。然而唐宪宗听了张仲方的这番批评，不以为然，且非常生气，还把他的官给贬了。

历久弥新说名句

不同于巧言如簧，"舌灿莲花"是形容口才好，能说善道。这个典故发生在南北朝时期，当时的后赵君王石勒要召见佛教高僧佛图澄，想试试他的道行，以确定是否真可拜他为师。没想到佛图澄"取应器盛水，烧香祝之"，不一会儿，器皿中居然"生青莲花，光色耀目"，石勒看得心生忏悔，立即拜佛图澄为师（《晋书·佛图澄列传》）。莲花在佛教中是慈悲的化身，能够把话说得这么好，去感动一个人，就像是口中吐出莲花一样。后人便以"舌灿莲花"，比喻言语动听、富含哲理。

维南有箕，不可以簸扬；
维北有斗，不可以挹酒浆

名句的诞生

维南有箕[1]，不可以簸扬[2]；维北有斗[3]，不可以挹[4]酒浆。维南有箕，载翕[5]其舌；维北有斗，西柄之揭[6]。

——小雅·大东

完全读懂名句

1. 箕：星宿名，指箕星，因在南方，又称"南箕"。2. 簸扬：用簸箕使米起落，以除去糠秕。3. 斗：星宿名，有六星，形状如古代盛酒的长柄汤勺。4. 挹：以勺舀取。5. 翕：音xì，吸引，通"吸"。6. 揭：高举的意思。

南方有箕星，无法拿它来去除糠秕；北方有斗星，无法拿它来舀取酒浆。南方有箕星，缩起舌头张大口；北方有斗星，斗柄高翘朝向西方。

文章背景小常识

《诗序》记载："《大东》，刺乱也。东国困于役而伤于财，谭大夫作是诗以告病焉。"简单来说，这首诗渊源于"东国"，即指位于周王室东边的诸侯国。由于春秋时期衰弱的周王室需要制衡强大的诸侯国家，于是向一些小国征调兵役、赋税。东方的诸侯国对于周王室的剥削欺压，感到不堪其扰，国力、财力、民力均难负荷，因此做了这首诗。

谭国就是这些东方小国之一，在齐国的西边。齐桓公尚未继承王位之前，曾因内乱出奔到这里，当时的谭国君王对齐桓公很不礼貌。齐桓公正式继任为齐国君王时，谭国也没有派人前去祝贺。按照春秋封建制度的礼法，这是非常失礼的，因此管仲建议齐桓公出兵。齐国不费吹灰之力就灭掉谭国，扩大了齐国的领土，奠定齐桓公成为春秋霸主的基础。

名句的故事

东方小国面对沉重的徭役、赋税，生活困苦，诗人比喻说，就好像织女星在织布，织出来的布却是空的；又如南边的箕星虽然有个簸，却无法扬米去糠；北方的斗星也有个勺子，但不能盛酒，一切空有其表。

有一个成语"南箕北斗"，便是用来比喻徒有虚名而无实用。

历久弥新说名句

南朝陈后主下召征求贤良实学的人才，他说："应内外官九品已上，可各荐一人，以会汇征之旨。且取备实难，举长或易，小大之用，明言所施，勿得南箕北斗，名而非实。"（《陈书·本纪卷六》）这里强调挑选出人才，还必须给予相当的职位与职务，让他们有所发挥，否则导致徒有虚名，却无所用处，对国家来说就是一种浪费。

刘凤诰是清乾隆间江西省萍乡人，有"独眼探花郎"之称。相传刘凤诰当时虽然高中进士，但在殿试的时候，乾隆看到他脸部的缺陷，有意取消他的资格，但又顾虑别人会说他是"以貌取人"，便出个对联，打算测试刘凤诰的能耐。乾隆戏谑地说出上联："独眼不登龙虎榜。"刘氏听后很快回答："半月依旧照乾坤。"乾隆很是惊讶，又再出了上联："东启明，西长庚，南箕北斗，朕乃摘星汉。"刘凤诰不假思索地说出："春牡丹，夏芍药，秋菊冬梅，臣是探花郎。"这下子乾隆皇帝可是服气了，欣然地钦点刘凤诰为探花。

人亦有言，进退维谷

名句的诞生

瞻彼中林，牲牲[1] 其鹿。朋友已潜[2]，不胥[3] 以榖[4]。人亦有言，进退维谷[5]。

——大雅·桑柔

完全读懂名句

1. 牲牲：音 shēn，众多并行。2. 潜：毁谤，诬陷。3. 胥：相、互相。4. 榖：善的意思。5. 谷：穷困。

看看那森林里呀，鹿都是成群结伴。朋友之间却是猜忌毁谤，无法互相善待对方。人们曾说：前进或后退，都会陷入困境啊！

名句的故事

周武王分封姬姓子弟时，建立了芮国，芮国的统治者即称为

"芮伯"。芮伯世代都是周朝王室的重臣，周厉王时期的芮伯叫做芮良夫，《桑柔》就是芮良夫讽刺周厉王无道、宠信奸臣，使国家陷于危难。当时的奸臣荣夷公总是怂恿周厉王做坏事，对于芮良夫的劝诫，周厉王只当耳边风。芮良夫与周厉王之间最大的冲突，来自"芮伯献马"。

芮良夫应周厉王的要求，率兵征讨西戎，期间获得一匹好马，他准备献给厉王。旁边的人赶紧劝说："厉王可能听信谗言，会认为你不只有一匹好马，而继续向你讨索，到时候就无法应付，这是'买祸'呀!"果真，良夫献马之后，荣夷公便又派人来索马，良夫当然拿不出来。荣夷公就向厉王进谗言，说是芮伯把好马藏起来了。周厉王一怒之下便将芮伯驱逐到彘，其他正直的官吏看到自己的君王如此无道、昏庸，便联合起来赶走周厉王，也将他流放到彘，因而开启了西周的共和时代。

所以芮良夫要当忠臣也不是、要做佞臣也不是，真是"进退维谷"。"进退维谷"成了后人常用的成语，形容一个人处于进退两难的困境，与"骑虎难下"意思相近。

历久弥新说名句

好大喜功、生性猜疑的隋炀帝揽掌政权之后，急着南征北讨，又加重百姓徭役，至于忠良将士更是动辄得咎。史书这样评论："赏不可以有功求，刑不可以无罪免，畏首畏尾，进退维谷。"（《隋书·卷七十》）蒙受赏赐，不能是因为有所功业；受到刑罚，也不可能无罪赦免，因此忠良将士一举一动莫不戒慎恐惧，生怕一不小心，就落入进退维谷的窘境。

隋炀帝死后，王世充率先称帝，他将自己的侄女许配给投靠他的杨庆。不久，李世民攻打到洛阳，杨庆见风转舵，想要背叛王世充，他的妻子苦劝不可，但是杨庆不听。随后，妻子告诉身边的人："唐兵若胜，我家则灭；郑国无危，吾夫又死。进退维谷，何以生焉？"（《旧唐书·烈女传》）一方面可能失去娘家，另一方面可能失去丈夫，谁胜、谁败，对她而言都是陷入困境，最后她选择仰药自杀。而杨庆则是投降李唐，做了宜州刺史。

《台湾文献丛刊》收录了一篇《黑水沟》，这个"黑水沟"就是指台湾海峡。作者说："黑水沟为渡台最险处。水益深黑，必借风而过，否则进退维谷。"由此可见当年唐山过台湾时，冒了很大的风险才横渡台湾海峡。文中又说："沟中有蛇，皆长数丈……舟过，沟水多腥臭，盖毒气所蒸也。"读到这里，对于先民们筚路蓝缕，开垦台湾这块土地，感到由衷敬佩。

日就月将，学有缉熙于光明

名句的诞生

　　敬之[1]敬之，天维显思，命不易哉！无曰高高在上，陟降[2]厥士，日监在兹。维予小子，不聪敬止。日就月将[3]，学有缉熙[4]于光明。佛[5]时[6]仔肩[7]，示我显德行！

——周颂·敬之

完全读懂名句

　　1. 敬：通"警"，警惕。 2. 陟降：上下升降，此指神灵降临。3. 日就月将：每日有成就，每月有进步。 4. 缉熙：光明的意思。5. 佛：音bì，辅佐的意思。6. 时：是。7. 仔肩：担负责任。

　　要警惕，要警惕啊！老天的眼睛是雪亮的，保有天命不简单啊！别说他高高在上，神灵降临在此，天天都在监视世人。我这渺小的人，不够聪明，也无法上承天道，只能每日累积成果，每月求得进步，学习磊落的德行，迈向光明的前途。请辅佐我承担治国重任，教导我光明的德行。

名句的故事

《诗序》认为《周颂·敬之》在描写君臣商议国家大事的场景；而另一说则认为这是周成王自我警惕勉励的诗。事实上，在周公的辅佐下，周成王确实是"日就月将，学有缉熙于光明"，20岁的时候亲自执政。周公辅佐成王七年中，安内攘外，并重新分封诸侯，设官分职，制礼作乐，然而如果周成王没有些许担当，又如何接掌周公所交出的政权呢？

从周成王到继位的康王，政治清明，百姓安居乐业，相传其中有四十年之久，周朝没有动用刑罚，是史家所谓的"成康之治"。从《敬之》一诗中可以看出成王是如何期勉自己虚心求教，以承担统领国家的重责大任。

周公让出了王位，仍不时对成王提出建言，如《无逸》（收录于《尚书》）便说："君子所其无逸！先知稼穑之艰难，乃逸，则知小人之依。"全篇旨在告诫成王，以商朝贤君与周文王为榜样，了解百姓疾苦，并举纵情享乐、荒废政事，导致国力渐衰的例子引以为鉴。

历久弥新说名句

《幼学琼林·岁时类》鼓励学子："为学求益，日就月将。"

读书就是要天天下工夫，日积月累，自然会有收获。钱宾四先生在《论语新解》中对于孔子自述一生学习进程，曾说道："学者固当循此努力，日就月将，以希优入于圣域。"

此外，《海东书院学规》中有一条"立课程"："每句日，诸生将所注簿子汇缴，凭院长逐条稽查，以验所学之勤惰。如有疑义不明，即面相质问，以著教学相长之义。如此，则循序可以渐进，积累于以有成；将日就月将，自无废弃之日矣。"（《续修台湾府志卷八》）依此规定在书院中每十天，学生就要缴交作业给院长查核，检验学习成果。如果学生有不明白的地方，要当面提出疑问，如此一来，日就月将，学生便无所怠惰了。

近年来中国大陆发展快速，《瞭望》杂志专稿介绍《2002中国发展报告》时便说："用'日就月将'来概括2002年的中国，并非矫饰之辞。"在这块人口众多、市场庞大、飞速发展的亚洲大陆上，有机会，也有陷阱，看看每年趋之若鹜的经商与就学人潮，何止是"日就月将"可以形容的呢！

白圭之玷，尚可磨也；
斯言之玷，不可为也

名句的诞生

　　质[1]尔人民，谨尔侯度[2]，用戒不虞[3]。慎尔出话，敬尔威仪，无不柔嘉。白圭[4]之玷[5]，尚可磨[6]也；斯言之玷，不可为也。

　　　　　　　　　　　　　　　　——大雅·抑

完全读懂名句

　　1. 质：待人谦恭守礼。2. 侯度：诸侯的法度。3. 不虞：出人意料的事情。4. 白圭：皎洁白玉。5. 玷：音diàn，玉的瑕疵。6. 磨：研磨、抛光。

　　谦恭守礼对待你的百姓，谨慎恪守诸侯法度，戒备意料外的事。说话要谨慎，举止仪态要恭敬，没有不温和美好的。皎洁的白玉若有瑕疵，还可以研磨去除；言语若有疏错，什么也无法补救呀！

文章背景小常识

　　《抑》又名《懿》，是一首箴谏、警惕的诗歌，写作时间约在西周末年、东周初期。内容主要是鉴于周厉王、幽王亡国败政的乱象，劝诫当前君主应该省思革新。全诗共十二章，从说明"靡哲不愚"——聪明人的愚昧行径都是自己的过失，到道德修养以及行为举止均一一提出建议，而"白圭之玷，尚可磨也；斯言之玷，不可为也"，此句便是探讨君子应有的言行。诗人以身为老臣、长者之心，谆谆劝导注重个人品行与执行善政。文中不断称呼王上为"小子"，语露饱经世事的老者对年少君主严厉的规劝，显现对未来国运忧惧的苦心。《大雅·抑》成为后世儒家思想中教养君主乃至于君子修德养心的重要教材。此外，"无言不雠，无德不报"（说话都有回响、德行都有回报）、"匪面命之，言提其耳"、"视尔梦梦，我心惨惨；诲尔谆谆，听我藐藐"等句都是出自此篇。

名句的故事

　　"白圭之玷，尚可磨也；斯言之玷，不可为也"，是教人慎言，因为话一说出口就覆水难收了。《论语·先进》中有言："南容三复白圭，孔子以其兄之子妻之。"南容是孔子的弟子，每当独处时总是心怀仁德，未曾松懈，在公开场合中谈吐也句句合乎道义。有一次南容捧着《诗经》读到"白圭之玷，尚可磨也；斯言之玷，不可为也"，当下大受震撼，因此反复背诵，谨记于心，并以此作为言行的准则，自我砥砺。孔子观察到南容的美德，将哥哥的女儿嫁给南容。后世便以"三复白圭"意指反复吟诵《诗经》这句话，引申为十分重视说话谨慎的功夫。

"白圭之玷"也是出自此名句的另一个成语，多用来借指人的行为道德稍有污损。清末民初的国学大师章太炎，早年倡导革命，曾率领地方组织加入国父对抗清朝的行列，为民主革命贡献心力，"中华民国"的称号也源自于章太炎的想法，当时被喻为最有学问的革命家。民国建立之后，章太炎官运颠簸，抱负心志无法畅达，敌对者甚纠举他有收贿之嫌，使得社会舆论对他的评价不甚佳。当章太炎去世时，来追悼的官商士人不满百人，鲁迅看到这种情形便写了《关于太炎先生二三事》一文为之抱不平，认为"这也不过白圭之玷，并非晚节不终"（鲁迅《且介亭杂文末编》），希望引起后人对于这位儒学大师的重视。

历久弥新说名句

"白圭之玷，尚可磨也；斯言之玷，不可为也"，与此相似的还有"一言既出，驷马难追"；前者以白玉为喻，后者以马匹脚程的迅捷作为比拟，都指语言若出现不当，后果将难以挽回。《论语·颜渊》记载卫国大夫棘子成曾说："君子质而已矣，何以文为？"也就是说君子只要有好的品德、本质就可以了，为什么还要注重文采？子贡听了相当不以为然，叹息棘子成这么谈论君子是错误的，而他这句话就像"驷不及舌"，一言既出驷马难追了。子贡先惋惜棘子成说话未经深思熟虑，然后才进入主题，认为文采、本质二者一样重要，缺一不可。

孔子相当重视慎言，《论语·颜渊》记载，有一次个性急躁且多话的司马牛问孔子，"仁"究竟是什么？孔子因材施教，回答这位多言的学生说："仁者，其言也讱。"言下之意是，要做到仁，就别随便开口说话。司马牛听了大为疑惑，又问这样真的够吗？孔子不再绕圈子，点明说："为之难，言之得无讱乎？"想得简单，实践起来可是很困难的，要学习克制口舌之快，"慎言"而后行。

除了"驷不及舌"，相关词语还有"一言不再"。东汉赵晔所写的《吴越春秋》中提到，吴王夫差打败越王勾践，勾践来到吴国当人质，吴国大臣伍子胥主张斩草要除根，但由于范蠡使技收买吴国大臣嚭，不断为勾践说话，再加上勾践个人谦下的表现，让他逃过一劫。勾践除了卧薪尝胆，记取教训不忘复国，同时也努力讨好夫差，当夫差生病时还为他尝便解病，夫差大受感动，便放勾践回越国。临走前勾践说道，感谢吴王哀怜他又孤又穷，让他得以生还归国，他愿意和范蠡、文种一起效命于麾下，也以上天为誓，不违背其誓言。吴王听了之后相当高兴，但也警告地表示，"吾闻君子一言不再"，希望他可不要自食其言啊！然而事实证明，最后夫差就是败在勾践复仇的计划下。

思无邪

思无邪，思马斯徂

名句的诞生

骄骄¹牡马，在坰²之野。薄言骄者：有骃³有騢⁴，有驔⁵有鱼⁶，以车祛祛⁷。思无邪，思⁸马斯徂⁹。

——鲁颂·骄

完全读懂名句

1. 骄骄：音 jiōng，马匹肥壮。2. 坰：音 jiōng，离城很远的郊外。3. 骃：音 yīn，毛色浅黑带白的马。4. 騢：音 xiá，赤白杂毛的马。5. 驔：音 diàn，脊毛黄色的黑马。6. 鱼：这里指白色眼圈的马。7. 祛祛：强健的样子。8. 思：发语词。9. 徂：音 cú，行，往。

肥壮高大的公马，生长在离城很远的郊外。说起这些好马啊，有毛色浅黑带白的，有赤白杂毛的，有黑色黄脊的，也有白色眼圈的，拉起车来都非常矫健。心思纯正啊，驯养的马匹才能如此奔驰。

名句的故事

　　《鲁颂·駉》是歌颂鲁僖公功德的诗。诗中透过鲁僖公养马的政策，来赞颂他的功德在于"思无彊，思马斯臧"、"思无期，思马斯才"、"思无斁，思马斯作"、"思无邪，思马斯徂"。鲁僖公时时刻刻都想着礼贤下士，总是一心一意，永远不会厌烦，就好像他时时想着养的这些马，个个都是好马，很能拉车、很能奔驰，并要好好地善加运用。

　　孔子也用"思无邪"来总结《诗经》的特色，他说："诗三百，一言以蔽之，曰：'思无邪'。"（《论语·为政》）意思是，诗人作诗歌都是出自于真情，而这样的真情，展现古人对于感情世界、群体生活、农耕工作、政治思想、战争事实的各种评论。因此，孔子说诗可以"兴、观、群、怨"，也蕴藏"迩之事父，远之事君"的道理，并有"多识于鸟兽草木之名"的效用（《论语·阳货》）。孔子还认为"不学诗，无以言"（《论语·季氏》），如果没有读过《诗经》，就无法有知识内涵与人谈论应对啊！

历久弥新说名句

　　"思无邪，思马斯徂"透露出鲁国厚道仁慈的民风，这还可以从另一个故事中印证。庆父是鲁庄公的兄弟，他在鲁庄公、鲁闵公时期，危害鲁国国政，蓄意篡夺王位，最后被鲁国人民驱逐出境。庆父被驱逐后，齐桓公便出手确立鲁僖公为新国君。被驱逐出境的庆父知道之后，自缢而亡。庆父一死，"鲁难"便解除了。然而，鲁人秉持亲情仁义，罪只及于庆父，对于他的亲族却照顾有加。虽说"庆父不死，鲁难未已"，然而铸下这般大错却未罪及亲属，只有鲁国人的厚道，才做得到啊！

许多已婚男性台商只身前往大陆发展，因为异地生活寂寞，感情容易出轨，造成"包二奶"的现象。深圳地方报有篇报道《怎能"思无邪"？》，谈到当地有一幅广告牌上面写着"发包"两个字，引起许多市民投诉，原来大家都错以为这是"包二奶"的广告。因为广告牌上有性感女子的巨幅剪影，文案的"包"字又用黄色突显，看到之后很难不叫人有所联想。当地工商部门对这些投诉的响应是，大家不应该往邪处想。其实，社会风气已经影响普罗大众的观感。思无邪？有时恐怕是难啊！

我心匪石，不可转也。
我心匪席，不可卷也

名句的诞生

我心匪鉴[1]，不可以茹[2]。亦有兄弟，不可以据[3]。薄言往愬[4]，逢彼之怒。我心匪石，不可转也。我心匪席，不可卷[5]也。威仪棣棣[6]，不可选也。

——邶风·柏舟

完全读懂名句

1. 匪鉴：不是镜子。2. 茹：容纳的意思。3. 据：依靠。4. 愬：音sù，同"诉"，诉苦。5. 卷：收卷。6. 棣棣：贤淑端正的样子。

我的心不是镜子呀！岂能任人恣意相照。虽有同胞手足情，难以倚仗与安栖。遇难前往诉苦水，竟然遭到斥怒。我的心不是石头呀！哪能任人恣意转动。我的心不是席子呀！哪能随人恣意

330

收卷。我仪态娴静端正，岂容你们践踏指点呢！

文章背景小常识

历代解诗者对于《邶风·柏舟》的执异，主要有两种说法，一是继承《诗序》，认为是怀才不遇的泄愤诗。故事发生在西周夷、厉两王的时代，上位者德性不正、贪利鬻爵，卫顷公以贿赂封为侯。卫顷公上任之后，不能致力于内政，《柏舟》即是卫国臣子讽谏顷公不能知人善任的诗作。

另一种解释则是女子不得意之说，到了宋代，朱熹进一步指出《邶风·柏舟》是"妇人不得于其夫，故以柏舟自比"，妇人受到众妾的排挤而失宠，因而写下这首愤恨忧伤的诗。

名句的故事

以女性之躯代替男儿壮志未酬的比拟写法，在后代有其发展脉络。战国时代的爱国诗人屈原，因楚怀王听信谗言遭受贬谪，跳汨罗江自尽。在他的重要作品《离骚》中可见《邶风·柏舟》的影响，例如"众女嫉余之娥眉兮，谣诼谓余以善淫"，诗人将自己比拟为女儿身，将过去女性形象中善妒、谣传用于自身处境上。

另外，中唐诗人朱余庆的代表作："洞房昨夜停红烛，待晓堂前拜舅姑。妆罢低声问夫婿，画眉深浅入时无?"乍看之下，以为是洞房花烛、情意脉脉的诗作，而诗题是《近试上张水部》，究其创作背景才知是"干谒诗"。朱余庆应考科举前，写诗拜谒主考官张籍，探问自己上榜的几率。这种以"女体为文"的风气历久不衰，宋词、元曲都有类似手法。

历久弥新说名句

女性对于自身境遇的主观表达又如何呢？东汉才女班婕妤，在后宫为赵飞燕所谗陷，不得宠幸，在《怨歌行》中她将自己比喻为一把合欢团扇，可以贴近君身，搧来凉意，但"常恐秋节至，凉飙夺炎热，弃捐箧笥中，恩情中道绝"。怕的就是秋天一到，扇子被丢弃在抽屉角落里，与君恩义绝。相较之下，21世纪的女诗人席慕容豁达许多，"当一切都已过去/我知道/我会慢慢地将你忘记/……生命原是要不断地受伤和不断地复原/世界仍然是一个/在温柔地等待着我成熟的果园/天 这样蓝/树这样绿/生活原来可以这样的安宁和美丽。"（《禅意二》）不愤恨、不怨叹，继续向前走，开创另一座乐园。

我思古人，实获我心

名句的诞生

绿兮丝兮，女所治[1]兮。我思古人[2]，俾[3]无讹[4]兮。绔[5]兮绤[6]兮，凄其以风。我思古人，实获我心。

——邶风·绿衣

完全读懂名句

1. 治：同"制"，此指织染、纺织等事。2. 古人：即故人，指亡妻。3. 俾：音bì，同"使"。4. 讹：音 yóu，过失的意思。5. 绔：音 chī，细葛布。6. 绤：音 xì，粗葛布。绤与绔皆为古代夏季优良的布料名。

绿色丝啊绿色丝，丝丝缕缕由你织。忆起我的爱妻啊！时常劝责让我无过失。夏布细啊夏布粗，吹来凄凉一阵风。想起我的爱妻啊！样样吻合我心意。

文章背景小常识

《绿衣》一诗分为四章，以"衣"贯穿通篇。历代各家对于《绿衣》的解释分为两派，儒者诠释派偏向以衣暗喻妾室受宠，正室失位，仿如夏季薄衣，得不到丈夫的重视。近来学者对于《诗经》的研究倾向回到诗文本体，而认为《绿衣》文中描述丧妻的男子，看到妻子生前缝制的衣服，睹物思人，哀恸不已。回忆妻子生前的种种，从操持家务、协助丈夫待人接物，到不假他人之手细细缝制衣裳，无一不令丈夫怅然不已。《绿衣》触物感怀，以物抒情，开后代文学悼亡诗之先河。

名句的故事

《绿衣》一诗以纯朴写真的文字，从日常衣物着手，抒发丈夫对亡妻的不舍与思念。西晋的潘岳在妻子杨氏葬殓后，因为即将赴京任职，于收拾衣物时触物伤怀，写下了《悼亡诗》三首，其中有名句："望庐思其人，入室想所历。帏屏无髣髴，翰墨有余迹。流芳未及歇，遗挂犹在壁。"举目所视妻子身影历历，庐室、屏风、翰墨犹在，然而如今天人永隔，睹物思情，不堪回首啊！潘岳由于仕途不顺、依附错人，最后惨遭灭族。相对而言，早逝之妻较少受到命运的折磨吧！

撷取《绿衣》睹衣思人典故的，还有唐代诗人元稹，他在妻子韦丛过世之后，回忆亡妻写下三首《遣悲怀》，其中有："昔日戏言身后事，今朝都到眼前来。衣裳已施行看尽，针线犹存未忍开。"此处引发诗人睹物思情的不只是衣裳，还有妻子用的针线盒。韦丛过世两年之后，元稹续弦，由于他长期宦游各地，家中无人照料，加上牵线人又是长官，在人情事理上恐难以推却。他总共娶了三位女子，时间上并无重迭，相较当时许多文人狎妓蓄妾，历代对于元稹的评断多少是苛责了些。

历久弥新说名句

忆亡妻的文学主题，继承《绿衣》的基调，不断受到文人的援引。在武侠小说中也有思念妻子的鲜明形象，例如金庸的《神雕侠侣》中，黄药师即是这般痴情人物。话说杨过带着负重伤的小龙女回到古墓，当他望着小龙女虚弱的睡颜，才总算领悟为何黄药师于妻子常处的厅房内，垂摆题着"春蚕到死丝方尽，蜡炬成灰泪始干"的诗句，出自晚唐诗人李商隐怀念亡妻所作的《无题》。金庸于文学中挑到情感最为浓烈、也最为沉重的李商隐，为笔下亦正亦邪的黄药师添上几笔浪漫的情感色彩。

南有嘉鱼，烝然罩罩。
君子有酒，嘉宾式燕以乐

名句的诞生

南有嘉鱼[1]，烝然[2]罩罩[3]。君子有酒，嘉宾式[4]燕[5]以乐。南有嘉鱼，烝然汕汕[6]。君子有酒，嘉宾式燕以衎[7]。

——小雅·南有嘉鱼

完全读懂名句

1. 嘉鱼：美味的鱼。2. 烝然：发语词。3. 罩：一种捕鱼器。4. 式：用也。5. 燕：宴饮，招待人家吃饭喝酒。6. 汕：捕鱼器。7. 衎：音 kàn，和乐的意思。

南边有肥美的鱼儿，一网一网地去捕呀，好客的主人准备了酒菜，邀请嘉宾饮酒作乐，十分尽兴。南边有肥美的鱼儿，一网一网地去捉呀，好客的主人准备了酒菜，邀请嘉宾饮酒取乐，十分欢欣。

名句的故事

《毛诗正义》记载："作南有嘉鱼之诗者，言乐与贤也，当周公成王太平之时，君子之人已在位有职禄，皆有至诚笃实之心，乐与在野有贤德者，共立于朝而有之，愿俱得禄位，共相燕乐，是乐与贤也。"因为有贤明的领导者周公、周成王，所以天下有道，君子也都愿意出来做官、报效国家，这些人具备诚信笃实的性格，非常愿意与贤德人士，共同来商理国政，一起分享天下太平的喜乐。

在南宋进士赵彦肃所传奏唐朝开元时期的《风雅十二诗谱》中，包含了《鹿鸣》、《四牡》、《皇皇者华》、《鱼丽》、《南有嘉鱼》、《南山有台》、《关雎》、《葛覃》、《卷耳》、《鹊巢》、《采蘩》、《采苹》等篇章，其中部分篇章就是过去传统士大夫所谓"乡饮酒礼"的礼俗根据，而最早赋予音律的就是孔子。

《孔子家语·观乡射》记载有："笙入三终，主人又献之，间歌三终。"这个"间歌三终"就是歌《鱼丽》、《南有嘉鱼》、《南山有台》等三首。唱什么诗歌倒不是挺重要的，重点在于宴客礼节的内容是否彰显"王道"的意义，因为这些诗歌出现的背景就是在"王道显"的时候，人们才有和乐太平的生活。

历久弥新说名句

基本上，古代设宴都有一定的礼仪，并选定吟唱的诗篇以及吹奏的乐器，用来为宴客助兴，也代表上菜、上酒的程序。而宴席间吟唱赋诗在六朝也特别流行，例如"书圣"王羲之的代表作《兰亭集序》，反映了东晋时期名士文人集会赋诗时，透过"一觞一咏"、"畅叙幽情"，找寻到潇洒的生命智慧。

　　关于宴客，《红楼梦》中有一段经典描述，话说贾母开心设宴款待第一次进大观园的刘姥姥，席间气氛愉快，刘姥姥便宝似地高声说道："老刘，老刘，食量大似牛，吃一个老母猪不抬头。"这时只见"史湘云撑不住，一口饭都喷了出来；林黛玉笑岔了气，伏着桌子叫'哎哟'；宝玉早滚到贾母怀里，贾母笑得搂着宝玉叫'心肝'；王夫人笑得用手指着凤姐儿，只说不出话来；薛姨妈也撑不住，口里的茶喷了探春一裙子；探春手里的饭碗都合在迎春身上；惜春离了座位，拉着她奶母叫'揉一揉肠子'。"（《红楼梦》第四十回）曹雪芹将这个欢乐的盛宴写得真是灵活灵现！

静女其姝，俟我于城隅。
爱而不见，搔首踟蹰

名句的诞生

静女其姝[1]，俟[2]我于城隅[3]。爱[4]而不见，搔首踟蹰[5]。静女其娈[6]，贻[7]我彤管[8]。彤管有炜[9]，说怿[10]女[11]美。自牧[12]归荑[13]，洵[14]美且异。匪女[15]之为美，美人之贻。

——邶风·静女

完全读懂名句

1. 姝：音 shū，美丽。2. 俟：音 sì，等待。3. 城隅：城墙上的角楼。4. 爱：古"薆"字的假借，隐蔽。5. 踟蹰：徘徊。6. 娈：音 luán，美好的样子。7. 贻：音 yí，赠与。8. 彤管：红色长管。彤，音 tóng，红色。9. 炜：音 wěi，赤色。10. 说怿：两字同义，皆为喜悦之意。说，音 yuè，同"悦"字；怿，音 yì。11. 女：同"汝"字，此指彤管。12. 牧：郊外。13. 归荑：归，

通"馈"字，馈赠；荑，音 tí，初生的茅草。古代的男女常互赠
花草作为信物。14. 洵：真实，确实，实在的意思。15. 女：同
"汝"字，此指荑。

　　文静的女孩长得美，约我在城上角落相会。女孩故意躲藏让
人看不见，我只能抓着头在那里来回徘徊。文静的女孩长得美，
送我彤管表示情意，彤管的颜色鲜明亮丽，惹人对你爱悦不已。
从郊外赠我嫩茅草，实在漂亮又奇异，并非嫩茅草你长得好，全
因为你是美人所赠之礼。

文章背景小常识

　　此诗以男子口吻，描写他与心仪女子的约会，以及女子赠礼
订情的事。起章以"静女其姝"描绘女子的姣好面容，再以"爱
而不见"、"搔首踟蹰"勾勒女子的俏皮个性、男子的憨直模样，
将两人约会时的形貌神态，生动活现眼前。第二、三章转以女子
馈赠男子订情物为主题，男子先大力称赞心上人赠礼之美，又对
着礼物喃喃自语，说并非它真有那么美，是缘于美人所赠，礼物
才显得特别珍贵。诗人在此将礼物"拟人"，表现男子爱屋及乌
的投射情感，全诗充满趣味的情调。

名句的故事

　　《邶风·静女》中的男主人翁，在等不到心上人出现时，表

现"搔首踟蹰"的不安与心急神色，已成古今痴心汉的经典形象。然观读李陵《与苏武诗》中的"良时不再至，离别在须臾。屏营衢路侧，执手野踟蹰"，这里的"踟蹰"却展现一种人生无法选择的悲壮之情。李陵是汉朝名将李广的孙子，武帝天汉二年（公元前99年）出征匈奴，率领五千士兵，遇上十万匈奴大军，他虽奋勇作战，根本不敌匈奴，被掳的李陵选择投降，武帝对他未以死保节，相当不谅解。汉朝使节苏武，正好在李陵投降前一年出使匈奴，当时单于胁迫苏武投降匈奴，他宁死不屈，被强留在北海19年，直到汉昭帝时与匈奴和亲，苏武才得以返国。李陵与苏武的理念不同，但两人时常往来，一直是好友关系。等到苏武要光荣返回汉土，李陵心中自是百感交集，他的"踟蹰"，含有对好友的不舍、对先帝汉武帝的不满，以及对自己落在蛮荒异地、生根为家的复杂心情。

三国时魏国曹植在《赠白马王彪》中写："欲还绝无蹊，揽辔止踟蹰。踟蹰亦何留？相思无终极。"曹植因不忍与异母弟白马王曹彪道别，他揽着辔绳裹足不前，接着又问自己为何留恋不走？相思本是无法停止的呀！"踟蹰"两字蝉联在诗句中，是上递下接的"顶针"法，表现内心激动情感，增添曲折紧凑。曹植作此诗有其背后来由，在魏文帝黄初四年（公元223年），曹植的兄长曹丕已称帝三年，但他一直疑心、妒嫉弟弟们的才能，亲弟曹彰已在洛阳被他毒死，曹植、曹彪正准备返回封地，他又命令监国使者不准两人同路而行。曹植有感自此一别，将难再见，愤而写下这篇五言长诗，表达对兄弟相残、人生无常，以及后会无期的层层悲恸。

历久弥新说名句

除《邶风·静女》中"贻我彤管"、"自牧归荑",描写女子赠心上人彤管荑草,象征示爱之外,在其他诗篇也有类似情节,如《陈风·东门之枌》的"视尔如荍,贻我握椒",女子以花椒表意,愿与对方结成良缘,并为其生养子女。又如《卫风·木瓜》中"投我以木瓜,报之以琼琚",女子借由投掷木瓜的动作,吸引心仪男子的目光,而对方也有所响应,回赠佩玉,表示彼此中意。至于《郑风·溱洧》的"伊其相谑,赠之以勺药",则是女子用一脸灿烂的笑意挑逗男子,她还送上勺药草,主动求爱。以上随处可见的花草果实,都被先民女子拈来作为爱情信物,从中可感受她们追求爱情的勇气。

南宋词人朱淑真《生查子·元夕》(一说为欧阳修作)上片的"去年元夜时,花市灯如昼。月上柳梢头,人约黄昏后",这是词人回想去年与情人相约赏花灯,两人当时甜蜜恩爱,犹比花灯之美。其中"月上柳梢头,人约黄昏后"可与"静女其姝,俟我于城隅"媲美,皆为描写男女约会的千古佳句。

之死矢靡它

名句的诞生

泛[1] 彼柏舟，在彼中河[2]。髧[3] 彼两髦[4]，实维我仪[5]，之[6] 死矢[7] 靡它[8]。母也天只[9]！不谅[10]人只！

——鄘风·柏舟

完全读懂名句

1. 泛：飘浮的状态。2. 中河："河中"的倒装。3. 髧：音 dàn，头发垂下来的样子。4. 髦：音 máo，古代男子未成年时，前额垂发至眉，后面则梳成两绺。5. 仪：匹配，心仪。6. 之：通"至"。7. 矢：发誓。8. 靡它：指除此之外，别无他心。9. 母也天只：如同呼喊"母啊、天啊"。10. 谅：体谅，谅解。

飘荡的柏木小舟，就在河的中央。那个垂发在两边的男子，才是我心仪的对象，我发誓至死都不会变心的。母亲啊！上天啊！为何不能谅解我！

文章背景小常识

　　《鄘风·柏舟》是一首描写女子对抗父母之命、追求婚姻自主的故事。《诗序》解释诗中女子是共姜，她嫁给了卫国太子共伯，夫妻两人鹣鲽情深，共伯不幸早死，共姜立志为夫守节，不再改嫁。然而父母不懂她的想法，强令她另配他人，共姜坚决不肯，写下这首诗宣誓决心！文中言"母也天只"可看做是对亲情的呼唤，希望能获得父母的谅解。

　　就此诠释，"泛彼柏舟，在彼河中"，仿佛诉说着丈夫过世后，生活失去了倚仗，只能随波逐流，意涵着对丈夫深刻的思念。从《柏舟》既深情又坚决的措词中，不难体会到共姜对丈夫无限的爱恋与不事二夫的决心，后世便将寡妇守节的坚贞比喻为"柏舟之节"。也因"柏舟"的典故，后世称丧夫之痛为"柏舟之痛"。

名句的故事

　　儒家教化与礼教规范的深根，强化了女性贞节观，同时也成为羁绊女性的沉重枷锁。对于女性守贞的要求，到宋朝理学兴起后更是严格，有鉴于唐代社会风气较为开放，宋代理学大师们从家庭伦理秩序的规范下手，试图改善当时"不良"风气，其中女性的贞节观即是重点之一。从道学家程颐的一句"饿死事小、失节事大"，到将"一女不事二夫"的守贞上比为"忠臣不事二君"，获得政府大力的支持。

明朝以后，演变更为激烈与僵化。明太祖为表彰贞节妇女的烈举，不仅"旌表门闾"，也给予这些人家赋税徭役的优惠，因此使得社会风气与现实利益挂钩。对于当时社会鼓吹寡妇守贞的现象，也出现了批评与嘲讽，例如有："闽风生女半不举，长大期之作烈女。婿死无端女亦亡，鸩酒在尊绳在梁。女儿贪生奈逼迫，断肠幽怨填胸臆。族人欢笑女儿死，请旌籍以传姓氏。三丈华表朝树门，夜闻新鬼求返魂。"此诗道出节妇贞女背后不为人知的辛酸历程，所谓为贞为节来殉命，家族沉重的压力与贪求盛名才是主因。

不仅已婚、成年女性须严守礼教，甚至连童稚的女孩也要谨遵男女之防。明朝曾发生一则"海瑞杀女"的故事。海瑞是明朝的大臣，以清廉直谏著称。海瑞某天回家看到五岁的小女儿正在吃点心，随口就问说谁给的饼，女儿回答是男仆给的，海瑞听了之后相当生气，一个小女孩怎么可以从男人手中拿过东西？于是怒骂女儿说她不配当自己的女儿，女儿惊吓不已，不吃不喝绝食了七天而丧命。

历久弥新说名句

唐代诗人孟郊曾以《烈女操》来表达其对妇女殉夫的看法，诗云："梧桐相待老，鸳鸯会双死；贞妇贵殉夫，舍生亦如此。波澜誓不起，妾心井中水。"梧桐相依、鸳鸯交颈，都是常用来形容夫妻感情鹣鲽比翼、琴瑟和鸣。诗文中流露出男性对妻子守贞的期待，最好是舍身殉夫，不能的话也要心如止水，为不幸死去的丈夫守一辈子的寡。在梧桐、鸳鸯的意象下，诗词的隐喻包装的却是埋葬女性意志其或性命的父权思想。

翻阅台湾通史或台湾方志，被列入记载的女性相当少，而且都集中于德性、孝行受旌赏才被收入，其中又大略可以区分为"贞女"、"烈女"、"节孝妇"、"节烈妇"等。相关记载中最常出现的就是"守柏舟之志"、"矢志柏舟"、"矢志靡它"等词汇，其至也引用共姜的典故称"共姜苦誓柏舟"，都是用来形容这些女性的贞烈。

此外，澎湖南方有座"七美岛"，岛上有七美人冢，传说七位女子在明初倭寇入侵时，因不甘受辱相偕投井殉节，事后乡人以井造坟，表彰她们贞烈的节操。七美岛又称"寡妇岛"，因为该处地形仿佛一位女性平躺貌的礁石，传说是妇人等待丈夫打鱼久未归来，于是化做礁石守候着海洋与夫婿。今天当我们游览这名称浪漫的岛屿，揣想贞女节妇"之死矢靡它"的坚决意志，碧海蓝天的景致似乎也染上一抹心酸的颜色……

巧笑倩兮，美目盼兮

名句的诞生

手如柔荑[1]，肤如凝脂[2]，领[3] 如蝤蛴[4]，齿如瓠犀[5]，螓[6] 首蛾眉[7]，巧笑倩[8] 兮，美目盼[9] 兮。

——卫风·硕人

完全读懂名句

1. 柔荑：荑，音 tí，初生的茅芽，色白且柔嫩，用以比喻女子的手细白柔美。2. 凝脂：凝固的油脂，多用来形容皮肤如油脂般光滑柔白 3. 领：颈。4. 蝤蛴：音 qiú qí，天牛的幼虫，身长而色白。5. 瓠犀：瓠瓜的种子。瓠，hù。6. 螓：音 qín，一种小蝉，其额广阔。7. 蛾眉：像蛾的触须细长而弯的眉毛。8. 倩：美好。9. 盼：眼睛黑白分明。

纤纤玉手像初生的茅芽，细白柔嫩；皮肤就像凝结的油脂那般的光滑；颈子白皙修长，好似一条蝤蛴；牙齿就像瓠瓜种子似的整齐；额头宽阔，长长的眉毛细细弯弯；笑起来双颊妩媚真好看，一双眼睛黑白分明。

文章背景小常识

这是一段描写美女的经典语句，诗人眼中的模特儿名唤庄姜。庄姜是春秋时代齐庄公的女儿、卫庄公的大老婆。这首《硕人》就是在传颂庄姜出嫁时，她是如何的美丽、身份如何的尊贵、婚礼排场如何盛大的一首诗。

《左传》记载："卫庄公娶于齐东宫得臣之妹，曰庄姜，美而无子，卫人所为赋《硕人》也。"庄姜是齐国东宫太子得臣的亲妹妹，之所以要特别点出她与齐国太子的关系，正表示庄姜与太子（未来的国君）是同一个母亲所生，她不是庶出，其身份之尊贵即在此。《史记·卫康叔世家》也有云："庄公五年，娶齐女为夫人，好而无子。"卫庄公五年也就是公元前753年，换句话说，这段文字描写的是距今约2700年前的美女。据历史记载，这位美女虽然很美，但却没有生小孩，这在古代"母以子贵"的社会里，是非同小可的事情，这意味着庄姜无法当上国君的母亲，无法享有至高无上的权力。也因为庄姜"美而无子"，所以后来卫庄公又娶了陈国的厉妫和戴妫两姊妹，戴妫生的小孩也就是后来的桓公，庄姜视他为己出。

关于庄姜的故事，流传下来的便只有她嫁给卫庄公和她将卫桓公视为己出的这两段。除了因为丈夫和小孩的原故，过去的女性很少有机会在历史留名，因此庄姜称得上是位"幸运"的美女，由于身份的尊贵、出众的容貌而有机会被传颂，直至世世代代。

名句的故事

"巧笑倩兮，美目盼兮。"这句话在先秦时代大概就已经是众人朗朗上口的流行语了。《论语·八佾》中记载："子夏问曰：'巧笑倩兮，美目盼兮，素以为绚兮。'何谓也？""素以为绚兮"中的"素"就是所谓的"素颜"，指的是不化妆的肤质；而"绚"也就是"上妆"的意思。子夏不明白这句话的意思，向孔子请教。孔子说："绘事后素。"解释要在培养良好的绘画环境之后，才能谈绘画的事情。想必现代爱美的女性们都能理解并赞同这句话，因为没有良好的肤质，再多的彩妆也掩饰不住岁月的痕迹。

"素以为绚兮"，这句并不在我们今天所见到的《诗经》里，可能是当时其他诗中的语句。因为《诗经》时代精彩的佳句，流传各地，常常为其他诗所采用。子夏听了孔子的解释后，马上举一反三说："礼后乎？"孔子在《论语·雍也》曾经说过："质胜文则野，文胜质则史，文质彬彬，然后君子。"本质与外在的礼仪是不能偏废的，但若真要分个先后，本质还是比较重要，徒有外在的礼节，却不是真诚发自内心的话，那不过是个"伪君子"罢了。孔子非常高兴子夏的"闻一知二"，因此称赞子夏说："起予者商也！始可与言诗已矣！"孔子表示："能够给我启发的就是子夏啊！可以开始跟他讨论《诗》了！"

由此可见，现代女性保养皮肤的准则若延伸到修身养性上，也是放诸四海皆准的。

历久弥新说名句

有人说，如果问一百个人什么样的女子称得上美女，将会得到一百零一个答案。这代表"美"这件事是相当主观的，每个人的看法都不一样。而且"美"还有时代及地域的差异，不同时代及不同地方的人，对美的定义往往也大相径庭。

关于《诗经》时代的美女，《硕人》开宗明义便说"硕人其颀"，"硕人"就是我们所说的"美女"，"颀"是修长高大的意思，当时美女的身材一定要高大健壮才行。今天如果我们用"硕人"去称赞女生的话，肯定会招来白眼，因为现代女性最怕跟"壮"、"硕"这些"胖"的近义词发生关系。不过在古罗马时代，标准的美女可是腰臀肥硕、胸部丰满的。古罗马人最怕的就是变瘦，一旦消瘦就会引来旁人"关爱"的眼神，是否生病了？还是生活穷困、情绪郁闷？因此古罗马人心目中的美女要有圆滚丰腴的体态，一如中国的唐朝，每个唐代的仕女俑一律都是大圆脸及双下巴。

正因为"美"是如此的主观又经常因时因地制宜，所以中国文学中很少像诗经《硕人》篇这样详细且具体地描绘美女的五官，反而常用一种朦胧的感受或透过旁人的反应来衬托出女性之美。例如宋玉在《好色赋》中提到邻家爱慕他的美女是："增之一分则太长，减之一分则太短，着粉则太白，施朱则太赤。"完全是"以虚写实"的手法。汉乐府《陌上桑》那位罗敷美女的美是这样的："行者见罗敷，下担捋髭须；少年见罗敷，脱帽着峭头。耕者忘其犁，锄者忘其锄。来归相怨怒，但坐观罗敷。"这些文字宛如一段生动的短片！观众完全看不见罗敷的容貌，但是透过这些过路人的双眼与痴醉行径，我们早已被美女的耀眼光芒给迷得神魂颠倒了！

东汉崔骃《七依》对于美女是这样形容的："回顾百万，一笑千金。振飞縠以长舞袖，袅细腰以务抑扬。当此之时，孔子倾于阿谷，柳下忽而更婚，老聃遗其虚静，扬雄失其太玄。""回顾百万，一笑千金"两句是有点俗气，不过"孔子倾于阿谷，柳下忽而更婚，老聃遗其虚静，扬雄失其太玄"，称得上是极尽夸张的经典四句，如果连古往今来的圣贤都不能自持，这位美女可真是给人无限的遐想空间啊！

青青子衿，悠悠我心

名句的诞生

青青子衿[1]，悠悠我心。纵我不往，子宁[2]不嗣[3]音？青青子佩[4]，悠悠我思。纵我不往，子宁不来？挑兮达兮[5]，在城阙兮。一日不见，如三月兮！

——郑风·子衿

完全读懂名句

1. 衿：即"襟"，衣服的交领。2. 宁：何的意思。3. 嗣：遗留，给予。4. 佩：这里指贯穿佩玉的丝带。5. 挑兮达兮：独自往来的样子。

那青色衣襟的人啊，教我思念在心里。纵然我不去找你，你难道就不会捎个音讯给我吗？那位系着青色佩玉带的人啊，我在心中思念你！纵然我不去找你，你难道就不能过来一趟吗？在城墙上徘徊往来，真希望能见上一面。一天不见，就像过了三个月那么久！

文章背景小常识

这篇《子衿》短短的 49 个字，没有具体交代前后内容，可是"言有尽而意无穷"，历代对于这首诗有几个不同的解释。

《诗序》指青衿是周代学子的服装，所以认为这篇的主旨，是在讽刺学校的不修。清代姚际恒怀疑是思友的作品。当然，寄一段"纵我不往，子宁不嗣音"给好朋友是蛮不错的，但是思念朋友需要到城阙上去"挑兮达兮"吗？朱熹因着"挑兮达兮，在城阙兮"而认定《子衿》是"淫奔之词"，这又未免言重了，但多少洞察诗中的讯息。

其实就诗的文辞来看，不难读出《子衿》是一首先秦时代古老的情歌。《礼记·深衣》解释说："具父母，衣纯以青；如孤子，衣纯以素。"《注》："纯，衣之缘也。"也就是说古代父母健在的人，衣领到胸前相交的衣襟是青色的，所以青衿不一定是学生的服装，而是父母健在男子的服装，因此这首《子衿》很显然是少女思念男友的作品。

名句的故事

现代我们还常用"一日不见，如隔三秋"来表达相思之苦，这样的譬喻在诗经时代就已经是很流行的说法了。《子衿》的

"一日不见，如三月兮"还略有些儿含蓄，试看《王风·采葛》中的主人翁是如何思念情人的："彼采葛兮，一日不见，如三月兮。彼采萧兮，一日不见，如三秋兮。彼采艾兮，一日不见，如三岁兮。"这里的三秋指的是三季。从"一日不见，如三月兮"，层层递进直到"一日不见，如三岁兮"，虽然是夸张的手法，其实也有一点"科学"的根据在其中。有一则关于"相对论"的笑话是："炎炎夏日，坐在一个火炉前度日如年，但如果坐在一个美女身边那就度时如秒。"林清玄《在苍茫中点灯》一书中也举了一个好玩的例子："体重五十公斤的女朋友和一包五十公斤的水泥，理论上一样重，抱起来重量却差很多。因为感觉是有重量的。"其实未必真的是感觉有重量，而是感觉因着不同的事物而有差别，"一日不见，如三秋兮"就是这个概念的有力证明。

历久弥新说名句

"青青子衿，悠悠我心"，虽然是出自《诗经》，不过也许有更多人是从曹操的《短歌行》中认识此名句的。

《短歌行》是曹操在赤壁之战前写下的，当时曹操已经平定北方，也攻下刘表的荆州，在《让县自明本志令》中，他称自己"身为宰相，人臣之贵已极，意望已过矣"。既然如此，为何他在《短歌行》中又有"对酒当歌，人生几何？譬如朝露，去日苦多"的感慨，以及难忘的"忧思"呢？随后他也就公布了答案："青青子衿，悠悠我心。但为君故，沉吟至今。呦呦鹿鸣，食野之苹。我有嘉宾，鼓瑟吹笙。"这里的"青青子衿"指的就是贤才。"青青子衿，悠悠我心"此处表示曹操求才若渴的心情。也有人说这里的"青青子衿"指的就是孙权。在赤壁之战前，曹操已经"三分天下有其二"，只有孙权尚未平定，因此他写这首《短歌行》是想向孙权招降，所以"但为君故，沉吟至今"。不过后来的历史告诉我们，曹操《短歌行》的意图并没有达成，在赤壁之战中，孙权和刘备携手合作，让曹操吃了个败仗，也形成三国鼎立的局面。

现在用"青青子衿"一词多半是借指学生，不过回到《诗经》，这位青青子衿可是一位少女渴慕的对象呢！这首《子衿》的意境与闽南语经典歌曲《望春风》恰有异曲同工之妙："独夜无伴守灯下／清风对面吹／十七八岁未出嫁／想到少年家。"这两首情歌虽然相隔两千多年，但都有所谓"乐而不淫，哀而不伤"的本色，表现出少女率真无邪的心思，这也就是为什么《诗经》在现代读来依然是津津有味，教人心生共鸣，因为人类的真实感情是不会随着物质文明而改变的。

宜言饮酒，与子偕老。
琴瑟在御，莫不静好

名句的诞生

弋[1]言[2]加[3]之，与子宜[4]之。宜言饮酒，与子偕老。琴瑟[5]在御[6]，莫不静好[7]。

——郑风·女曰鸡鸣

完全读懂名句

1. 弋：音 yì，以绳系在箭尾来射鸟。2. 言：此作语助词。
3. 加：射中。4. 宜：菜肴，这里作动词用，即做菜、烹煮之意。
5. 琴瑟：琴、瑟皆为古代弦乐器名；琴设五或七弦，瑟设二十五弦。6. 御：用，指弹奏。7. 静好：和睦美好的意思。

射中了猎物，就拿来为你烹煮做菜。一起吃着菜肴，相对举杯饮酒，与你做伴白头到老。弹奏琴瑟的乐音悠扬，一切是那样的和谐美好。

文章背景小常识

此为男女相悦之诗。描写丈夫打猎，将猎物带回家给妻子烹煮，然后一同享受佳肴，相对酌饮，浓情蜜意尽在这顿两人共同努力得来的美食中。诗文将夫妻之间的融洽默契，借由家常生活细节，朴实自然地描绘出来。

名句的故事

《礼记·曲礼下》提到"士无故不彻琴瑟"，意指琴瑟是士大夫日常修养的必备工具。《荀子·乐论》可说是一篇相当早以乐器为主题的说理论文，其中"君子以钟鼓道志，以琴瑟乐心"，肯定钟鼓琴瑟之乐，都具有调和人生理、心理与伦理的功能。不过，以上的士或君子都是指周朝贵族、士大夫阶层的人，在当时隶属平民阶级的普通百姓，还难以接近这类音乐。

《左传·昭公元年》（公元前541年），记录一段将修养君子心性的琴瑟乐音比做女色的史事。时年，晋平公久病不愈，于是向秦国求医，秦景公派一名叫医和的大夫前往诊治，医和看了晋平公的症状，发现病因实因喜好女色所引起。晋平公大惑不解，亲近女色怎么会病得如此严重？医和便告诉他："君子之近琴瑟，以仪节也，非以慆心也。"因为晋平公平时非常喜爱音乐，秦国大夫医和投其所好，借用琴瑟之音比喻女色，意思是说，君子接近女色，必须有所节制，不可放纵任凭喜悦之心。等医和走出晋平公的病榻外，晋国大夫赵孟直称他是位良医，还赠送他许多贵重礼物返回秦国。

琴瑟除了本意指乐器、乐音之外，也象征男女情感和谐融洽，如《郑风·女曰鸡鸣》的"琴瑟在御，莫不静好"，即是借琴瑟形容夫妻生活的美满。当然，很少人有秦国大夫医和那样敏捷的头脑，面对淫乱成疾的晋平公，竟可联想到以"近琴瑟"与沉迷女色互作比喻，好让患者不会因自身行为感到尴尬刺耳，可见医和不但医术了得，还善于拿捏说话的艺术！

历久弥新说名句

琴瑟除指男女、夫妻情意和谐之外，也有人寓意在同性友人的情谊上，例如初唐诗人陈子昂的五言律诗《春夜别友人》，颔联写道："离堂思琴瑟，别路绕山川。"这里便是以琴瑟之音，表示友人之间的深厚情感，也突显出离别的不舍之情。陈子昂可说是唐诗的一大改革者，他极力反对魏晋的绮靡之风，主张恢复《诗经》的风雅传统，以及赋比兴的作法。此诗约作于武则天光宅元年（公元684年），年方二十四的陈子昂，准备离开四川射洪的家乡，远赴河南洛阳，希望谋求一番发展。临行前友人设宴为他送行，诗人为酬答友人的一片心意，席间有感而发，写下了这首赠别友人的诗作。

　　比陈子昂年代稍晚的诗人李白，其乐府古诗《长相思》的前四句为："日色欲尽花含烟，月明如素愁不眠。赵瑟初停凤凰柱，蜀琴欲奏鸳鸯弦。"这是李白仿女子口吻写下的闺情诗，描述女子对丈夫昼夜思念，她在夜晚愁不能寐，借琴瑟传情以排遣寄托。诗中的"赵瑟"、"蜀琴"直指女子地理位置所在，"凤凰柱"、"鸳鸯弦"意味着琴瑟的质感贵重，也衬托出主人的高雅气质。全诗描写女子在月光下拨动相思琴弦，抒发无处宣泄的愁绪，不只是乐音，她的愁思也一样绵长，贴切符合名为"长相思"的诗题。

　　后人认为这首诗是李白在外思念妻子所作，唐玄宗开元十五年（公元727年）李白与故相许圉师的孙女结婚，夫妻感情十分恩爱。之后李白长年居住外地，两人因而聚少离多，李白将思妻情绪以"代言体"写出，一方面想象妻子对自己的惦记，另一方面也把自己对妻子的情意挹注其中。

言念君子，温其如玉。
在其板屋，乱我心曲

名句的诞生

小戎[1] 俴收[2]，五楘[3] 梁辀[4]。游环[5] 胁驱[6]，阴靷[7] 鋈续[8]。文茵[9] 畅毂[10]，驾我骐馵[11]。言念君子，温其如玉。在其板屋[12]，乱我心曲。

——秦风·小戎

完全读懂名句

1. 小戎：轻巧的兵车。2. 俴收：车子两头的横木收紧来，车子里面可以放东西的地方变得很小，这里是用来形容车子的轻巧灵便。俴，同"浅"。3. 五楘：五色花纹的皮革。4. 梁辀：古代车上用来驾马的曲辕，突出于车前，形状类似屋梁。辀，音zhōu。5. 游环：就是靷环，系在车轴上，拉车前进的皮带。6. 胁驱：是拉马用的两条皮带。7. 阴靷：就是车子靠手前面的挡板。8. 鋈续：以白铜制作的环扣。鋈，音 wù，白铜。9. 文茵：有花纹的坐垫。茵，车上的坐垫。10. 畅毂：长车毂。畅，长的意思；毂，音 gǔ，车轮中心的圆木。11. 骐驈：骐是青黑色的马；驈，音 zhù，左后脚白色的马。12. 板屋：以板为屋，西戎的风俗。

轻巧的兵车无法放很多物品，五色花纹的皮带绑在驾马的曲辕上。两条皮带固定在车杠上，让车杠内外的马不会乱跑。兵车的靠手板前穿着两条有白金作成装饰的皮带，兵车里面有花纹的坐垫，外有长长的车毂。拉着车的是一匹黑马，还有一匹左后脚白色的马。想起我的丈夫，性情像美玉一样温和，远在西戎的板屋中，想起他叫我心乱如麻！

文章背景小常识

"秦风"是春秋时期秦国地区的民歌。根据《史记·秦本纪》记载，秦的祖先相传是五帝之一的颛顼的后代孙女女修。有一天，女修在织布的时候，一只鸟飞过，掉下了一颗蛋，女修捡起蛋吃下，居然怀孕生下大业。大业娶了少典氏而生下伯益。相传伯益五岁开始便协助大禹治水，并帮当时的君王舜驯养马匹。舜认为伯益辅佐有功，就赐他嬴姓，以及黑色的旌旗飘带。伯益就是古代嬴姓的祖先。

后来西周建国时，发生了"武庚之乱"，一些嬴姓氏族参与叛乱，被驱赶到西方的黄土高原。一直到周孝王时，面对犬戎强大的威胁，非常需要马匹，周孝王便让当时嬴姓的首领非子负责养马。由于非子养马有功，周孝王便将非子的异母弟弟嬴成，封于秦，号称"秦嬴"，是周朝的"附庸"，意即还没有资格向周天子直接进贡，仍称不上是一个诸侯的封国。

"秦嬴"一直传到秦仲，因帮助周室诛杀外敌西戎而死，秦仲的儿子庄公和兄弟讨伐西戎也有功勋，因此周天子封秦仲的后代为"西垂大夫"。后来犬戎大破镐京、诛杀周幽王，秦襄公便派兵护送周平王到雒邑，因而被周平王封为诸侯，秦国就正式成为西方的诸侯国。

名句的故事

《诗序》记载："《小戎》，美襄公也。备其兵甲以讨西戎，西戎方强而征伐不休。国人则矜其车甲，妇人能闵其君子焉。"这里认为《小戎》是在赞美秦襄公。秦襄公在周室有难之际，出兵攻打西戎，解救周室之危。

此外，这也是一首思念之诗，女子思念上战场的男子。全篇共三章，每章前六句都对车马兵械有非常详尽的描述，从车毂、皮绳、坐垫、马匹等等，诗人如数家珍，让我们仿佛亲临现场细细打量。然而到了每章后四句，才赫然发现原来这只是借物赞人，女主人公拐了个大弯表达她"心慌意乱"的思念啊！有评论家认为《小戎》的特色就是"阴晴各异"，刚柔并济。

历久弥新说名句

玉以其质地坚韧、温和，博取世人青睐，并与君子相比拟，拥有深度的文化价值。所谓"君子比德于玉"（《礼记·聘礼》），"君子无故，玉不离身"（《礼记·玉藻》），连孔子也一口气道出玉的仁、义、礼、智等 11 项美德："温润而泽，仁也；缜密以栗，知也；廉而不刿，义也；垂之如坠，礼也；叩之，其声清越以长，其终诎然，乐也；瑕不掩瑜，瑜不掩瑕，忠也；孚尹旁达，信也；气如白虹，天也；精神见于山川，地也；圭璋特达，德也；天下莫不贵者，道也。诗云：'言念君子，温其如玉。'故君子贵之也。"（《礼记·聘礼》）无怪乎，君子要"守身如玉"，才称得上是真君子也！

春秋战国时期最知名的"玉"，就是那块"完璧归赵"的"和氏璧"。秦昭襄王一听到和氏璧，便愿意以 15 座城池的代价与赵惠文王交换。秦始皇灭掉赵国后，便将和氏璧作为传国的玉玺，在上面刻下"受命于天，既寿永昌"八个字。汉朝王莽篡位之前，也没忘记逼汉室交出这块玉玺。据说，最后一个拥有和氏璧的君王是五代后唐的李从珂，他却和这块玉一起自焚了，之后和氏璧就下落不明。明朝的朱元璋曾表示最遗憾的就是，缺了一块可以传国的玉玺，指的就是和氏璧。

《红楼梦》中的贾宝玉一生下来口中便衔了一块"通灵宝玉"，相传女娲炼石补天时遗留下来，凝聚了天地精华，它就像是贾宝玉的另一个"我"，也代表着他所受到的万千宠爱。当贾宝玉摔玉时，贾母的第一个反应是，什么都可以摔，就是不可以摔这个玉，但贾宝玉对它却是用"劳什子"来形容。贾宝玉与林黛玉的爱情、与薛宝钗的婚姻、他的平安祸福，都与这块玉息息相关，是贯穿全书的重要象征。

中国人对玉的崇尚，可从对它所赋予的思想、语言更深入地剖析。例如称皇族后裔或尊贵的人为"金枝玉叶"；必须确实信守的法条叫做"金科玉律"；先把自己的想法表达出来，以导引出他人的高论，就叫做"抛砖引玉"；而比喻一个人表里不一、虚有其表就是"金玉其外，败絮其中"。最后希望大家能效法古人对于"玉"的文化精神的追求，作为行为道德的典范，也就不枉费古人的"金玉良言"了。

岂曰无衣？ 与子同袍

名句的诞生

岂曰无衣？与子同袍[1]。王于兴师[2]，修我戈矛[3]，与子同仇[4]！

——秦风·无衣

完全读懂名句

1. 袍：宽大而夹层中有棉絮的外衣，指战袍，行军时白天为衣，夜晚当被。2. 兴师：出兵。3. 戈矛：都是长柄的兵器。4. 同仇：同伴。仇，通雠，伴侣。

怎么说没有衣服？我们大家同穿一件战袍。天子要出兵征伐，磨好我的戈和矛，我和你同伴出征！

文章背景小常识

关于《无衣》的故事，有一说认为是关于秦庄公伐西戎的事情。根据《史记·秦本纪》记载，周宣王即位之后，封秦仲为大夫，派他去征讨西戎，没想到秦仲却死于敌人之手。秦仲有五个儿子，周宣王乃召集他们，并派给七千个兵士，出征西戎，终于一雪前耻。

另一个说法是来自《吴越春秋》。楚国大夫伍子胥和他的父兄，都在楚国出仕。没想到楚王听信谗言，杀了他的父兄，他便决定逃往吴国。出亡之前，他对同僚申包胥说："我一定要消灭楚国报仇。"申包胥却回答他："你能灭亡楚国，我就有办法让它复兴。"

公元前506年，伍子胥果然带领吴国的军队，攻入楚国的郢都，楚昭王匆匆出逃，申包胥则赶到秦国去求救兵。当时的秦桓公不肯出兵救楚，申包胥就在秦国的宫廷上痛哭了七天七夜，滴水未进。秦桓公对此大为感动，认为楚国有这样的忠臣，还不至于灭亡，因此"为赋无衣之诗"，发兵救楚。

《无衣》是一首军歌，表现秦国壮士们同仇敌忾的精神。诗人说，既然要出兵，身为秦国的军人应该不计较眼前的困境，先把武器准备好、团结起来，才能打胜仗。

名句的故事

北周左光禄大夫乐逊在周武成元年时上疏，其中一项是"禁奢侈"。乐逊称赞汉明帝的马皇后，虽然贵为皇后，却不穿绫罗绸缎而穿一般的绢服；鲁国的季孙氏历经三任国君，妻妾仍旧衣着俭朴，所以能够鼓励善良习俗。接着，乐逊才开始深入"禁奢侈"的重点。他认为军队举足轻重，国家一旦行有余力，切忌骄奢，务必要记得犒赏将士。他先举出："鲁庄公有云：'衣食所安，不敢爱也，必以分人。'"接着又说："《诗经》：'岂曰无衣？与子同袍。'皆所以取人力也。"（《周书·乐逊列传》）这一番话就是要提醒皇帝，军备人力之于时局的重要性，要能与士兵同甘共苦，不耽于享乐，国家才能强盛。

历久弥新说名句

在《三国演义》第二十五回中提到，关羽迫不得已向曹操投降，而曹操对他是礼遇有加。一天，曹操看见关羽所穿的绿锦战袍已经旧了，便送他一件新的。只是关羽把曹操给的新战袍穿在里面，外衣仍旧还是原来的绿锦战袍。曹操感到不解，便笑问："云长为何如此节俭呀？"关羽回答："我不是节俭，旧袍是大哥刘玄德所赠，穿着它就像看到大哥一样；我不敢因为有了丞相的新战袍，就忘了大哥的旧袍啊！"从这"与子同'旧'袍"的举动中，可见关羽的侠义之气与念旧之心。曹操听了，嘴巴虽然称赞，心中却是非常的不高兴。

有美一人，清扬婉兮。
邂逅相遇，适我愿兮

名句的诞生

野有蔓[1]草，零[2]露溥[3]兮。有美一人，清扬[4]婉[5]兮。邂逅[6]相遇，适我愿兮。野有蔓草，零露瀼瀼[7]。有美一人，婉如清扬。邂逅相遇，与子偕臧[8]。

——郑风·野有蔓草

完全读懂名句

1. 蔓草：蔓延之草。2. 零：降，落。3. 溥：音 tuán，此指露珠圆润。4. 清扬：眉目清秀。5. 婉：美也。6. 邂逅：不期而遇。7. 瀼：音 ráng，露水很多的样子。8. 臧：音 zāng，善的意思。

田野间蔓生一片青草，落下圆润的露珠。有一美丽的女子，长得是眉目清秀、妩媚动人。我们不期相遇，她很合我的心意。田野间蔓生一片青草，落下浓密盛茂的露珠。有一美丽的女子，长得是妩媚动人、眉目清秀。我们不期相遇，两人甜蜜地在一起。

文章背景小常识

　　此篇与《召南·野有死麕》的情节相似，描写男子向看中意的女子求爱，之后得到女子认同，两人情投意合的自由结合。全诗共两章，第一章写男子在蔓生的草丛间，偶遇一女子，惊艳她美丽的容貌，立刻认定是心目中的理想对象。第二章的地点同样在丛生的蔓草里，男子与心仪的美丽女子，已经愉快地在一起！

　　《野有蔓草》中提到蔓草上生有露水，东汉经学家郑玄解释："蔓草而有露，谓仲春之时，草始生霜为露也。周礼仲春之月，令会男女之无夫家者。"表示此诗与《召南·摽有梅》时序一样，都在仲春二月，又称"媒月"，在《周礼·地官·媒氏》中也提到"中春之月，令会男女，于是时也，奔者不禁"，也就是在这一个月内，所有未婚男女在法律的允许下，可以大胆地自由求爱，结成夫妻，不受一般婚嫁礼俗的约束与规范。

名句的故事

　　西汉时期的文学家刘向，在其《说苑·尊贤》中记载一则故事。话说孔子到郯国时，路上不期而遇一位名为程子的贤士，两人在座车上聊了一整天，相谈甚欢。道别之际，孔子吩咐学生子路，拿束帛送给程子，作为两人交情的礼物。子路心中不愿，故意不回应老师，隔了一会儿，孔子再次吩咐子路。此时，子路不以为然的回答孔子："由闻之，上不中而见，女无媒而嫁，君子不行也。"子路根据他所知晓的道理，两位贤士若没有第三者居中介绍而相识，女子若没有媒人前来说亲而婚嫁，这都是君子不会做的事情。也就是说，孔子与程子并没有透过其他人介绍认识，但孔子却坚持送礼给程子，子路认为这是不符合礼的行为。

孔子见子路这番顶撞，即将《郑风·野有蔓草》首章六句念给子路听，并告诉子路，程子是当今天下贤士，若今日不能赠程子礼物，恐怕往后就没有机会再见面了。

《野有蔓草》本是描写男子在路上，不期而遇一位美女，惊为天人，立即展开他爱的告白，孔子透过这首求爱诗，强调他与程子之间偶然相遇的那份欣喜机缘，彼此没有中间人介绍，虽有违礼教规定，然而经过权衡，孔子认为自己的踰矩是不得已的。正如《野有蔓草》的男女，在仲春之月自由相会，也是在礼教之外开放给未婚男女的年度集会，不受传统聘媒礼俗的局限，借以鼓励他们及时婚嫁。孔子注重礼，也教人守礼，但遇到特殊情况时，他则主张不应拘泥于礼。可见这位一代圣哲对礼的诠释与实践，绝非墨守成规，或是冥顽不知变通，而是有其圆融开明的作风！

历久弥新说名句

西汉刘向编汇《楚辞》，其中《九歌》相传是战国楚人屈原根据楚地巫（女祭者）与觋（男祭者）的祀神乐曲改编而成，是一组祭神歌，共有十一篇，每篇分别对不同天神祭祀歌舞，最后一篇为整套祭典的尾声。其中第六篇《少司命》有一段为："满堂兮美人，忽独与余兮目成。入不言兮出不辞，乘回风兮载云旗。悲莫悲兮生别离，乐莫乐兮新相知。"大意是，满屋子貌美的人，你却独与我眉目传情，进来不说话，也不道别便乘风载云而去。人生最可悲的莫过生死离别，最快乐的莫过新识你这位知音。"美人"是指祭者，和这貌美祭者传情意的则是祭典上的主角——少司命。

少司命是主宰人的命运之神，掌管人间子嗣，祂到底是男神或女神，一直众说纷纭。不过在这篇祭辞中，祭者已将这位天神拟人化，描写自己在众美之中忽得天神青睐，那种喜悦好比新识一位知己。诗意缠绵动人，宛若一篇浪漫唯美的恋爱诗。东汉王逸作《楚辞章句》认为，《九歌》是屈原放逐江南后而作，诗人透过作祭神乐歌，抒发心中的沉郁顿挫。

收在《楚辞》的另一作者宋玉，其《九辩》中云："悲忧穷戚兮独处廓，有美一人兮心不绎。去乡离家兮徕远客，超逍遥兮今焉薄。"宋玉与屈原皆为楚国人，年代稍晚，在仕途不得志下，借辞赋表达被流放远地的悲伤，以及离开家乡的孤独感。他以"有美一人"譬喻自己品德美好，内心却愁思不断，充满无限感慨！《郑风·野有蔓草》中的"有美一人"，除指美丽女子，古人也将"美人"一词，代称貌美男子或品德美好的人。

心乎爱矣，遐不谓矣？
中心藏之，何日忘之

名句的诞生

隰桑[1]有阿[2]，其叶有幽[3]。既见君子，德音[4]孔胶[5]。心乎爱矣，遐[6]不谓[7]矣？中心藏之，何日忘之！

——小雅·隰桑

完全读懂名句

1. 隰桑：长在低湿之处的桑树。隰，音 xí，低湿之地。2. 阿：通"婀"，柔美貌。3. 幽：通"黝"，微青黑色。4. 德音：声誉，美言。5. 胶：牢固的意思。6. 遐：通"何"。7. 谓：告诉对方的意思。

湿地桑树多柔美，叶子青青又黝黝。见着了那位人儿呀！他的品德十分坚毅。心里多么爱他啊，为何不向他倾吐呢？这份情我深藏在内心,不敢一日忘记!

文章背景小常识

《隰桑》一诗共分为四章,前三章描述女子对于情人奔放的爱恋,以欢乐、轻快地笔调,叙述女子见到爱人时心花怒放,诗人且用植物起兴,以茂盛的桑叶比喻君子之美,并象征两人爱情与日俱进。

本篇名句采撷第三、四章,描述从外部到内部情感的转折。最后一章语锋一转进入女子的内心世界,将原本热烈外放的情爱浓缩为涓细小流、潺潺不绝萦绕于心,升华为感人肺腑的千古情诗。全诗最动人的地方即在"心乎爱矣,遐不谓矣?中心藏之,何日忘之",点出初恋女子欲诉衷肠却又难以启齿的娇羞,最后将爱意悄悄深藏内心,永不忘怀,缠绵而真切,是《隰桑》打动人心、传诵不坠的主要原因。

名句的故事

在南朝宋刘义庆的《世说新语·伤逝》中有名句:"圣人忘情,最下不及情。情之所钟,正在我辈!"故事主人翁王戎由于丧子而陷入哀恸之中,朋友山简安慰王戎说:"你失去的仅是一个怀抱中、不懂世事的孩子,怎可悲伤至此呢?"王戎于是回答他:"圣人之所以为圣人在于舍弃情爱,寄心大道,驽钝之人则不懂何者为情，只有中庸如我们，才是情感所聚、最为重情的人呀!"

不同过去传统士人对于情感的避讳，魏晋时期是中国第一个情感解放的年代，对于情的发挥回归到人性、自然，不以大道为限，反省过去在礼制束缚下的"矫情"，也要求"缘情制礼"，将人情因素纳入考虑，影响所及，启发了中国纯文学、艺术的发达。

在《红楼梦》一书中，曹雪芹也援用"情之所钟，正在我辈"塑造秦钟这个角色。秦钟，钟情也，生得眉清目秀、俊俏风流，是宁国府秦可卿的弟弟，与贾宝玉颇为意气相投，常常互结游玩。姐姐秦可卿由于私德有亏而上吊自尽，贾宝玉与秦钟两人送其灵枢到水月庵暂厝，秦钟在尼姑庵中逢遇智能儿，两人坠入情网，幽会缠绵。但此非现实可容，后来秦钟生病回家休养，智能儿难耐孤寂，投奔情郎，秦父得知后气得打了秦钟一顿，自己也旧疾复发而一命呜呼。秦钟原本带病又遭父亲笞打，现在还背负着害死父亲的自责，身体更为孱弱，不久便撒手人寰。曹雪芹笔下的钟情之辈，果真是重情且不受规范的拘束，然而下场却十分悲凄。

历久弥新说名句

"中心藏之，何日忘之"可以说是爱情最高阶的修行，爱在心头有多深，启齿表白就有多难，而小心翼翼存之的情意与相思也就有多长。凡是生为人总难免为"情"所苦恼，即便纵情天下、怀抱侠客浪子之心的谪仙诗人李白，对于情也曾在《秋风词》中发出这样的感慨："秋风清，秋月明，落叶聚还散，寒鸦栖复惊。相思相见知何日，此时此夜难为情。入我相思门，知我相思苦，长相思兮长相忆，短相思兮无穷极。早知如此绊人心，还如当初不相识。"李白长年游历在外，对于相思牵绊人心之处有细微的体悟，因而写下这阕词。

金庸笔下扣人心弦的爱情武侠小说《神雕侠侣》，其中最为大家知晓的应是杨过与小龙女生死不渝的爱情，然而整本书将"情"发挥到极致的莫过于李莫愁。李莫愁因受到情郎背叛，性格变得扭曲，但她最常挂在嘴上的竟是："问世间，情是何物，直教人生死相许。"即便在生命最后一刻，仍然反复咀嚼。金庸将李莫愁塑造成敢爱敢恨的女魔头，弱点就是冲不过情关，李莫愁的口头禅不是喟叹，而是嘲讽与不解，"中心藏之，何日忘之"成为她一生卸不下的重担。

爱情是人世间的考验，自古以来多少文人骚客为之歌咏，历史上多少英雄儿女过不了这一关。当代诗人席慕蓉于《一棵开花的树》中写下："如何让你遇见我／在我最美丽的时刻／为这／我已在佛前求了五百年／求佛让我们结一段尘缘／佛于是把我化做一棵树／长在你必经的路旁／阳光下／慎重地开满了花／朵朵都是我前世的盼望／当你走近／请你细听／那颤抖的叶／是我等待的热情／而当你终于无视地走过／在你身后落了一地的／朋友啊／那不是花瓣／那是我凋零的心。"如果不是"中心藏之，何日忘之"，如何能求了五百年只愿化做一棵树，默默地守候着爱人，因他走过而颤抖、欢喜与悲伤，谁能说这不是一种爱情修炼呢？

殷鉴不远，在夏后之世

名句的诞生

　　文王曰：咨[1]！咨汝殷商！人亦有言，颠沛[2]之揭[3]，枝叶未有害，本[4]实先拨[5]。殷鉴[6]不远，在夏后[7]之世。

　　　　　　　　　　　　　　　　　——大雅·荡

完全读懂名句

　　1. 咨：叹嗟之词，同"唉"。2. 颠沛：倾倒。颠，仆、倒；沛，拔起。3. 揭：树根翘起。4. 本：根本。5. 拨：断绝的意思。6. 鉴：镜子，有借镜之义。7. 夏后：指夏桀。

　　文王说：唉！可叹啊你们殷商！人们早有箴言说道："树木倾倒而根蹶起，枝条末叶虽未见伤害，但树根实已毁坏了！"你们殷商借镜不用远求，就在夏桀之世呀！

376

名句的故事

　　唐太宗算是历史上很能容纳直谏的皇帝，他任用兄长的幕僚魏征为宰相，魏征对于任何不宜之处都不畏死地谏诤，常让太宗气得牙痒痒的。一次太宗得到一只来自异域的珍禽"鹞"，他非常喜欢，早也逗、晚也逗，魏征听说后，便抱着厚厚的奏章来晋见皇上。唐太宗一看见魏征来了连忙将鹞藏入衣袖中，怕被他瞧见。魏征眼睛雪亮，不动声色地逐一禀报公事，唐太宗心里着急，却也不敢打断他的话，坐立难安地聆听。过了好久，魏征总算报告完毕，他一离去，唐太宗立即打开衣袖将鹞给捧了出来，但鹞早已闷死了。

　　从这则故事中可以看到，唐太宗对于臣子的敬畏与尊重，即便经常被魏征的犯颜直谏气得想处死他，最后总及时收回敕令，君臣和睦相处，共为国事，缔造出唐代初期的"贞观之治"。魏征过世后，唐太宗感慨地说："以铜为镜，可以正衣冠；以古为镜，可以知兴替；以人为镜，可以明得失。朕常保此三镜，以防己过，今魏征殂逝，遂亡一镜矣！"（《贞观政要·任贤》）唐太宗以铜、古、人三者为镜的比喻，其源头应该就是《大雅·荡》的"殷鉴不远，在夏后之世"，而运用更为广阔深远。

历久弥新说名句

"颠沛之揭，枝叶未有害，本实先拨"，表示末节枝叶虽然尚未有伤害，但是根部已经受损，不可能复生。关于本末之说，道家《文子》中认为以修身养性的观点来说，应该要维持适当的饮食、作息与喜怒的中庸态度，若太过强调外在的一切，有伤于内部的根本，因此说："故羽翼美者，伤其骸骨；枝叶茂者，害其根荄。"即羽翼过于丰美会造成于骨骼过重的负担，而枝叶太过浓密也将有害于树根，并无利于物体本身，因此万物都应求得适当、合乎法则的经营之道，末不压本、本不倒末。

至于强调"末重于本"的例子，相对来得少，但也并非史无前例。清末西方强权入侵中国，有志之士要求变法图强，最初由魏源提出"师夷长技以制夷"，到张之洞所谓"中学为体、西学为用"，前者是学习西方既有的"枝节"技术，后者则要求更进一步，以西方之学作为治世的手段，然而自强运动与维新运动都未能成功。民国之后，五四运动的诉求目标更倾向"全盘西化"。然而不管是"本重于末"、"本末相重"或是"末重于本"，似乎仍是一种没有终点的循环过程。

维天之命，于穆不已

名句的诞生

维[1] 天之命，于[2] 穆[3] 不已。于乎不显？文王之德之纯！假[4] 以溢[5] 我，我其[6] 收之。骏[7] 惠[8] 我文王，曾孙[9] 笃[10] 之。

——周颂·维天之命

完全读懂名句

1. 维：感叹语。2. 于：赞叹词。3. 穆：美好的意思。4. 假：授予。5. 溢：通"益"，加的意思。6. 其：将。7. 骏：很大的意思。8. 惠：顺从，遵循。9. 曾孙：泛指后代子孙。10. 笃：坚持，信守执行。

啊！那就是天道，深不可测，永无穷尽！怎么会不光明呢？文王的德行纯正不乱！如果将它授予我，我愿意全部接受，好好遵循文王的德行，后代子孙都要忠诚实行。

文章背景小常识

　　"颂"是《诗经》六义之一，也是《诗经》的最后一部分，包括"周颂"、"鲁颂"、"商颂"，共计40篇。相传孔子在整理《诗经》的时候，为了区隔起见，分别冠上了周、鲁、商，《毛诗正义》记载有："言周者，以别商、鲁也，周盖孔子所加也。"它的内容包含祭祀、飨宴、赞美统治者的功勋等，主体是宗庙，可以入音律，弹奏时还能配合舞蹈。

　　"周颂"是"周室成功致太平德洽之诗，其作在周公摄政、成王即位之初"，这是西周初期诗人记载了政治清明、武功强盛的各种祭祀与礼赞诗歌31篇。"鲁颂"有4篇，是鲁国国君推崇周王室、周公的作品，产生年代约公元前7世纪，可能是鲁僖公时期。至于"商颂"有5篇，是殷商后代宋国君主的诗歌，产生年代约公元前七、八世纪之间。

　　"周颂"又区分为三部分，清庙之什、臣工之什、闵予小子之什。所谓的"什"，是因为《诗经》中的雅、颂以十篇为一卷，故称为"篇什"，简称为"什"。而"清庙"乃祭祀周朝历代祖先，《维天之命》即属于此，内容是记载周公定天下、设都雒邑之后，带领诸侯祭祀文王的事迹。"臣工"是"诸侯助祭遣于庙也"，指在清庙中协助诸侯祭祀文王时所差遣的人，这部分内容是透过臣工的角色，叙述周朝祭祀典礼的事情。"闵予小子"是周成王的谦称，他"嗣王朝于庙也"，以周成王的观点，叙述他承继大统的心情。

名句的故事

《维天之命》是设坛祭祀，向文王禀告天下太平了。根据《毛诗正义》记载，当时文王虽然承受天命，创建了周朝王国，但是战乱仍旧频繁，百姓生活尚未安定，天道无法实行，因此无法祭天。而周公剿平叛乱、制礼作乐、辅佐大统有成，特此设祭上告文王，让文王知道自己的德性已经传承下来了。

《中庸》便这样解释："诗云：'维天之命，于穆不已！'盖曰天之所以为天也。'于乎不显？文王之德之纯！'盖曰文王之所以为文也，纯亦不已。"意思是说天命是美好、深不可测的，而这就是天之所以为天的道理；文王的德性非常纯正，无时无刻不在彰显着，而这也是文王之所以为文王的原因。

诗人将"天命"与"文王"，前后作模拟，突显了文王之于周王朝的重要性，也突显周人对于鬼神祭祀的崇拜。他们始终相信，祖先的灵魂有降祸赐福的能力，他们也相信，有周文王德泽的庇荫，后代君王与子孙便能够笃行文王之德，以统治国家大业。而"于穆不已"也成为历代学者探讨天命、天道时常用的词语。

历久弥新说名句

天命，天命，天其实是有"意志"地"运作"人的世界，如何运作呢？孔子说："天何言哉？四时行焉，百物生焉，天何言哉？"（《论语·阳货》）孔子认为只要看着四季的变化，就可以知道天的意志是什么，而不应该去揣测天命之所在。到了汉代大儒董仲舒提出"天人相应"的道理，认为人应该要有所作为去发挥这个天命。

董仲舒在《春秋繁露》中说："天之道，春暖以生，夏暑以养，秋清以杀，冬寒以藏。……圣人副天之所行以为政，故以庆副暖而当春，以赏副暑而当夏，以罚副清而当秋，以刑副寒而当冬。庆赏罚刑，异事而同功，皆王者之所以成德也。""副"就是符合、相称的意思，即是说天道以春、夏、秋、冬等四个不同属性的季节呈现，那么圣明的君王就配合时序来进行庆、赏、罚、刑，以管理天下，这就能发挥相应天命的功效，并成就一个王者的德行了。

近代中国哲学大师牟宗三先生曾经谈到："我们不想这个世界崩溃，是靠有一个于穆不已的天命在后面运用，不停止地运用，那么，这个于穆不已的天命从哪里证实呢？最重要的是从孔子所讲的'仁'与孟子所讲道德的心性。"牟先生解释，彰显天命的方法，就是去实践孔子的仁、孟子的道德心性，"拿这个道德心性的创造性证实天命不已的那个创造性"，而人之所以为人而非禽兽，就是因为有此彰显天道的能力呀！

高山仰止，景行行止

名句的诞生

陟[1] 彼高冈，析[2] 其柞[3] 薪，析其柞薪，其叶湑[4] 兮。鲜[5] 我
觏[6] 尔，我心写[7] 兮。高山仰止[8]，景行[9] 行止。四牡骓骓[10]，六辔
如琴[11]。觏尔新昏[12]，以慰我心。

——小雅·车辖

完全读懂名句

1. 陟：音智，zhì 登的意思。2. 析：劈开。3. 柞：音 zuò，
柞木，为木干有刺的小木。4. 湑：音 xǔ，枝叶茂盛貌。5. 鲜：
善也。6. 觏：遇见。7. 写：舒畅。8. 仰止：仰望之。此"止"
字作"之"解。9. 景行：宽阔的大路。10. 骓骓：音 fēi，马行
不止貌。11. 如琴：形容琴瑟和谐。12. 昏："婚"之古字。

登上高高的山顶，砍伐柞木当柴烧呀！砍伐柞木当柴烧！柞
木的叶子好茂盛。很高兴让我遇见了你，我的内心好舒畅！高山

令人仰望，在宽敞大路上行走。四匹公马奔走不停，六根缰绳调和像是一把琴，见到你并与你成亲，我的内心好欣慰。

文章背景小常识

《小雅·车辖》（音 xiá，今作辖）为新郎叙述新婚迎亲之诗。全诗共有五章，此为第四、五章，第四章以柞木枝叶茂盛，示意新娘子气质出众，对于能赢得美人心，男子难掩欢喜之情；第五章以高山景行，喻比新娘子品德高尚，而驾驭马车的六根辔绳，随车子的行进摇摆，宛若琴弦波动，也象征两人婚姻和谐幸福！

名句的故事

《小雅·车辖》中的"高山仰止，景行行止"，本是诗中那位意气昂扬的新郎，用来赞美新娘美好品德的形容语，这两句话后来合衍成"景仰"一词，又引申为对崇高德行之人的仰慕。《晏子春秋·内篇问下》记载了春秋时期齐景公与宰相晏子的一段对话。齐景公问晏子，人性有贤与不贤，这样还可以向他学习吗？晏子引《车辖》中"高山仰止，景行行止"作为回答，晏子认为伟大的品德必为人们所尊崇，所以在众多诸侯里，为善努力不懈者，会受到其他诸侯尊敬，一群士大夫同时学习，最后德行高的人将成为这群人的典范。

西汉史学家司马迁在《史记·孔子世家》写下："诗有之：

'高山仰止，景行行止。'虽不能至，然心向往之。"司马迁引
《车辖》，作为对孔子崇高德行的敬仰。他自认无法抵达孔子品德
境界，仍一心向往孔子以一介平民布衣让后人都奉行遵循其教
化，不像历来君王、权臣，活着的时候，看似荣耀显赫，死后根
本没人记得，也什么都不是了！

其后，司马迁还到鲁国孔子故乡参观孔子庙堂，目睹孔子所
遗留的车子、衣服、礼器，又看到当时读书人都按时到孔子老家
学习礼仪。司马迁对孔子更加尊崇，一直在鲁国徘徊留连，想多
沾染这位圣人之德的遗风。

历久弥新说名句

西汉刘向《说苑·杂言》记有一则小故事。有一个叫做南瑕
子的人，看见程太子正在烹煮鲵鱼，南瑕子曾经听说"君子不食
鲵鱼（今称娃娃鱼）"，所以他将此说告诉了程太子，程太子一
听，反问南瑕子难道自以为是君子吗？南瑕子听出话中带有嘲
讽，连忙回答君子都是往上比，德行才会越来越宽广，如果要往
下比，路只会越走越狭窄。南瑕子紧接着引述《车辖》"高山仰
止，景行行止"，向程太子辩解"吾岂敢自以为君子哉？志向之
而已"，意思是说，我哪敢以君子自居呀，不过是先立下志向而
已！南瑕子表示，就算自己现在还达不到君子境界，也要立下志
向成为君子，并向崇高品德的人看齐。

《盐铁论》是西汉宣宗的臣子桓宽将汉昭帝时期朝廷臣子与

贤良文学之士召开盐铁会议辩论所汇整而成的论文集，内容涉及政治、经济、军事等重大议题，文章以论辩问答书写，由两方人马各自展开说理与辩驳。在《盐铁论·执务》中，丞相田千秋认为尧舜之道，年代已离当时久远，贤良文学人士的建言，意义虽然深远，但要执行，必是困难重重，希望他们能以当务之急的政务做改革建议，使百姓衣食无虞，才是眼前最重要的事。

接着，换贤良之士进行答辩，他们先引孟子曾说过，尧、舜所流传的道理，并非远不可及，只是后代人们以为遥远就不愿追随，以此驳斥丞相先前话语！又引《车辖》所云"高山仰止，景行行止"作为佐证，阐明一般人虽不能达到先王之道，但若有心跟随圣德步履，离圣人也会相去不远。贤良们又举孔门之中颜渊曾言道："舜何人也？予何人也？有为者亦若是。"（《孟子·滕文公上》）证明思慕圣人贤德的心，是从善之人一生都不会停止的追寻，如此一来，要回到周成王、康王时代，国富民安的风俗可致，连尧、舜那样伟大的圣德之道，也是唾手可及！

《车辖》中"高山仰止，景行行止"，原是情人眼里出西施，看对方里外一切都完美无瑕的赞美，后来演变为崇高品德的代名词，这肯定是诗人写诗当下所意料不到的吧！